GAEA

Gaea

Gaea

Gaea

哭泣的心臟

The Crying Heart

黃海科幻小說精選

黃海 著

哭泣的心臟——黃海科幻小說精選

目錄

序・五十年一覺科幻夢——朝如青絲暮成雪　幻海浮沉豈無悔

時光飛馳，距離寫作第一篇科幻小說到今天，已超過半個世紀了；驀然回首，轉眼青絲已成白髮。

一九六八年，隨著著名的科幻電影《二〇〇一：太空漫遊》的上映，科幻小說在台灣萌芽之初，它就默默出現在傳統文學（或稱主流文學）裡，就像出生的嬰兒一般，人們未曾注意它應該叫什麼名字。直到一九七〇年代中期，《星際大戰》、《第三類接觸》的震撼轟動，大眾有了科幻概念，一九八一年張系國在聯合報文學獎評審會上，建議今後將科幻與傳統文學分開，科幻在台灣文壇上逐漸有了分野。差不多這時期，中文辭典也才收入了「科幻」一詞，兩岸也不約而同使用同樣名稱。張系國、葉李華的創作和推廣，創造台灣科幻上世紀末至本世紀初的輝煌，我也經歷見證了萌芽、發展的過程。

台灣的科幻小說是在傳統文學園地發展出來的，一般來說，作品偏軟，《一九八四》、《美麗新世界》這類反烏托邦文學形式的科幻，深深影響文學作家，將之視爲科幻標竿，也因此有了《廢墟台灣》被稱爲《一九八四》的台灣版，科技人許順鏜是少數的硬科幻代表。中國大陸的科幻歸屬科普一環，官方支持科普，也間接栽植科幻，硬科幻也出色；台灣文化環境不利硬科幻發展，有其背景因素，學者已有述及。

實際上，越是具有人文意涵的科幻作品更能垂諸久遠，台灣的主流文學作家在科幻場域迭有貢獻，近年吳明益、邱挺峰作品已面向國際；台灣以人文科幻見長，不似中國大陸劉慈欣《三體》的硬核科幻。我們舉目所見的科幻電影、動漫、電玩和小說，雅俗紛雜並陳，我在《台灣科幻文學薪火錄》創造了「泛科幻」一詞，否則很難指涉這個文類的紛華龐雜和變化。

□

收集在這兩本集子的小說，跨越了兩個世紀，從中篇、短篇到微短篇都有；不論硬軟科幻、奇幻、成人或少年的，也都涵蓋了。

一直以來，我認為「科幻是成人的童話」、「科幻是介於成人與少兒之間的文學」，近年我也曾和山鷹、林茵、邱傑合寫了一部有趣的接力童話；認為「優秀科幻可以返身主流文學」；而「超現實的合理化」、「如果的藝術」、「未來或未知的探索」是我簡單的科幻概念。著名評論家蘇恩文（Darko Suvin）看重嚴肅的科幻，認為它在主流文學佔有一定地位，深得我心。年輕一輩的寫作者可能已忽略了傳承，不少是憑藉寫作天賦揮灑，自創風格。

如今社會大眾所認知的科幻，大多是是來自視覺文本——受到影視、電玩、動漫濡染的影響，影像是熱媒體，平面紙本是冷媒體，小說不可避免地被邊緣化了。人們說某事很科幻，含有一個重要的因素：它是超現實的，卻被煞有介事地以科學元素合理化了，比如哈利波特騎著掃把在空中飛，是魔法，是奇幻，如果加裝了噴射火箭或其他動力設備使其動作合理化，便是科幻。

香港學者李偉才（李逆熵）博士，對科普科幻理論尤為專精，華人之中少有人能出其右，他曾提出「攀登科幻高峰，在山頂上插旗」的口號，指出科幻作品追求的最高目標，就是提出一個前所未有的科幻概念（點子），在科幻領域成為創造發明。像大陸漂移、蓋亞假說之類的概念，更具有科學意義，雖然是假說，創始者也名垂青史；這就有如登山，在頂峰上插旗留名，以後踵繼其後者，只能利用同一點子推陳出新。

科幻的黃金時代早已消逝，多年前有謂科幻園地早已在美國被耕耘得寸土不留，新點子的開發有其難度。我不揣冒昧，以〈躁鬱宇宙〉試著攀登科幻高峰，猜想人體精神狀態（尤其是躁鬱症）和宇宙波動的關聯性，也許精神電子學是待開發的領域。〈替代死刑〉，將死刑犯改造腦部成為有如機器人勞工，取代死刑的執行，其實它只是一個長篇小說綱要，先行發表；本篇和〈深藍的憂鬱〉收入南一版、翰林版國中國文教科書。〈火星玫瑰〉也收入龍騰版高中國文輔助教材。

愛因斯坦說：「想像力比知識更重要，因為想像力是無限的，知識是有限的。」在科幻寫作上，可以說「知識是想像的原料」，利用已知的尖端科技訊息編造情節，延伸無限可能。我的集子中，像〈天眼〉、〈開天闢地〉、〈哭泣的心臟〉、〈腦體位移〉、〈異星家人〉、〈火星未來紀〉、〈八五〇就是愛〉……利用已有知識延伸到未知或未來，有其科幻核心和人文思維。

科幻小說和歷史小說的寫作，有其相像之處，你無法親臨過去或未來，卻可以資訊（知識）爲原料，以想像力編織成可信的情節。當你確立主題之後，剩下的就是如何添枝加葉，琢磨塑造成爲藝術品。〈世界的邊緣〉是比較接近現實的小說，在我閱讀了相關尼泊爾的旅遊書和登山知識之後，寫出在世界屋脊找雪人的故事。〈哭泣的心臟〉隱晦地影射了某個宗教狂熱和恐怖主義地區，無頭雞故事和接受心臟移植者的後遺症，有其現實依據。

科幻點子容易相撞，即使重複了，也成了「同樣的點子，不同的樣子」。威爾斯《時光機器》之後，一百多年來，數不清的作品演繹擴散了時間旅行的故事。越是偏軟的、具有哲理意涵的小說，讀來越是深刻，令人感動，歷久彌新。〈深藍的憂鬱〉、〈出賣牛車輪的人〉，描述了人性本質和社會人情；〈混沌〉，探索了不可超越的宇宙起源，也就是究天人之際，是我很喜歡的一篇。〈天人感應篇〉混融了科普科幻奇幻玄幻。

〈秦始皇到台灣〉建構在現實與幻想的兩個面向，模稜兩可、亦眞亦幻；曾擴寫爲中篇小說版。〈天堂A夢小學〉以少兒觀點，有趣地探討了輕生的禁忌話題。

□

如今，外星人事件幾乎已變得平淡無奇，美國政府不時有意無意釋出訊息，眞相的揭露已呼之欲出。現實與科幻難分軒輊，我們不知不覺活在科幻寫實時代，科幻寫作顯得軟弱無力，運用已知的知識去延伸想像未來未知，早已捉襟見肘，時過境遷，常常會發現科學跑在科幻前面。著名科學家兼科幻作家弗諾・文奇（Vernor Venge）一九九〇年代就提出理論：「科技的快速發展，將使任何人無法預知不久的未來將會出現什麼，科技將會戲劇性地使社會產生變革，以至科幻作家的想像力將無法跟上現實。」

新冠肺炎疫情嚴重，也許你會擔心打入人體的疫苗是否有奈米機器人，往後遭受監控？如果你還想整容變裝換髮，隱匿身分，大數據監視系統有辦法教你無所遁形；外星人是眞的嗎？包括駭客、太空人、各國政要和臨終科學家，數不清的爆料，在網路時代已逐漸喚醒大眾的認知覺醒；以色列衛星之父說：火星實際上已有人類與外星人合作的研究基地；眞空中獲取免費能源的方法一直被保密，以維護石油市場。洛克希德馬丁公司臭鼬工廠負責人臨終懺悔承認：「我們實際已掌握了星際旅行的技術。」亞瑟・克拉克的定律告訴我們，要知道某件事是否可能，唯一的方法是跨越到不可能的領域去。

過去，科幻作家寫外星人是名正言順，但在現實中談起外星人，一定嚴正否認，斥爲科學異端或怪力亂神，如今情況已在逆轉。

於是，我不免感嘆：

五十年一覺科幻夢
我們何其無知卑微
何其弱小
朝如青絲暮成雪
幻海浮沉豈無悔

黃海
二〇二一年六月二十三日撰
二〇二三年修

哭泣的心臟

01・少年彼得沙場心聲：我與夏馬斯

遇到我的偶像男人夏馬斯，是在我們天火部隊攻佔拉美墟城之後，我被這個來自馬來西亞的俊美醫生吸引，他有東方人的膚色、優雅柔美的氣質帶著幾分粗獷，還有親切溫柔的談吐。那時，我的小弟弟剛開始浮腫潰爛，爲了掩飾難以啓口的傷痛，我故意用小刀劃過小腿，讓鮮血淋濕了軍褲，我引以爲傲有著六塊肌的腹部也剛好挫傷，我名正言順被送回營部醫院療傷，我的夏馬斯輕輕緩緩地爲我消毒和包紮傷口，我還不知如何啓口要他檢查醫治我的小弟弟……

作爲醫生的夏馬斯，如果是女人，在這兒就得全身包覆，頭戴面紗，露出黑白分明的美眸。她有可能檢視我的私處嗎？不，她只能爲女人看病。我的夏馬斯貼近我，甚至可以聽到他急促的呼吸，如果他是女人，會隔著面紗和一身黑袍，讓我感覺女體的強烈吸引，然而他是男人，他的一舉一動卻讓我著迷。

夏馬斯關愛的眼神像一縷光芒射入我心坎，他親切地詢問我腿部傷處的狀況，輕柔的話語讓我想起家鄉舊金山海岸夏天的和風，讓我聞到緊張血腥殺戮中的一抹花香。我想起長官說過的：在這個每天不斷有流血槍戰的國度，戰爭是一種憐憫而不是殘酷，殺人是正義的發洩。這是我未全然弄懂的邏輯，我只是來體驗電玩世界裡的戰爭魅力。

「彼得，你……眞勇敢啊！今天殺了幾個人啊？」夏馬斯嘴角飄起幾分笑意，看著我的名牌，聽診器貼緊他的胸口，細聽我的心跳和呼吸，我感覺自己的心扉被打開，有一隻溫暖的手在撫摸我的心。

「嗯……是有一些人……包括小孩子、女人和老人，唉……我是爲了偉大的聖君天王……」我從肺部深處用力吐出氣息，良心卡住了話，小弟弟的變故也干擾了我。

我的小弟弟之所以痛徹心腑，得怪罪前幾天在殘破的民房裡目睹戰友──來自法國的克爾文隊長對小女孩施暴的事情說起，克爾文來不及脫褲子，只拉開褲子拉鍊伸出粗長的憤怒性器，赤紅的龜頭鑽進一個八、九歲少女的下體強行洩慾，女童哀叫的聲音激發我五味雜陳的憐憫和衝動，很難平復的內心浪潮在洶湧。風平浪靜後，強悍的克爾文對著我說：「輪到你來吧？」一陣天人交戰之下我搖了搖頭，我感到噁心。克爾文湊過身來悄悄在我耳邊說：「放心吧，莫非你是同性戀！你不吃白不吃！」其他人跟著幫腔了：「你知道同性戀的後果吧？」「從高樓把你丟下去，不死的話，再活活用石頭砸死。」在戰友的揶揄和勸導下，我遂勇敢地拉開拉鍊，挺身而出，朝女孩染血的兩腿間趴身過去，暗中抬起她屁股，讓自己的性器就鑽入她屁股與地板間的縫隙，在不傷害小女孩的體膚之下，洩出我的積鬱，卻讓我的小弟弟煎熬傷痛不已；以後演了幾次同樣戲碼，小弟弟傷痛越來越嚴重，只好割傷自己達成就醫目的。

夏馬斯醫生的黃皮膚、黑眼珠，讓我彷彿看見舊金山街道上常見到的人群，雖然他們幾乎全是美國人。

夏馬斯問：「你跟我一樣從東方來的嗎？參加天火之戰……」

「可以這麼說啦！美國加州也可以說是東方，我有東方血統吧，舊金山，華裔不少。」聽到「舊金山」，夏馬斯眼睛發亮了。後來我才知道，他從馬來西亞來到此地參與聖戰，新聞鬧大了，他的家人已從吉隆坡遷居舊金山。夏馬斯欲言又止的靦腆，像斯文的明星。不知怎麼地，我突然感覺到碘酒塗抹在傷處旁邊，涼爽舒適和美好的刺痛。

「看起來今天很順利吧！」夏馬斯手執消毒過的鑷子撥開我腿部的傷口，清理傷處，我有著沒來由的快感，甚至期待他撥弄得更加疼痛刺激些，或者能掩蓋住小弟弟的萬般痛苦。

「呵呵，今天大獲全勝！」我強撐起笑意，摸了摸好不容易長得稍微濃密些的兩頰鬍子說：「幾萬兵士的政府軍不堪一擊，聽到我們來了，嚇得腳底抹油，坦克、槍砲和輕重武器都丟了，那些被俘的軍人和警察一律斬首，一顆顆頭顱堆放在路邊，成排成列的，好像破開的西瓜，染了鮮紅，等著人們解渴……」其實是供魔鬼解渴。眼前隨之閃過另一個畫面，剛才軍車經過黃沙廣場時，倒掛著三具無頭血屍在十字架上，旁邊的兒童還嬉戲如常，這個景象絕對不同於小時候見慣的舊金山景象，只能是電玩世界中的地獄。

「你覺得好笑嗎？」

夏馬斯小心翼翼問，帶點兒調侃，我一時語塞，偷瞄了旁邊躺臥著斷腿的傷者，他抱怨醫護人員不足，在這兒女人只能躲在家裡，除非有老公陪伴才能外出，但我看到女醫生的丈夫陣亡了，在醫院工作時戴著面紗和遮蔽全身的黑褂，這些女人有如一尊尊黑色雕像在移動，或者路上一團團走路的黑影，她們在天啓聖國的領地內活動只能這樣。

彷佛黑暗中的燭火照亮了心室的陰暗之處，想起我當初萬里迢迢來到這裡，就是參與一個人間不存在的戰爭夏令營式的活動，更希望擺脫自己的同性戀傾向，盡情揮灑網路或電子遊戲中的殺戮快感，滿足自我，當一個可以自由戰鬥、隨時開槍的戰士。

「我是馬來西亞來的醫生。」夏馬斯說：「我自願放棄優渥的生活，跑到這兒來參與天火之戰。你很年輕，要保重喔！聽說有人在嘲笑你不敢強暴小女孩，嘻嘻……是眞的嗎？」夏馬斯的眼眸散著和悅笑意，對於我，溫柔的聲音是另一種奇妙的粉紅。

「蛤？夏馬斯，你就是網路上傳說的那位夏馬斯醫生？」

迎著他的眸光，我有點痴迷了，我挺起胸膛，接觸他的醫師袍時引發微妙的感覺，在崇拜的興奮中繼續說：

「我十六歲啊，看起來二十歲吧？我也是從網路得到訊息，偷了同學哥哥的護照跑到這兒的，我以爲是好玩的戰爭夏令營……」我自豪地撇撇嘴說：「十五歲到二十五歲是這裡的正常軍人，還有娃娃兵，五、六歲以上的……」心底湧起一股衝動有如巨浪，希望討好夏馬斯醫生，繼續說著我背熟的教義：「根據《天啓經》的教誨，必須加速完成征服世界，方法是揮刀砍掉敵人的頭、奴役婦女和小孩，對於異教者，殺無赦。」

「嗯，彼得，你好成熟啊！」

治。

「我的小弟弟快熟爛了……」我終於鼓起勇氣說出小弟弟的痛，拉開褲襠讓他檢查醫治。

幾天的療傷，讓我與夏馬斯有了親近接觸，更多的交往後，他無意中表露出在此地的厭惡和悔恨，我就在他住處裡與他幾次美妙幽會，他遞給我一條小項鍊，心形的小盒子裡面有著他母親在美國舊金山的地址、電話和照片。他說：

「有一天，如果有機會回去美國，麻煩你去看看我母親，我母親和姊姊、妹妹搬到舊金山投靠我祖父母了，那是因爲我來此的事情成了國際新聞的緣故，他們不想在吉隆坡過日子，被人指指點點……」

□

黃沙滾滾的野地裡，坦克車與汽車聲混著機槍砲火、手榴彈掀起的煙硝沙霧，炎熱天空的太陽下，吶喊聲轉眼隨著濺血的頭顱和軀體消散，美軍的狙擊手神出鬼沒，從遠處看不見的地方瞬間帶來砰一聲的死神來到。死亡在這兒就像隨時在身邊飛舞的蒼蠅，或者隨身攜帶的便當，也許下一次飢餓之時的餐飲，就輪到自己。

聽說到了天堂，能得到黃金噴泉的沐浴盥洗、無數美女的裸體包圍。戰鬥死亡的甜蜜獎賞號召，吸引了來自全世界各國的青年來到此地。

來自澳大利亞的博學隊長梅森說的話，有意無意衝入我心中：

「世界的心臟就在東歐與西亞地區，歐洲與亞洲是另一座世界島，誰能控制心臟地帶就能控制世界島，只要控制世界島就能統治全世界。如今我們天啓聖國就控制了歐洲與亞洲的心臟部位。」

在另一次軍事行動，我被美軍俘虜了，由於我的英語腔調和未成年的身分，幸運地被送回了美國家鄉舊金山並受當局監視，爸媽老淚縱橫，驚喜交加，他們當初不知道我偷了同學哥哥的護照，飛向天啓聖國，爸媽以爲我失蹤了，如今我回來了，就像撿回了一個兒子，有如天上掉下來的禮物。

就在我打開夏馬斯給我項鍊的心形盒子，依著電話聯絡到夏馬斯家人，要去會面的那個午後，我才下了Cable Car，穿越馬路時一個滑跤，與飛馳而過的車子撞個正著，眼前一黑，感覺整個人爆開，粉身碎骨，依稀聽到夏馬斯的輕聲細語，他曾經以英文唸給我聽的心形盒子內的附言：

黑暗裡

我交給你　我的心

等你找到我的至親
就會看到我內心
是夜空裡最亮的星

02・小靜父親的告白：寧靜之心

像我這樣的美籍華人，保持好奇與求知慾，許是感染了西方人的作風與個性，也是作爲教書匠的必然，科學界一直在探索人類腦部的祕密，我感覺人類是一直困在無止境的知識之海裡尋求登岸，遇到超離常情的事也不稀奇了。

這天，我帶著家人來到科羅拉多州弗魯塔市，風和日麗，趕上了無頭雞麥克節日慶典，熱鬧的喇叭伴奏喧騰街市，一群穿著白色羽毛衣、打扮成公雞模樣的男女老少白人黑人，頭戴尖頭雞帽，顯出紅色公雞冠、尖形雞喙和雞眼睛，在大街上遊行賽跑，我和太太、孩子來到街上，並沒有受到側目，陪伴我的連襟美籍考古學家詹姆斯夫婦和敘利亞著名的考古學家阿拉薩德，他們的衣著和氣質就已經宣告我們參與了歡樂，與市民融爲一體了。

平頭的黑人小男生身手矯健，連續大叫幾聲，瞄準空中落下的白色雞蛋，丟擲手中的雞蛋，一顆、兩顆、三顆……

飛蛋，發射……

叭──

終於有一顆蛋命中，飛蛋截擊，在空中炸掉，碎裂的蛋花以透明的膠質液體流下，剛好落在圍觀群眾中金髮飄逸的少女臉上，人們的歡呼和拍手更激烈。

我女兒寧靜動完手術，換了一顆心臟，才一年，活動已如常人，她不知哪來的勁兒，一顆一顆對著空中丟雞蛋，等待著飛蛋好手丟蛋攔截，結果是好多蛋蛋在地上摔破開花，好奇狗兒狂吠，和圍觀的人群哄鬧著，紛紛以飛蛋向空中攔截。

「啊啊……不行，換媽媽丟蛋給我們打吧！妳丟我擊！」街邊慶典用的籃子內雞蛋，小靜隨手抓了兩顆，塞在她母親手裡。說：「媽，妳丟，妳丟……慢慢丟……」

小靜的媽把雞蛋往空中丟了，一顆……兩顆……都沒有被擊中，旁邊的平頭黑人男孩和兩個金髮少女也跟著過來助陣，第三顆丟上去，飛蛋在空中亂射，都沒被擊中，倒是有一顆蛋落下來時，小靜身手飛快地去接蛋，結果手掌與蛋接觸的一剎那，蛋破了，她緊緊握著，讓蛋液緩緩流下手肘。

我趕緊帶著她到街道旁的水溝邊，用礦泉水為她清洗弄髒的手。小靜自從心臟移植之後，身體變好，行動更顯得活潑了，我們都很高興。

「妳越來越像男孩子啦！」我說。

「怎麼說呢？」寧靜的嘻哈笑容轉而變成翻了翻白眼。

「哈哈……以前妳病懨懨的，根本走不動路……」我說，我把買到的公雞玩具在她面前耍了耍，公雞發出咯咯咯叫聲。「以前有氣無力，軟趴趴的，隨便動一動就氣喘吁吁的，沒想到換了心以後就換了一個人。」

女兒寧靜從出生以後就是一灘爛泥似地虛軟無力，五歲時才會走路，總是跌跌撞撞摔不停，自從移民到此地後，她上學很開心，但因爲蹲下去就沒力氣站起來，上廁所都需要老師或同學牽扶，幾乎沒有力氣做每一件事，連吃飯也得有人代送餐盤；她發生劇烈腹痛嘔吐之後，醫生診斷爲擴張性心肌病，心臟不斷擴大，已到了成年人的大小，最後將因爲不能有效打出血液而死亡，所以得使用大量激素和強心藥維持生機。直到一年前她九歲時，終於等到一顆不知是誰的十六歲的年輕人心臟，醫生以漸進縮窄吻合技術，將心臟的血管成功縫合在一起，還打開了心臟兩側縱膈胸膜，騰出足夠空間裝入新的心臟，小靜從此可以過著新生活了。面對這樣的小孩，父母親特別耗費精力和心思在照顧她，如今她已經變得活潑、可愛、好動，我們鬆口氣了。

「待會兒我還要玩遙控飛機呢！」小靜說得好興奮，回頭望著身後趕過來的人影。

我的連襟詹姆斯帶著妻子來了，他們是昨晚摸著星光開車帶著兒子湯姆和考古學家阿拉薩德來的，過去詹姆斯在天啓之國附近走訪，與阿拉薩德成了莫逆之交。連夜趕路，飢腸轆轆可以想見，站在我旁邊猛啃著雞肉喝飲料。詹姆斯是考古生物學家兼攝影師，卻具有深沉的哲學理念，他興趣廣泛特殊，目前的研究指向這座恐龍之城弗魯塔市，就爲了尋找果齒龍的化石，他也帶了一位年長的敘利亞的考古學者阿拉薩德來此，正好遇上了無頭雞麥克日慶典，我就帶著家人來到這兒賞玩。弗魯塔市的地層的年代可追溯到一億五千萬前的小型化石，曾經存活著法布爾龍科恐龍，類似棘齒龍，我和詹姆斯在幾篇論文發現了簡略的記述，推斷是棘齒龍的近親，這也是我的研究追蹤要項，兒子對於恐龍的興趣是很多青少年共同的興趣，在我年輕的時候一直相信侏羅紀公園可以成爲事實，到了今天，我則相信可以使用鳥類的基因以逆向工程還原誕生恐龍。

「哈，我來了！小靜！」身邊衝進來湯姆，自言自語，帶著遙控飛機出現了，好像事先約好了的。

兩個表兄妹就低著頭湊在一起，研究操作桿、按鍵、開關和監視幕的使用。

「前天晚上開了一整夜車到這兒累了吧？」我一面喝可樂、啃雞腿，牙縫裡的雞塊擠出油水；目睹著小靜和湯姆兩人在玩著遙控飛機，它逐漸升高在空中盤旋的樣子，感到莫名悠閒與自在，女兒換心之後告別孱弱的身體成爲另一個新生命，做父母的格外欣慰。

「他喜歡在夜裡一面開車一面看星星，車子在荒郊野外行駛，他說就像太空船在星海裡航行的感覺，連星星都可以伸手摸到。」詹姆斯太太搶白著，她的眼神裡閃出了驚奇之色，大約是在被稱爲孤獨公路的夜裡看多了星星。

詹姆斯是個蘊含詩意的考古學家，他獲得基金會的贊助得以專情於考古生物的研究也兼任了攝影採訪，在我小姨子子多才多藝的薰陶下，也感染了東方哲學和儒家思想，對很多事情的看法常有不同於西方的觀點，他講的情境我也曾經有過相同的感受，在他開懷地收斂起喜悅笑紋的當下，頓時有一抹憂鬱掠過，就像從過度思考之後的朦朧醒覺。

「那是喝了酒的關係啊！」我太太佩麗聳聳肩，搭著她妹妹佩琪的肩膀說：「開車危險啊！」意思是何必勞苦，搭交通工具就行了。

「是很迷人的經歷，星星掛滿天的燦爛夜景……」我的妻子佩麗燕附和著她妹妹。

「小酌銷永夜。」女兒小靜突然背出了一句詩來，她說是來自白居易「小酌酒巡銷永夜」，平常教她中文唐詩的母親，在旁立刻加以補充。

「還好，有阿拉薩德陪同，」連襟詹姆斯說：「阿拉薩德講了很多蘇美神話和巴比倫神話故事，我們才不至於打瞌睡。」

「天火戰爭太血腥了。」小姨子佩琪插嘴說，「我老公是攝影記者，跑遍了大半個世界，我每天得替他擔心。」

「不過有很多祕密是不能講的，但已經有不少人猜到了。」老學者阿拉薩德打著呵欠，看來他很累了。

「你有聽說有可能會發生核子戰爭嗎？」我問。

「這是最壞的情況啦，不過現在第三次世界大戰正在發生呢……」七十三歲的阿拉薩德，濃眉大眼，銀髮整齊，臉色紅潤，有著爽朗氣質，那是他長年浸淫在考古的本色，是敘利亞的國寶級的人物，卻語出驚人。

「怎麼說呢？」女兒抓著阿拉薩德的衣服，猛搖著他的手臂焦急地問。

「教宗已經說了，目前遍布全世界的恐怖爆炸、犯罪擴散，也等於是『零星』的第三次世界大戰。太可怕了！」

我們在街上裝滿雞塊的大桶裡拿到食物，飽餐一頓，詹姆斯教十五歲的兒子操控遙控小飛機，帶著白色小雞飛向空中，在空中觀覽整個街道，並且拍照留念，圍觀的人們一會兒注視空中的小飛機，一會兒看著監視器的空拍街景，脖子轉來轉去，歡樂和興奮充滿了街道。這是在慶祝並紀念七十年前曾經有過一隻著名的無頭雞麥克生存了十八個月的故事，起因是農夫宴請岳母共餐，斬雞頭時意外留下公雞的一隻耳朵和大部分腦幹，公雞麥克反應劇烈，過沒多久便能正常行走，好像什麼事都沒發生，晚上還照常把脖子伸到翅膀裡睡覺，主人大受感動，憐憫麥克，決定照顧牠一輩子，使用眼藥瓶加營養液從脖子餵食麥克以維持生命，麥克也成了知名動物到處去展覽。這時，街道邊的大螢幕正在播放有關無頭雞麥克的卡通故事。

有人比賽大胃王吃雞肉，肥腫的男人，臉上擠出滑稽笑容，還尖聲學著清晨的公雞叫，一個不小心，對面穿著同樣雞帽裝的女人丟出了兩顆雞蛋在他左臉，才伸手去抹，右臉頰又被丟了另一顆，滿臉的水樣蛋花把眼睛、眉毛、鼻子和嘴巴糊了一層閃亮的薄膜。

在小型遙控飛機安全返航後，兩隻雞跳出來，被人們當作鳥一樣拋向空中再以兩掌接回，有人卻在等待的過程中，頭臉雖閃過掉落的雞屎，卻免不了中獎落在衣服上，觀看者大笑鼓譟。

「湯姆，你玩得好棒！」詹姆斯說：「長大了想當飛行員嗎？」

「老爸，我才十五歲，想著十年後的日子，你說有多遙遠呢？」詹姆斯兒子的笑臉在陽光下燦爛生輝，他的黑髮黑眸和白皮膚顯示了混血。

「不過，再過幾年以後，就不用飛行員啦！」我說：「無人駕駛的飛機很好用的。」

「有什麼用呢？」阿拉薩德插嘴了，眼神中帶著無奈地望著他的家鄉：「美國人的無人飛機轟炸了天啓聖國佔領區，發生不了大作用，因爲天啓聖國的武裝人員分散在不同地方，面積有烏干達或英國一般大。」

「哈，無人機被擊落，還是淘寶網的貨。」小靜的表哥湯姆突然咧嘴而笑，洋洋得意，一語驚人，好像淘寶網跟他有什麼關係，他對網路世界倒是挺熟悉的。

幾個大人對於湯姆的回答都感到錯愕。

「不過，如果我能到敘利亞去，一定很過癮的。」湯姆把玩著小型飛機的平台，要裝入一只小籠子用來承載什麼，抬起頭來，眼神看到雲端裡發亮了。

「你會帶我去看看嗎？」小靜應答著。

連襟詹姆斯開始大口大口抽著雪茄，一陣呑雲吐霧，他太太總爲他擔心菸癮過重傷害了身體。他一面看著平板電腦一面進入深沉思考，螢幕上顯示的是位於兩河流域兩千多年歷史的帕邁拉古城，曾經是絲路的貿易中樞，當年印度、羅馬帝國和古波斯的商隊在此聚集，貝爾神廟和羅馬古墓也已列入聯合國教科文組織的文明遺址。

「過幾天，我要跟阿拉薩德回去了。」詹姆斯說：「他是研究古城帕邁拉的考古學家，我要去看看，並且採訪一下戰地新聞。」

「你到那邊去有危險呀！天火之戰正在動亂。」我故意說得誇大：「說不定哪一天發生核子戰爭呢？」

「興趣比什麼都要命呀！你看到嗎？天啓聖國到處侵略殺人……阿拉薩德是敘利亞的國寶、我尊敬的學者，他要我去一趟，他有考古上的新發現，要幫忙翻譯找人，美國政府還有特別的事交辦……」

「嗯，那好……你要好好保重啊，免得你太太和兒子擔心呢！」我說這話時，看到小姨子皺起眉頭，對我頷首，顯示她的認同與焦慮。

小靜跑去跟著穿雞裝的人群跳舞，跟著唱麥克日歌謠：

「麥克，麥克，你的頭在哪兒？無頭你也活得成！」（Mike, Mike, where's your head? Even without it, you're not dead!）

興高采烈鼓聲人聲雷動，七十年前無頭雞麥克的黑白照片就展示在大螢幕上，新的彩色影片是在非洲某處發生的，被斬首的公雞在圍觀者的喊叫中依然走動如故。重現了過去的麥克。就在小靜興高采烈唱唱跳跳的當兒，她突然被什麼嚇到，撲進她母親懷裡嚎啕大哭起來，我撥開她覆額的長髮，她眼神迷濛，神情恍惚，也許無頭雞麥克的故事引起她不祥聯想，驚嚇了她。

「媽媽我怕，我怕！我怕……」小靜散亂的頭髮飄散在她母親臉頰上，身子不停抽搐著。

「怎麼啦？小靜！」妻子轉過臉來悄聲對我說：「她大概受到驚嚇了！」

「無頭雞麥克嚇到她了嗎？」我問。

妻子點點頭，母女倆抱一起，小靜啜泣著，雙眼茫然，語無倫次，說：

「我看到他們把炸彈綁在雞身上……」

「哪有炸彈？」我眞的一頭霧水，不知女兒在說什麼。

「那些雞……身上綁著炸彈，被趕著向軍隊衝過去，那些雞都炸死了，成了炸雞。」

「小靜，是妳看多了電視，心神不寧吧！」她母親笑著，在她的胳肢窩抓癢：「妳不是變得挺像男生嗎？」小靜的驚惶完全退去，母女倆嘻嘻哈哈抱在一起。

「沒沒……沒什麼……我看花了眼呀……小雞關在籠子裡，讓無人機載上天……」

小靜揉了揉眼，好像剛才看到了沒來由的幻象，這些天以來她有失眠的毛病，心想也許是吃了安眠藥史蒂諾斯的副作用，但是她怎會看到小雞身上綁炸藥的一幕，是我始終不了解的。

我們去參觀弗魯塔市的恐龍公園時，阿拉薩德說：

「恐龍的滅絕有可能與病毒有關，我認識一些考古生物學家認爲與病毒引起的瘟疫有關。現在中東的亂事是地球之癌啊！」

病毒和癌症的話題讓我的連襟詹姆斯想起了什麼，敘利亞考古學家阿拉薩德拍了拍我肩膀，提起一些事，某些情報指出，天啓聖國打算炸毀埃及的吉薩大金字塔，美國方面已開始進行一些防止和反制，甚至已經研發成功一種放入食物鏈的合成藥物，混入一般兒童施打的疫苗裡，讓服用者的心靈對於類似極端的信仰遲鈍無感，由於天啓聖國佔領區也在做疫苗施打，他們以也做道路修建、糧食配給、爲兒童或民眾施打疫苗，爭取佔領區居民的認同，所以在疫苗裡面動手腳是有可能的。與天啓聖國的戰爭，也許在未來的下一代得到全面平反。

□

回到舊金山寓所，女兒寧靜的情況變糟了。那天晚上兩點多鐘，狗狗阿甘哀號狂吠的聲音驚醒了我們，接著傳來小靜在屋內追逐吵鬧喊叫聲，阿甘四處狂奔狂吠，我們睜開惺忪睡眼，看到狗狗身上流著血，樓梯、地板、家具到處血跡斑斑，阿甘撲到我身上求救似地哀叫，老婆還以爲牠正要攻擊我，拿起茶杯差點沒摔過去。氣憤的小靜手拿一把沾血的大剪刀，兩眼怒瞪，直直站在我們面前，喃喃自語著我們聽不懂的話。做媽媽的大叫：

「小靜，現在半夜幾點了，妳發瘋啦？」

「氣死我了……」小靜吼著：「我要牠信眞主阿拉，牠偏不說話……」

「牠是狗狗阿甘，當然不會說話……」做媽媽的趨前去奪下小靜手裡的剪刀。

小靜竟然說：「我以爲……我應該割下牠的頭！割給夏馬斯看……」

「夏馬斯是誰？」我順著她的話問，輕輕撫著小靜的頭髮和臉頰。

「夏馬斯……是一個英俊醫生，來自馬來西亞……我很喜歡他。」

之後，小靜在茫然中驚醒了，胸口的起伏逐漸平靜，好像回了神，視線恢復了正常焦距，在啜泣中侃侃而談：

「爸……媽……我剛才作夢，夢得好像眞的一樣，我拿著AK47步槍對著一批跪下的人開槍，還看見拿槍的小朋友，頭和身體包纏著黑布，露出可愛的臉來，只有五、六歲大，還在吮手指，他們被大人命令著，玩弄一顆顆地上的頭顱……」

「小靜膽子好大呀！爸是說，妳在夢裡膽子好大呀！」我的驚訝讓自己心裡發抖，我自己擁有的科學知識沒信心解釋發生的事情。

「頭顱底下有一個血洞、臉上都沾了血，他們是一批囚犯，每個人都是穿了橘紅衣服被割下的！」小靜說完，神情逐漸恢復平靜。

「是妳割下他的頭顱嗎？」

「是啊！是我……但又不像是我自己動手的……只是作夢啊……」小靜完全清醒了。

「妳作夢，怎會夢得這樣清楚？」我老婆被嚇到了，急急追問：「是不是妳表哥給妳看了網路上的砍頭影片？」

「沒有啊，是我傳給表哥看的。」

「媽呀，是妳傳給表哥……我要昏倒了。」老婆的身子在發抖，抓著女兒的耳朵猛抖著：「妳怎會變成這樣？」

「我忍不住啊，不曉得爲什麼去看網路上的東西。」

站在一旁的我，心裡波濤起伏，閃過一個念頭，莫不是心臟移植手術之後的所謂器官記憶？根據醫學報告，是有微小比率的接受心臟移植者發生性格改變，甚至也有匪夷所思的神祕遭遇：由於捐心者夢中來報，找到了殺人凶手。

「不錯，這很酷吧！表哥還罵我罵不停呢？哪像你們一樣大驚小怪……」

我和太太相視無言，我聽到自己的心跳加速如打鼓震動。

「但我在夢裡覺得自己提著一顆一顆的頭顱，還教五、六歲的小朋友拿人頭玩，教他們開槍打囚犯，吃過人肉，到過很髒很臭的廁所，很不舒服的地方……」

作爲大學教授，我也有興趣研究超心理學，接觸過前世療法、靈魂離體的實驗，大多數所謂亡魂附身與轉世的研究被認爲是一種解離狀態的疾病，我了解事情的嚴重性與複雜性，沒想到事情發生在我最親近的兒女身上，一定事出有因。

幾天後，我帶小靜去看了精神科醫生珍妮佛，她懂得催眠術，醫生讓小靜安靜舒適地躺在沙發上，放了抒情歌曲安撫小靜，最後導引她逐漸進入催眠狀態。

「妳說吧……小靜……妳慢慢地把妳看見的、經歷的……所有事情說出來吧！這樣妳心裡會恢復平靜的……」

一陣恍惚過去，小靜好像變了男孩子的聲音，說出令人匪夷所思的事：

「我感覺到……我在夢中變成一個十幾歲的大男孩，我們都包著頭巾留了鬍子，拿著AK47步槍……在沙漠地帶參加戰爭……」

「先說一下，你的名字？你今年幾歲？」

「彼得．羅，十六歲。」

「你本來住在哪裡？可以說得詳細些嗎？」

「舊金山華盛頓街八百一十七號，如玉珠寶店，是我的家，隔壁是一家保生素菜館。」

「你爲什麼會來這兒上戰場呢？」

「呵呵，這個嘛，沒什麼好說的，在我們這兒，好多工程師、教授、電腦專家，都是來自西方的。也有英國、美國、澳洲年輕女孩子參戰……」

「還有很多娃娃兵？」

「不錯，在我們營地裡……好多娃娃兵，他們穿著迷彩裝在做早操，都是一群從六、七歲到十二歲的孩子，負責自殺炸彈，這是無上榮耀……」

「說說你在那兒幹什麼，發生了什麼事呢？」

「我們每天早上起來就是跑步、學習天啓……然後跟著……一起拿槍操練，對著囚犯開槍……或是學著拿刀砍囚犯的頭，五、六歲的小孩……很天眞的小孩就被教……先要求他們提著血淋淋的人頭玩……練習膽量……讓孩子們習慣血腥的事……」

「彼得，有什麼特別的事讓你難忘呢？」

「除了我愛上夏馬斯以外……」小靜臉上露出尷尬的微笑：「嗯……不好意思說……」

「夏馬斯的事情比較特別，待會兒說吧！」

「有一次，他們叫我用槍托去毆打虐待手無寸鐵的囚犯，要我把石頭從他嘴巴塞進去，要他吞下去……囚犯無助地看著我，他是個伊拉克飛行員，兩眼流淚，對我討饒，講了一些什麼話我聽不懂……」

「後來有人翻譯讓我知道他說話的意思：『你很像我兒子，你爲什麼這樣對我？不過我願意爲你死！你就拿刀割我的頭吧……』但是我身後的軍官在喊叫：『他叫你割他的頭，你就割下他的頭？』但是我沒敢做這樣的事，我來這兒是當聖戰士，成就像網路遊戲一樣的英雄事蹟，不是來做這個的……我哭了起來……他們問我爲什麼不肯聽令？我說他很像我爸爸，『那更應該這樣做啊！』對方這樣的回答讓我更驚愕辛酸，我手腳發抖……」

「因爲這件事，我被罰，關在伸手不見五指的牢籠裡，等我出了囚牢時，看到兩個女人被釘在十字架上，臉上流血……（小靜傷心哭了）……綁了黑布，聽說她是因爲出門沒有遮臉部……（小靜哭聲越來越大）……有兩個兒童因爲飢餓偷東西吃，被砍斷四肢，綁在十字架上流血致死……」哭聲越來越大，最後變成嚎啕大哭。

「你爲什麼傷心呢？」

「我愛夏馬斯，我以爲找到眞愛，他是馬來西亞來的醫生，他的家人跟我一樣住舊金山，他給了我一條心形項鍊，裡面有他母親的地址電話，叫我去找他母親，但是我要去見她時，在路上被車子撞了……最後家人同意捐出我的心臟，我回美國後……早就簽下了同意書，是我的贖罪……」一連串悲傷的哭泣，是對血腥戰爭的悔恨，是對生命倉促的遺憾。

催眠醫生給了小靜鎮靜劑，加上我們的安撫，陪伴她進入夢鄉。面對這樣的孩子，我們和妻子的心情是沉重的。努力追查眞相的結果，找到了答案：這是小靜接受換心手術帶來的後遺症，經過催眠治療後，將會逐漸淡化捐贈者心臟的記憶。我想起在弗魯塔市參觀恐龍公園時，我的連襟詹姆斯和敘利亞考古學家詹姆斯曾經說起，已經研發一種對抗心靈病毒的安寧疫苗，可以滌除頑固的心靈偏執信仰等待付諸實現，有關心靈的神祕問題的解決，也會有其他奇妙的方式。

我們查到夏馬斯醫生確有其人，敘利亞的考古學家阿拉薩德在搭機返回敘利亞時，跟我說，他會想辦法與夏馬斯醫生聯絡，傳遞一個重要訊息給對方，但是他回敘利亞，古城淪陷，他被砍頭後屍體倒掛廊柱，公布的理由是阿拉薩德拒絕供出敘利亞古文物的藏匿之處，而前往戰地攝影的詹姆斯也被俘成了人質，這眞是令人椎心泣血……

03．夏馬斯醫生之心

作爲一個醫生來到這個戰火不斷的國度，我飽經一番可怕歷練，我從馬來西亞跟我的愛人同志來到此地，由於網路消息傳播快速，引起全世界震撼，人們以爲我就跟全世界九十多個國家的兩萬多名外籍傭兵一樣來效勞天火之戰，我也看到女孩子從遠地飛來嫁給天火戰士，或跟著拿槍屠殺人命，然而我受到儒家思想的薰陶，我投效天火之戰的過程毋寧說是懷著好奇心前來，心中有著愛恨，尤其經歷我的愛人同志參與戰爭慘死之後，加深我的反感。

電腦螢幕上播放的末日風暴襲捲大地——天啓聖國的高級電腦工程師在網路上的作爲足夠吸引嚮往時髦的青年前來投效，觸目所及之處，黑色旗幟飄飛，黑色的武裝人員在裝甲車、坦克車與悍馬車上巡行，手執冰冷肅殺的AK47步槍，伺機瞄準殺人，還有人肩負火箭砲，隨時以盛大的煙火爆炸送出死神之吻，對於異教分子和不同理念的男女老幼，殺無赦，自殺部隊包括一群年幼天眞的兒童，他們在爆炸中粉身碎骨，高興歡欣與聖神在天上見面。四萬多民眾被圍困山區，飢死渴死，烈陽曬死，人間地獄早已降臨，父母親不忍小孩受苦，將小孩從懸崖丟下，逃亡難民體力衰竭倒下，屍體任令野狗啃食，回歸自然，鮮紅的血是加添了黃土沙地裡的色彩點綴，逃難者的屍體遍布沙灘和陸地。

直到我遇到一個來自舊金山的華裔青年羅彼得，觸電般的吸引力來自他的東方臉容和談吐，與他有了心靈契合，後來他在一次軍事行動中被美軍俘虜了，他也如願回到家鄉。我已經給了他我的心──我的心形項鍊，每次夜晚的思念都會仰望星星，當他見到我的母親和姊妹，就會了解我的心情，黑夜裡可見星光閃爍。

敘利亞的考古學者阿拉薩德與我聯絡上了，他給我看我父親生前的照片，口頭傳達了機密訊息給我，交給了我幾顆微晶片，可以藉著外科手術過程植入人體，藉著它發射微弱訊號，經過定點地區的儀器捕捉再放大，做衛星定位，指引美國無人機從事完美行動。

如今我生命中一次重大抉擇來到了。

「天啓聖君偉哉！」從醫院走出來，我喊著，兩個守衛向我致禮，相互耳語，大概是對我的稱讚吧，幾個小時之前，我被指定進入基地外科手術室爲天聖國二號頭目柯林斯的槍傷動手術，藉著這個難得機會，我在他的手臂的傷口肌肉裡植入微小的通訊晶片，也完成了醫療。

身材魁梧的柯林斯，腹部有一處明顯的繃帶，我被要求以醫生的身分進場參加慶功，柯林斯黑色頭髮濃密，眼眶深陷，鼻大耳大鬍鬚整齊，眼神尖銳，面容肅殺，他走進來的時候，慶功宴就開始了，牆壁上的大螢幕播放攻佔城市時砍殺人頭、燒燬民房、擄奪婦女的錄影，被查獲的菸酒正在焚燒，黑煙衝天有如向天神誇讚勝利，人民的血肉屍體就是至好的牲禮，七個囚犯脖子被一條炸藥項鍊連接，之後同時引爆，七顆肩上的頭顱瞬間灰飛煙滅，留下的煙硝有如慶祝焰火，戰士們開心大叫，全體握拳呼喊助威。

抬頭看見夕陽餘暉中的燦爛雲朵，染紅了一大片天空，驀然，一個閃亮的機影穿出雲間，想必無人機已經帶著精靈炸彈悄悄來臨，我的時間不多了，氣喘吁吁亡命向前奔跑著，迎面幾個執槍的黑影對著我吆喝：

「站住！」

身後的爆炸聲轟然響起的瞬間，一顆子彈呼嘯而來，直穿我胸口，感覺心臟隨著身體和四肢爆開四散，靈魂如輕煙般飄逸，如花如霧，天堂裡幽雅美境歌聲曼妙，金身神祇閃耀，美麗迷人……

〈本文獲二〇一八年全球華語科幻星雲獎〉

〈哭泣的心臟〉完

〈哭泣的心臟〉創作理念和寫作經過

這篇小說〈哭泣的心臟〉有著現實主義色彩科幻味。小說中運用眞實材料構織故事的方式。無頭麥克雞的故事是眞的，心臟移植造成器官記憶傳達給被移植者的情況也有先例。

第一節：小說中的我是羅彼得，十六歲的華裔青少年，爲了擺脫同性戀傾向，偷了朋友哥哥護照自美國出境，自動加入天火之戰，之後被俘回到美國，車禍死後心臟捐給一位少女，但法律上捐心者的身分是不公開的。小說初稿寫主角之一的羅彼得來看病是因受傷，初稿後再修改，他故意劃傷身體造成流血，來看他擦傷嚴重將潰爛的小弟弟，而他的小弟弟之所以受傷是因不忍強暴女童，且他也有同性戀傾向。

第二節：小說中的我是女孩子小靜的父親，一位旅美華人。由於接受心臟移植的器官記憶轉移，舊金山一名接受換心的小女孩小靜受到感應，在參觀無頭雞麥克紀念節日活動發病，老爸帶去給醫生催眠，逐漸說出戰爭屠殺慘況，主角羅彼得與醫生夏馬斯的同性戀戀情也曝光。（有關無頭雞麥克的事件是眞實在美國發生的。）

第三節：夏馬斯的自白，說出他良心發現後，也捐出自己的身體和心，完成祕密任務。

第二段講的無頭雞麥克、恐龍的滅絕和地球病毒都有隱喻。第一段也提到地理中心戰略概念，隱喻地球之心的癌變。

深藍的憂鬱

深藍電腦再度發揮難以置信的棋藝，第十次打敗我這個赫赫有名的世界棋王。我已信心全失，沮喪得無地自容直想自殺，只好偃旗息鼓，一個人躲在沒人知道的地方，放聲哭泣。幾次出力撞牆，希望自己更笨或更聰明都好過些，可惜只撞出滿頭包。

「電腦即將接管世界了！人類的智慧還有用嗎？」全世界的媒體和科學家多少年前就發出驚人的警告和疑問，難道即將成爲事實？

與深藍對弈的慘敗，讓我有著深沉畏懼而惶惶不安。我常常在夢裡看到一個全身藍色衣服的翩翩少年站在我前面，絮絮叨叨說些我聽不懂的話，就像深藍電腦已化身爲人形的傢伙在揶揄我，對著我指指點點。

悲傷蟄伏許多日子後，電腦科學家朋友王文燦提供一個點子。

「你可以變得更聰明，你可以打敗深藍唷！」他悄悄在我耳邊說了幾句話。

我展開了難得的微笑，心中長久的陰霾隨之消散，彷彿看到下一次比賽後的勝利歡呼，全人類也都在熱烈鼓掌。

終於，在我的腦部植入超級計算能力的電腦晶片之後，我決定與深藍電腦再一次交手，以圖扳回失去的自尊，代表人類與機器智慧的決戰。

現在，深藍電腦已經進步到有著人類形體的外貌和四肢，可以自由走動說話，就像一個聰明絕頂的俊美青年，但我們卻無法了解深藍是不是有了意識——機器人產生心靈的奧祕，是科學家一直窮追不捨努力想解開的千古之謎。

深藍一如他的名字，全身穿著藍色系列的衣服，眼眸透出迷人的晶藍，銀亮的頭髮有著高貴的氣質，配上他俊挺的臉龐，更顯得聰慧不凡。

「你好！深藍電腦！」我與深藍握了握手。

雙方行禮如儀，深藍禮貌地對我鞠躬，我竟不自覺地對機器點頭。我面對的是一個可敬可怕的對手，卻不是人類。

這回，深藍簡直不堪一擊，一敗塗地，而且，大聲哭起來……

「老兄！別……別叫我電腦！」深藍說：「我應該比你更像人類唷！」

這時，我看到王文燦身邊站著幾位設計深藍的電腦科學家，正頻頻叫好，王文燦豎起大拇指，對著我和深藍喊叫：

「成功了！成功了！機器有了情感！」

〈深藍的憂鬱〉完

作者按：這是一篇「局中局」的故事。本文被選入南一版、翰林版國二下國文教科書。二〇二二年新北年新北國中教師甄選考題，出題教授指文中的「我」本來就不是「人」，是偶爾出現情緒的ＡＩ才是正解，一時之間引起考生、教學老師和出版社眾多討論。各方期待作者回應，作者已在同年七月十日《國語日報》撰文〈人與電腦的哭泣〉。題目就是答案，欲知詳情，請上網查看作者部落格。

時光畫廊

五十年才有一次聚首的小學同學會，相見時男男女女多是銀髮人了，有縣長、法官、中小學老師、大學教授、商人、家庭主婦、醫生、護士、公司職員，幾乎涵蓋了社會的各個層面，卻都已到待退或退休之年。青青校樹的畢業歌聲，猶在耳畔迴響，童年時代校園裡的青草味和歡聲笑語依稀可聞，一幕幕的光景在眼前與現實交映疊印……

時光魔術把每個人從青嫩年華帶到感傷的晚年，多數人已兒孫繞膝，彷彿逝去的只是眨眼間的一笑，而昨天已了。一個童山濯濯的男生，站在樹蔭下拿著麥克風唱歌，頭頂反射著即將西沉的夏日陽光，彷彿每個人又回到小時侯的樣貌神態，每個心版成了聯絡了兩個時代的感光片，每個人都飄過同樣的念頭：五十年只是一刹那罷了，實在分不清楚時間怎樣在人世進行幻化成長和衰老的魔術。

餘興節目是參觀超大型時光顯像畫廊，它就座落在都市的繁華地帶，一座聳立雲霄的高塔式建築，在那兒可以俯瞰整個大台北，進入永恆，透視人生與宇宙的終極的祕境。

□

在時光顯像畫廊裡，我們是旅者，探首窗外可以見到五彩霓虹在都市的眾多樓房中眨眼閃耀，台北街上車如流水人如蟻，忙忙碌碌的情況和過去每一天似乎都是一樣的。迴廊裡，掛著數不清的千篇一律的人臉照片，大數據顯影感應，映現出每人為不同的主角，前一張與後一張，幾乎是一模一樣，看不出任何差異。朋友，且慢感到單調無聊，處身在一個滿是複製畫像的迴廊裡，如果我不告訴你眞相的話，你無法明白時間軌跡的奧祕。人們生命中每一天的外貌都在大數據裡製作成畫像，貼在迴廊的牆壁上，每人每年就有三百六十五張畫像，閏年多了一張，它們都是眞眞實實的自己，生命中的每一天，都留下了清楚的畫面印象──今天的我與昨天的我，昨天的我與前天的我，前天的我與大前天的我……依次排列，每張畫面的外貌幾乎是完全相同的，無法分辨彼此的差異。

前前後後每一張畫面幾乎不變，我們盯著掛在牆壁上的每一張臉，逐漸加快速度移動視線，畫像上的臉貌也在不知不覺中變化著，我前一個月、兩個月、三個月的樣子，以至前一年、兩年的樣子都出現了。不知不覺中，空間畫面已經變成了時光隧道，不記得當初我是怎樣從兩鬢霜白、頂上微禿的老年人，變成雙目炯亮，神采俊逸的美少年，所謂朝如青絲暮成雪，忽然時間反轉，人生畫面倒轉，順著迴廊往下走，時間也在飛快往後倒退，我也越來越年輕，一年一年倒退回去，我們終於走到孩提時代時分手的地方──也就是四十年前高唱驪歌的那年，於是，大家一起手牽著手唱著青青校樹、萋萋芳草的歌，跌入童年時間的河流裡，想像與現實交錯重疊，我們感到朝如青絲暮成雪的恍惚和不可思議。

設計這趟旅遊，是對時間邏輯的玩笑與質疑，如果今天的我與昨天的我是完全一樣的，那麼第一張《暮成雪》和最後一張《朝如青絲》必會完全相同，現在的我與畫面中的人也必一樣青嫩俊俏，且所有人都沒有例外。最後，系統快速地倒轉畫面，回到我出生時的第一張照片，我把它放大，成爲立體三度空間的壯觀大畫面，甚至可以聽到出生時的哇哇哭泣聲，站在畫面中沉思默想，依稀每個人多少有著難以言宣的失落和傷懷。

初生的嬰兒消失不見了，所有的旅者都飄浮起來，進入隧道一般的黑洞，恍惚是置身在母親的產道裡。模糊脆弱的人體，就在黑暗中一個母親的子宮裡掙扎踢動著手腳，最後，我們看到的只是一個小小的點，那就是最初的人形，我的來源，一如每個人的來源。

□

時光顯像畫廊的身歷境超大畫面影像，呈現出一面開啓的大窗子，眾多旅者隨著鏡頭飄出窗外，以君臨萬有的視界感覺到有若置身天空自由自在地飄翔著。起初是熟悉的台北繁華街景，高樓大廈林立，摩托車與汽車塞滿了每條道路，污染的廢氣蒸騰成一層薄薄的黑色雲霧，行人像魚群在污濁的池水中遊蕩著，淡水河是台北的一條穢氣熏蒸的排泄管道，偶爾被倒垃圾，與台北光華亮麗外貌極大地不相稱。漸漸的，在水晶耀眼與雷電交加中，天地變色，成排成列的樓房縮陷入地底，烏煙瘴氣的都市景觀不見了，朦朧中出現眼前的是一片美麗澄明的大湖，四周密密生長著蓬勃魁偉的樟樹，那圓錐狀的白色花朵在綠色野地有如眾多耀亮的眼眸，在風裡閃動，清幽的湖面上有搖槳的船在碧波裡盪著，眼前正是一幅熟悉的中國山水畫，湖的四周有原住民居住著，過著打獵捕魚的生活，攜帶種子和農具的漢人，逐漸來到，在河流沿岸墾荒種植，西方的船隊也從天連海海連天的那邊出現，逐漸駛入大湖裡，天地悠悠，景像如幻，旅者與天地已經融爲一體。

空中傳來如宏鐘又如神祇般令人敬畏的解說：「一六三二年，西班牙的船隻溯淡水河入台北窪地——當時台北還是個鹹水湖。而當漢人大批移居台灣時，獨木舟仍然是很多湖泊河流上的主要交通工具。」

旅者心中悸動又感動，眞能相信這一切僅僅是三百多年前的景象？眾多的唏噓和心頭的噗噗之聲，有如野地裡噴出清泉的微響。來自住洋房、享冷氣、開汽車的現代的旅者，如何能夠想像熙熙攘攘的台北，當年曾是青山綠水的翡翠世界有如蓬萊仙境？獨釣寒江雪，孤舟簑笠翁的情景？與現在人煙稠密，連呼吸都感到要窒息的境遇，眞是不可同日而語。超大畫面呈現了台北曾經在一九六三年的葛樂禮大颱風來襲時，被水圍困成了水城的景象，在全市斷水斷電半癱瘓的狀態下，還眞的有獨木舟在街頭巷尾流動，兜售食品或日用品，兩種時空環境的疊影，格外引起觀者的思古幽情。

眾多的旅者似天地間的遊魂，時間和空間已經沒有分際，人是被自然揉捏在一起的小個體，七情六慾只是自然冒出世界的泡沫或嘆息。身在雲深不知處，美麗之島的蓊鬱山林和處處花海，奇幻迷人，到處可以看到樟樹、紅檜、扁柏、相思樹、鐵杉、筆筒樹等構成的綠野山巒，而草澤植物中，蘆葦、濱雀稗、鹽汁草、鋪地黍、白茅、白花、馬鞍藤、苦檻藍、姬草海桐……平常都市裡未嘗得見的，都一一呈現，旅者幾乎可以聞到那種盤古開天以來的清鮮空氣。

旅者飛昇得更高更遠，視界更加遼闊，台灣與大陸之間的海峽景觀倏忽呈現眼前，差不多一萬年前，海峽還曾是陸地，台灣與大陸隨時可以互通，人和動物在這片廣闊的天地間居住遷徒是很自由的，鏡頭掃過的大地是一片清寧祥和，日出在遙遠寧謐的地平線上，青山草原與雲霞共旖旎，生物與人只是大自然的點綴。旅者都在驚歎，如果人間還有什麼賞心悅目的事，經歷一次這樣壯麗旅遊就已足夠銘心刻骨，眞有幾輩子的話也忘不了。

無形的時間與空間似水似霧似光一般化開了，光沫四散，旅者化身爲無數粒子，視野更開闊。置身太虛之中，目睹整個星球的形貌，地球和月亮越來越小，甚至連太陽的光芒也只是個小小的圓盤，八大行星早已隱去不見，太陽逐漸縮小，成爲星光中的一點，壯麗璀燦的銀河和星雲，有如天空中的耀亮錦繡，即使光在太空中行走一年的距離，都不足以作爲此次旅行的計算尺度，一萬年、百萬年，只是宇宙中剎那的微秒，人的一生甚至不如星星的一次爆炸眨眼。

終於，眾多旅者以超越光速的粒子向宇宙最深沉遙遠的邊疆飛去，差不多是兩百三十億光年[1]的遠處吧，那是條幽暗神祕的隧道，出口處有模糊的光暈在招引，如宏鐘似神祇的聲音在表白：「宇宙在誕生時是個比基本粒子更小的超迷你宇宙，是個不可思議的原點。」

抵達宇宙的原點後，旅者恍然有所領悟，宇宙誕生與人的誕生竟然不可思議地對應著，都是從神奇的原點開始的。老早有人在懷疑，人只是重演宇宙的生和死罷了，許多瀕臨死亡的人都有類似的經歷：在欣快的飄浮狀態中看到隧道和光，逐漸向出口的方向飄浮。仔細追究起來，大約人在瀕臨死亡時，意識會飛快地回溯一生的經歷，甚至回到出生的原點，就似嬰兒通過母親的產道，掙扎向外面有光的世界，一如宇宙從太初超微小的密集原點爆炸，成為大霹靂火球，而太空中的星球因為死亡而爆炸後，產生的元素灰和星際間的氣體雲，所含有的鈣、鐵等元素，正是製造人體骨骼和血液的主要成分，形成了人的皮膚與神經、肌肉與臟腑，人的來源，竟然和宇宙有著神祕的關聯，正是中國古來所謂的天人相應。

□

時光分明是宇宙戲劇的主宰，畫廊的影像幕呈現的大窗口恢復現實景觀，台北的繁華街景一如平日，是個聲音與色彩紛亂迷人的大染缸，它也是在三百多年前的鹹水湖上，如今盤據著眾多的水泥叢林，隨時蒸騰著煙霧和生產垃圾的城市怪獸。就是不明白，人間總要發生這麼多的糾葛爭端，從總統到販夫走卒，從海峽這邊的彈丸小島到另一邊的中國大陸？十幾億人就有十幾億個心靈，每個心靈都似一個奇妙的宇宙，卻總是在貪婪中爭競，彼此吞噬占有，每個人腦都有一百四十億個神經細胞，每天都要死亡三十萬個，直到軀體衰老，誰說這種情形不像人間的爭戰和宇宙星球演化？

窗口再度開啓，旅者要向未來出發，無數鑽石般的光芒，在眼前熠亮，彷彿伸手隨時可以抓它一把送進口袋。倏忽一陣風捲殘雲，整個星球已經盡收入目，活生生一幅世界地圖已經攤開來在眼前慢慢地展示轉動，突然可怕的蕈狀雲在中東地區上升，廣大的油田在核子爆炸中全部被掀翻了，火光沖天，就像千萬個太陽在天空燃燒，隨後黑煙蔽空，即使在大白天也看不到大地之母的太陽，整個星球很快地被可怕的黑雲所籠罩，所謂核子冬天促使地球提早進入冰河期，最後連海洋也凍結了，地球成了一顆冰星。

在冰雪的侵襲下，人類大量死亡，許多地方恢復了穴居生活，喜馬拉雅山的雪人繁殖得特別快，甚至向人類學習語言，終於與人類雜居在一起。台灣海峽結了冰，雪人就從大陸移居到台灣來，到了天氣變得較暖時，雪人想要回去大陸探親了，雪人與人類成群結隊地跨過台灣海峽前往對岸，人性與獸性便又混雜成爲新的人性，而對岸的族類也大批地往南遷徙，甚至衝向太平洋尋找新的棲息地。

另一個文明在浩劫後建立起來了，新人類在受創中學習宇宙宏觀的法則，百多億個細胞的腦袋，進化到等同於銀河系千億個星體的數目，變得頭腦發達碩大而四肢萎縮短小，與機器結合的金剛不壞之身，發展出神祇般的智慧生命，每個人的心靈都像佛陀一般仁慈、包納

1 作者註：現代天文學指宇宙誕生於一百三十八億年前，由於宇宙不斷膨脹，半徑約兩百三十億光年，而非一百三十八億光年。

萬有。一位先知在觀察夜空星象時，發現一個形貌似嬰兒的銀河，而不禁吶喊歡呼起來。

一個世紀又一個世紀過去了，也許人類只是地球的過客，那麼地球再過五十億年呢？相對於我們同學分別再相會的時間，是一億倍吧。不多久，太陽成了一個「紅巨星」的大火球，面臨死亡開始膨脹，而地球的大限也已經來到，地表的水分全部蒸發殆盡，生命消失，想像今天所見到的蔚藍天空，都被紅色膨脹的太陽整個佔滿了，如果還有人在地球，只消看到這幅景象就會恐怖得發狂。最後，地球連同水星、金星捲入太陽裡面，成爲太陽的一部分，算起來星球的壽命也不過百億年罷了，和人壽的百歲同樣都有極限。

搖籃中的嬰兒終究會長大，地球只是人類的搖籃，時間畫廊的旅者想像著宇宙的終極，那必定是在無限遙遠，但一定還是會來到的未來。人是用星球的碎片所打造的，當智慧的生靈以星雲爲臟腑，粒子爲神經，光能爲血脈，星球爲細胞，就是那惟恍惟惚，有物混成的渾融狀態，變成人天合一了。那麼，宇宙天人的最後結局呢？就像某些人在死亡時幻見的光和隧道，想像畫廊終於映出了生命隨著宇宙同朽的刹那——如果生命能夠與宇宙同朽的話——前面一縷微光在招引，生命與宇宙的原形必須衝向那微光的盡頭才能得到答案。終於衝向光的盡頭，依稀傳來一陣莊嚴的天聲混合著人聲：「把這個孩子拿掉了，眞可惜。」原來我們活在一個被墮胎的宇宙裡，宇宙正在等待著另一次懷胎出生。

〈時光畫廊〉完

作者按：本文入選九歌《八十三年散文選》（林錫嘉主編），是小說，也是散文；是文學，也有科幻韻味；獲頒二〇一二年華語科幻星雲獎短篇小說獎。當年發表在蔡文甫主編〈中華副刊〉，之後被選入散文集。寫作的當時是有意寫出類似波赫士（Jorge Luis Borges）作品的風格，使用密集的文字塑造出深刻的意涵和情境。當年還是從手寫爬格子方式過渡到電腦打字的時代，所以能寫得精緻。

替代死刑

當法官宣告王朝明犯了殺人罪，判他「機器人代死刑」時，被告在法庭上狂呼冤枉，以雷聲般的吼叫發出他的誓言：

「我沒有殺人！我沒有殺人！我是被陷害的，我一定要報仇！」

類似這樣的表白，在審判中早已司空見慣，好多犯人都說自己是清白無辜的，法庭上的任何人誰也沒有把他的話聽進去。

在二〇六〇年代，即使被判死刑的冤獄案件發生率只有萬分之一，但爲了避免誤判，在人道主義者的鼓吹下，一種所謂「機器人代死刑」的方式便應運而生，就是在那些犯死罪的人腦部動手術，植入電極，使他們成爲電腦所控制的「機器人」，成了一具具眞正的行屍走肉，以代替從前野蠻的死刑——坐電椅、槍斃或絞刑。

二十年過去了，王朝明乖乖地在火星殖民地過著「機器人」的生活，從事開墾建設的工作。他的親友想盡辦法去營救他，爲他尋找新證據，冤情終於獲得平反。警方也找到了眞正的凶手，原來就是他的結拜兄弟王達成陷害他的。王達成後來也被判死刑，王朝明當初想報仇的意念才被壓抑下來。

就因爲受了這樣大的磨難，王朝明在脫離機器人的生活之後，廢寢忘食，日以繼夜地從事腦部醫學研究。最後，他提倡一個死刑的新觀念：一種更進步、更人道的處理方式，將人犯的腦部加以矯治、改造，使原本卑劣、醜惡的思想完全絕跡。

王朝明的想法終於實現了，王達成的腦部也挨了一刀，經過改造整治，換了另一種完全是慈善家的性格，在緩刑中接受觀察，如再有不良的行爲就得施行「機器人代死刑」。

王朝明卻爲自己無法克服內心對王達成的憎恨而苦惱。他爲自己曾經服了二十年的「機器人代死刑」冤氣未消，下意識裡不甘陷害他的人如此逍遙自在，甚至不斷產生謀殺王達成的念頭，他爲此而驚慌不安，良心受責備，非常煎熬卻無法自制。最後，王朝明只好請求有關當局，把自己的腦部加以改造，好讓自己成爲一個完全正直沒有邪念的人。

〈替代死刑〉完

作者按：本文選入翰林版國中國文教科書國二下課文。

天人感應篇

這已經是美國第N次太空災難了！

在全球性的恐怖攻擊風聲鶴唳之際，太空梭的失事再度造成大震撼，電視上一再地播映太空梭最後解體的畫面，哥倫比亞號拖曳著幾條長長的白色凝結尾，在藍色的天空畫下旅程的休止符，留給世人多少惋嘆和悲傷；唯獨伊拉克人在慶幸阿拉真主對美國人的懲罰，我上網讀到「強人論壇」，有人竟幸災樂禍說：太空梭爆炸是「新年最美麗的煙火」。一位讀者義正辭嚴地斥責：「吃狼奶長大的人。」面對負面言論，有人分析說：他們不是對生命的喪失而高興，而是對美國的航太事業的挫折，對美國霸權的無限擴展中遭遇的一次失敗而感到高興。

這艘太空梭搭載著有史以來第一位以色列的太空人，剛好在德州東部一個叫巴勒斯坦的小鎮上空爆炸裂解，紐約時報還說，這項「巧合」是連小說也杜撰不出來的情節。

七位元太空人包括五男二女全部罹難，屍體成了無法收拾難以檢視的碎片，電視一再回溯他們臨行前暢談太空探險意義的畫面，每個人都有說有笑，歡喜親切，栩栩如生的模樣讓人很難相信他們已經到另一個世界去了，正如以色列的空軍上校拉蒙——這位太空人最後發給家人的電子郵件上說的：「太空之旅無限平和，『我眞想永遠留在太空』。」不知是不是一語成讖，還是預知死亡紀事，讓人辛酸難過不已。

全球媒體焦點集中在太空梭災難新聞，我看到台灣卻街頭喜氣洋洋，慶祝羊年來到，台灣中部靠海的大甲鎮還發生了一起神祕離奇事件，這就是我經歷的天人感應故事……

□

大甲高中美術班一年級的男女學生，幾天前就約好大年初一下午兩點鐘，要到鐵砧山下的李妙英女同學家去聊天打屁，兼打電動玩具。李家是從清朝以來大甲鎮的大戶人家，房屋雖然古老，兩層洋房的哥德式建築佔地面積夠寬敞，外表也雅致，一百多年來一直是遠近皆知的許姓大厝，屋後也有果園和樹木提供休憩之所，同學有事沒事就愛跑到她家去玩。

大年初一晚上剛好我們七個同學五男二女在李妙英家玩碟仙，碟仙自稱「七十歲死於癌症」，預示「太空爆炸」之後，碟子飛出去摔破，我們七個同學嚇壞了，半夜就各自回家。第二天，從新聞報導中知道眞的發生太空梭爆炸事件，大家都傻了，因爲哥倫比亞太空梭上正好也是五男二女，爆炸時間正是我們玩碟仙的時候——二〇〇三年二月一日，農曆大年初一晚間十點十六分。

我和弟弟大明一整天埋在書堆裡，查閱資料，也上網搜索有關「飛鰻」的事物。我想：這個碟仙眞有兩把刷子，說的事情可眞準，飛鰻不是怪物吧？否則他眞的就是成仙得道的飛鰻？

大年初二晚上七點鐘，約好六個同學再度聚集在李妙英家的二樓房間，換了新碟子，大家以更嚴肅的心情請碟仙，希望再把碟仙「飛鰻」請出來講話。點上一根蠟燭，關上電燈，氣氛變得陰森詭異。七個同學五男二女一起跪在窗邊，同時焚香對天拜拜，各自默唸「恭請碟仙飛鰻光臨」，三人就依昨晚最後的位置就位，恭請昨晚的碟仙出壇。

盤子開始轉動後，張桂眉聲音有點顫抖，問：

「碟仙飛鰻，我們都很害怕，請問吉凶。」

「無。」

「無吉無凶嗎？」

「是。」

「碟仙飛鰻，請問您……」我接著問：「昨天晚上您早就知道太空梭爆炸嗎？」

「是。」

「那，爲什麼不先提出警告呢？」

「天機。」

「碟仙飛鰻，您是教授，請問您原來是教什麼的？」

「物理。」

「還有別的專長嗎？」

「畫——畫——打——鼓——」

「碟仙飛鰻。」我大膽地要求：「您既然這樣厲害，能不能讓我們看個清楚？」

「可。」

碟子在字盤中做了一個優雅的S形旋轉，而後靜止不動，大家屏息靜氣等待，忽然一陣風吹來，那根蠟燭火被吹熄了，眼前一片漆黑，兩個女生同時驚聲尖叫，接著其他男生也慌成一團，不知所措，只有我老神在在，我來之前去上香拜過媽祖了。

他們到底看見什麼？被嚇得都講不出話來，等到回過魂來，才有人說看到一隻巨大有如鰻魚長了翅膀的怪獸，在灰濛濛中現身，又有人看到太空梭爆炸時殘骸碎片和屍塊如雨而下，有燒焦的腿、頭顱、軀幹、骨頭。我和大頭阿金兩人把受驚的五個男女生送到大甲綜合醫院去求診，雖然驚動了家長，好在沒有再出什麼事故，其中三人情況較嚴重，醫生以鎮靜劑、點滴治療。

報紙和電視媒體報導，七個少男少女玩碟仙，惹得有人大吼大叫，有人神志不清，聲稱看到奇怪的東西，不斷大聲嘶吼，除了我以外的六人集體就醫；也有記者挖到了重點，說是我們請的碟仙預見了太空梭爆炸。

報上登載著：大甲綜合醫院精神科醫生丘峻達解釋，玩碟仙集體出現異常狀況，醫學上稱爲「急性心理反應」，以往門診時也曾碰過玩碟仙出現異狀者，但都是零星個案，這次集體就醫的情況還是頭一遭；同學們可能事先已經從新聞報導得知太空梭爆炸事件，對於太空梭碎片和屍塊落下的慘況，腦海裡已先有印象，玩碟仙時才會目睹靈異現象，另外，所謂看到長翅膀的巨型怪獸鰻魚，應該是幻覺引起。

同學對於碟仙又愛又怕，現在只好讓它平靜壓抑下來，不再惹事生非。我對靈異現象好奇心重，也許得過癲癇症體質特殊，有幾次發生超感應預知，比如阿公去世當天就看見阿公來託夢道別，還說他喜歡吃檳榔，阿嬤不讓他吃，阿公還交代家裡牆壁大電鐘裡面藏著一個鑽石戒指，後來阿嬤果然找到；在國外也有很多類似的例子的發生；現在碟仙的挑戰讓我更感興趣。

□

我們不斷追查所謂「飛鰻」身分，好在弟弟是資優天才學生，平常讀的課外書也多，腦筋靈活，對靈異現象很喜歡以科學的態度研究，大明就拿著王溢嘉編譯的書《靈異與科學》解釋，說愛迪生就曾經想要發明一種可以跟死人通話的機器，至於碟仙推動碟子指示文字很可能是人類潛意識心靈的產物。

弟弟大明去參加同學舉辦的「哈利波特化裝猜謎晚會」，他故意穿上黑色的連帽披風，打扮成像電影中吸血鬼的樣子，我陪著大明去晚會，回家後，我和弟弟一起努力解謎，我就把碟仙透露的資料給他，大明把碟仙資料一條一條寫在筆記上，作爲追蹤歸納的線索。他翻查了一大堆科普書籍，最後把一本《天才費曼》丟在我面前，大笑起來，說：

「飛鰻就是著名的物理學家理察．費曼，他生前喜歡畫畫、打鼓，看上空女郎。」

玩碟仙的遭遇讓我們震撼心驚，我這個癲癇患者本來就常會看到異象，如今卻增加了通靈通天的奇怪能力。那天晚上，我作了一個栩栩如生的夢，我竟然置身天堂，目睹費曼、愛因斯坦、吳大猷、薩根和天界許多奇事，大甲媽祖的護衛千里眼、順風耳在一邊娓娓道來，對我詳細解說，我事後磨練了寫作技巧，記載了天界異象和事蹟……

□

原來，大年初一的太空梭爆炸事件，天堂裡老早預先知道了。

哥倫比亞號太空梭的靈體被天兵天將截收，飛到了天堂，七個太空人的靈魂還未來報。如今，連同以前失事的太空梭共兩架太空梭，他們的靈體就並排停在太空科學館前面的青翠湖邊，吸引天堂的萬千神仙遊客。

盤古星君又叫盤古眞人、渾沌氏，飄逸之身遠遠站著，雙瞳如電，觀望著來自人界的美國哥倫比亞號太空梭，流露出多少的好奇和不解。自從開天闢地以來，天神地祇人鬼都能各自安於位，盤古星君看盡億萬年滄桑變化，如今對於太空梭失事都能保持鎭定，默默無語，憂喜自在，心中自有盤算，他又被奉爲元始天尊不無道理。

這是個以道教、佛教、儒教信仰爲主的天界，組成了東方天界，收容了非屬耶和華信仰的善良靈魂菁英，有的是儒釋道信仰者，有的是無神論者，有的是信仰科學崇尚自然爲主的人，他們相信世界雖由神所造，創造後就由自然法則管理運轉，史賓諾莎、愛因斯坦就是，還有打擊靈異信仰最力的天文學家卡爾・薩根、臨死之前都不願接受牧師祈禱的美國的國父華盛頓、促成美國嚴格的政教分離的開國元勛佩恩等人。

玉皇大帝、諸佛菩薩不忍靈魂流離失所，對於不需要轉世投胎而有偉大成就的「鐵齒」人物特別照顧，反正他們在人世的功德也足夠讓他們死後來到天界定居，就特別歡迎他們。此地與耶和華的天堂自是不同，彼此卻有聯絡，以防靈魂走失或惡鬼爲亂。

人死後依信仰劃歸靈魂的居所，是由比天界更高的「無」界所安排的法則。天界的信仰孰是孰非，根本沒有是非可斷，只要你的心靈純淨善良，便可依信仰安排座位或門牌，供你死後移民。只有那些作惡多端的人如希特勒、史達林等人是永遠被困在地獄裡接受刑罰，永世不得超生。

□

頭髮散亂、不修邊幅的愛因斯坦坐在池塘邊柳樹下的石凳，目光呆滯，面露和藹微笑，凝視著小老弟——偉大的天才物理學家費曼做畫，那是費曼在地球上的業餘興趣之一。

模特兒是中國古時候的美女西施，她赤身裸體地遠遠站在一架太空梭模型前面。這架太空梭正是一九八六年一月二十八日在發射升空七十二秒後炸毀的挑戰者號太空船，當年由於費曼是參與太空梭失事原因調查唯一科學家，他指出太空梭的飛行變成媒體秀，不顧細心和安全，工程管理人員好大喜功急求表現的嚴重疏失，使得太空梭失事的原因得以眞相大白；費曼來到天堂後，玉皇大帝便派他到太空科學館來擔任館長，費曼在地球上喜歡畫裸女畫、打森巴鼓的嗜好是不會改的。

費曼畫的太空梭全景已經完成，他已經畫了好多天了，他對愛因斯坦說過，除了以太空梭外型爲背景，還要畫出東西方天界的二千位科學家、二千位文史哲學家、二千位藝術家、二千位賢者，加上天界官員二千人，共一萬人，包括：玉皇上帝和手下的文武仙卿，托塔天王、哪吒太子、二十八宿、四大天王、九曜星官、五方揭諦、太白金星、文曲星等等；自古到今來到天堂的大人物或科學家亞里斯多德、歐幾里得、阿基米德、魯班、扁鵲、張衡、華佗、葛洪、祖沖之、沈括、李時珍、愛迪生、李四光、吳大猷等；還有就是文史哲學家孔子、司馬遷、班固、莊子、吳承恩、羅貫中、曹雪芹、荷馬、但丁、尼采、喬叟、雨果、莫泊桑、魯迅、胡適、瑪麗・雪萊、凡爾納、威爾斯、愛倫坡、艾西莫夫；藝術家則包括畫家、音樂家、舞蹈家、演員、雕塑家、建築師等，不勝枚舉。有名的哥白尼、牛頓、伽利略、克卜勒、巴斯德、巴斯噶、法拉第、波義耳、孟德爾、林奈氏等大科學家，他們在地球時保持純正的基督教信仰形象，身在西方天界，飛鰻不忘爲他們畫畫。

愛因斯坦的左右手掌裡各捏著顆鑽石骰子把玩著，那是愛因斯坦剛到天堂時，玉皇大帝在正月初九的玉皇誕賞賜給他的，因爲愛因斯坦過去與科學界在討論時間和空間的曲折問題，牽涉到量子力學的疑難部分時，最常掛在嘴邊的一句名言便是：

「上帝是不擲骰子的。」[1]

玉皇大帝很喜歡愛因斯坦，特別把東海龍王送的禮物轉送給他，讓愛因斯坦開開心心，每天都可以玩骰子。

愛因斯坦比費曼早三十三年來到天堂，現在他的腦殼是空的，他的頭腦爲了提供科學研究被留在塵世裡，沒有帶到天堂，只有他的小提琴還陪伴著他，但他已經拉不出一個音符，甚至把提琴的弦拿去當釣魚線釣魚。

沒有頭殼的愛因斯坦本來比白痴還不如，只比泥雕木塑的人好一點，他每天出神望著天堂下面人間發生的悲歡離合事物，當作看電影或連續劇消遣，有時跟著劇情傻笑哭泣，有時像小孩子一樣喊爸媽。

自從費曼十五年前來到天堂以後，愛因斯坦變得不那麼笨了，玉皇大帝派了二十世紀最聰明的科學家費曼來陪他，費曼被他的好朋友戴森稱爲「二十世紀最聰明的科學家」，戴森現在還在美國排隊等上天堂，同樣是物理學家戴森，雖然沒有得諾貝爾獎，他的《全方位的

1 作者註：意指自然有其基本法則，上帝不會玩機率遊戲。

無限》、《宇宙波瀾》等書，是重量級的科普巨著。

玉皇上帝特別指派「最聰明」的科學家來與「最笨」的科學家作伴，達到輔導調教的功效，滿有道理的。

七年前著名的天文學家——可說是打擊靈異信仰的著名大師卡爾·薩根也跟著來到天堂，本來玉帝派薩根陪愛因斯坦，薩根是最堅定的理性主義者，七年來隨時都在揉眼睛，他不相信眼見的是天堂世界，雖然他一雙深邃的眼睛已經夠清澈晶亮了，他還是揉不停，一直相信自己在還夢裡，他在他的著名作品《宇宙》介紹了一個印度宗教的觀念，寫著：

宇宙只是神的夢，祂在經過一百個梵天的時代後，替自己消去這個帶夢的睡眠，宇宙就隨時他的消失而消失，直到另一個梵天開始，祂重組自己，然後再度去作這宇宙之夢為止。……或者，人可能不是神的夢中之物，甚至神在人的夢中才能產生。

薩根即使身在天堂，仍懷疑自己在夢裡，以為只有在人的夢中才能產生神。

薩根唯一能深深認同的是，他心目中的科學英雄愛因斯坦在地球上寫的話：

我無法想像有這麼一位上帝，會按照人類的常規行事，去獎勵或懲罰祂的子民，或者這位上帝也有一個和我們類似的慾望和意志，我不能也不願想像，一個人在肉體死亡後還有來生。

由於薩根在世逗留期間對人道主義和科學的貢獻，無神論者薩根一九九六年年末結束人間之旅，還是被請到東方天界，道教是以自然為信仰，也就收容了無數科學菁英的靈魂，包括無神論者、拒絕耶和華、回教、佛教或其他宗教的智者，有的雖然本身是任何宗教的信仰者，卻因爲道教的包容萬教，吸納了很多天界的神仙。

□

「飛鰻……」愛因斯坦口齒不清，把費曼說成飛鰻：「幫我畫一張好嗎？」

「我把你畫進去了。」費曼低著頭在幹活，手腳飛快，他抬眼瞄了一下可愛的西施，那雙腿修長細嫩，如玉筍一般可愛，最吸引人，但他沒有流口水。

「我要單獨畫一張。」愛因斯坦像小孩般地央求著。

「你的畫，地球上到處都是，你不需要單獨畫像啦。」費曼隨口說了一個理由：「除非你把頭髮理清爽，我才幫你畫。」

「飛鰻，你喜歡幫……沒穿衣服……的美女畫，不幫我畫？」

「以前在地球上就是這樣的啦！」費曼說得好得意：「我還開過畫展、賣過裸女畫給氣象局，賺了二百美元哩。」

愛因斯坦把他左手掌裡的六個骰子攤開，用右手拿出一顆要給費曼，哀求著：

「幫幫……我畫……我送你一顆……一顆鑽石骰子……如何？」

「不行，不行，我趕著畫畫，交稿時間快到了。」費曼畫著乳房，畫筆卻一直停駐在乳頭上。

「飛鰻……你不是畫好太空梭了嗎？」

「我畫了九千人在裡面，還有一千人沒畫好。」

「什麼？畫了九千人？」愛因斯坦走過來，看看費曼的畫布，除了太空梭、地球景觀和星星以外，看到的是裸體西施站在太空梭前面，看不到其他人影，愛因斯坦莫名其妙。

「你為什麼一直在畫她的乳頭？」

「我們從前都是吃奶長大的。」費曼改了話題說：「愛因斯坦，過幾天大年初九，是什麼日子你知道嗎？」

愛因斯坦想了想，有了：「玉皇大帝……也就是天公生……慶生會。」

「還有呢？元月十五日元宵節，二〇〇三年二月十五日，是我費曼來到天堂十五週年紀念日，我畫這張畫，要送給玉皇大帝，還要叫大家猜謎，再複印給一萬個畫中仙人，你也有份呀！你也在裡面呀！」

「喔喔喔，飛鰻……元宵節要辦燈籠會……要猜謎，好好玩唷？」愛因斯坦高興得像小孩子一樣鼓掌叫好。

「對啦，愛因斯坦，你聰明起來了。」

「飛鰻，不過……只看到太空梭……只看到裸體西施……看不到其他人呀？」愛因斯坦走過來瞇著眼瞧了老半天，瞧不出所以然。

科學老頑童吳大猷打過網球來了；他來到天堂才三年，對一切都還感新鮮，打網球一直是他在地球上最愛的運動。他一手拿球拍，一手拿著剛才在湖邊撿到的愛因斯坦的小提琴，聽到愛因斯坦在叫「飛鰻飛鰻」的，好奇湊過來看到底什麼糾紛。

「人像畫在畫裡，畫得超微小的，肉眼看不見啦！要自己去找，知道嗎？」費曼的筆尖停留在西施的乳頭上，一直抹呀抹的，好像留連著西施的乳頭，正爲她按摩，他解釋著：「過幾天元宵節猜謎，請大家猜一猜，看我把它畫在那裡？我這次畫的畫，把天堂裡的菁英一萬人都畫進去是沒問題的，只是你們必須猜猜看，嘿嘿嘿，我到底藏在那裡？不准用電子顯微鏡看，知道嗎？」

「也許就畫在窗格子裡吧！」吳大猷聰明得很，記性一流是出了名的，忍不住插嘴說：「愛因斯坦，你知道嗎？費曼從前在地球懸賞兩筆獎金各一千美元，都被厲害的研究生拿走了。一次是懸賞給做出只有百分之四公分的電動馬達的人；另外一次懸賞給能把一頁書縮小到只有該頁書的兩萬五千分之一面積上的人，等於是把全套二十四冊的《大英百科全書》縮小在一根大頭針的圓頭上；所以嘛，畫在太空梭的窗子裡有可能的。」

吳大猷拿他的網球拍揮打一隻金蒼蠅，金蒼蠅嗡嗡嗡飛走了，偏偏就停在西施的乳頭上，很快地又飛走了。

吳大猷和愛因斯坦愣望著像風一般急速離去的費曼。西施披著透明白紗，雪白嬌嫩的胴體若隱若現，微笑著搖擺美妙的曲線走來，欣賞費曼爲她畫的裸體畫。兩位物理大師投以青睞，他們對這位中國歷史上的美人看得眼珠子發亮。

□

玉皇大帝果然在年初四召見費曼，希望他再回人間一趟，調查哥倫比亞號太空梭爆炸原委，事成後可在人間遊玩渡假一個月，因爲費曼在上一次挑戰者號太空梭爆炸後，是唯一參加調查工作的科學家，這回美國該又是慌了手腳，少了二十世紀最聰明的科學家參與調查，一定灰頭土臉。

費曼暗暗高興，又可回地球玩一趟，順便看看還沒有上天堂的老朋友，費曼正要雙手領旨，忽有天將急匆匆進了凌霄寶殿，雙手作揖，弓腰欠身爲禮，像唱歌一樣稟報：

「報告玉皇大帝，理查・費曼——諾貝爾獎著名物理學家，羊年初一晚上擅自離開天庭下凡，剛好台灣大甲鎮大甲高中美術班七名學生，大年初一晚上在玩碟仙，費曼惡作劇之本性不改，一時異想天開，自稱飛鰻降壇，雖滿口詼諧，卻導致一群男女生受驚嚇，歇斯底里發作，緊急送醫處理，飛鰻是洋鬼子，被稱科學頑童，戴森說他『半是天才，半是丑角』，玉皇大帝千萬不能再派他去，千萬不能派他去，依臣之見，不如派老頑童吳大猷去，他也是量子力學專家。」

「哦！果然是飛鰻在我們玩碟仙的時候降壇。」我在夢境裡暗暗叫著。

「報告玉皇大帝。」費曼開口辯駁，苦笑求情：「是愛因斯坦口齒不清，叫我飛鰻飛鰻的；飛鰻之名與我本性極爲相合，有何不妥？此番若不能再下凡塵，懇請玉帝讓我以元宵猜謎方式一試運氣如何？」

「飛鰻，你有何點子？且說來聽聽！」難得一笑的玉皇大帝看到費曼的頑皮相，也爲之展露歡顏，當下改口稱呼理查・費曼爲「飛鰻」。

費曼樂不可支，習慣地用手指頭敲打夾在腿間的森巴鼓，說：

「飛鰻畫好西施裸體畫一張，背景太空梭和地球，原本試著用這張畫介紹最新的奈米科技，先在天界展示一番，讓大家開開眼界。」

「小飛俠，你眞有兩把刷子！」玉帝說。

「奈米科技是飛鰻本人在一九五九年就在演講中預言的未來科技——我也被稱爲奈米科技之父，現在我把天神天官和科學家、文學家、藝術家等共一萬人畫藏在畫裡兩處地方，請大家猜謎。」

「這次打算給一千位仙人下凡去！」玉帝說：「你怎麼安排猜謎呢？」

「這樣吧！兩處全猜中的一定去，猜中一處的超過一千人抽籤決定，兩處沒人全猜中，我飛鰻也可去。」

費曼說得意氣風發，頻頻打起鼓來，玉帝頻頻微笑，點頭稱善。

□

羊年大年初九，在天界的科學博物館爲玉皇大帝舉行的萬仙慶生會，玉皇大帝坐在最前排的正中間，祂的左右兩邊是南斗七星、北斗七星、四大天師等，還有文武百官文昌帝君、神農大帝、巧聖先師、保生大帝、天上聖母媽祖、七星娘娘、註生娘娘……祂們分別掌管學、農、工商、醫及航務、女藝、生育等等。

玉皇大帝的「神軍」三十六天罡、七十二地煞和「神警」如城隍爺、王爺、牛爺、馬爺、文判官、武判官等等，也都來齊，平常祂們也都在盡責監察人間的善惡。第十排以後就是自古以來有功人類的兩千位科學家和兩千位文學家。

天神天官與天上的科學、人文菁英等總共一萬人，擠到太空科學館，爲玉皇大帝慶生，費曼畫的西施裸體畫就當眾獻給玉皇大帝，並把畫面投射在空中，只見美人西施如冰肌玉膚和裸體，挺挺玉立腰肢款擺，臀部微翹，肚臍眼還貼了一朵玫瑰花，後面遠遠的是挑戰者太空梭，她面如桃花對著大家微笑著。

天堂之內，眾人皆存赤子童心，無有任何邪念，本來穿不穿衣服無所禁忌，反正沒有天氣冷熱問題，也沒有淫盜妄念，一切皆可隨興，無須壓抑遮掩。費曼當眾宣布：

「各位天神眾官、科學家、文學家、藝術家，我把一萬張人像畫，分別藏在這張畫兩處地方，猜猜看，藏在哪兩處呀？是太空梭的窗子裡？是天上的星星？地球的雲彩？還是在西施美麗的身子？在她身上什麼地方呀？頭髮？眉毛？眼睛？睫毛？鼻孔？肚臍？乳頭？乳頭旁的二個小痣？膝蓋？我列出三十六處可能的點，請大家參考選用，每人可以任選十處，任何私處在所不忌。元宵燈謎會當天晚上十點鐘答案揭曉。猜中的仙人，玉皇上帝准祂下凡遊玩一個月，很多人猜中的話，抽籤決定百人，沒有人全部猜中，我飛鰻也要跟著下凡囉！」

天堂下凡，好好玩喔，這麼多人在天堂裡享受美好日子，享受慣了無憂無慮的舒服日子，有人天堂一住千年萬年，久了不免索然無味，能夠以神仙之體下凡，到塵世遊玩觀光，是新鮮樂事唷！這機會哪能錯過，於是眾人爭先恐後寫下答案，投入籤筒內。

吳大猷知道費曼鬼靈精一個，費曼在地球上曾經被按摩院請去為裸體模特兒畫畫，賣過畫，也為居禮夫人畫過畫，把她畫成一個有著美麗頭髮和裸露胸部的女人，費曼是要人們不要只記得居禮夫人發現鐳，居禮夫人還有其他美好部分；費曼也喜歡在上空酒吧做科學研究，甚至上法庭作證，為餐廳的上空秀辯護。

吳大猷想來想去，費曼對女人的胸部情有獨鍾，他大膽地假設：費曼大概把一萬個仙人畫像藏在西施美人的兩個乳頭裡，每個乳頭各畫五千人；於是幾千個仙人聽聞風聲，押寶簽注在西施的乳頭和乳頭上的痣。

在場的居里夫人和其他不少科學家，也投了同樣的一注，心想費曼這傢伙這麼注意女人的胸部美，藏在胸部最有可能。

元宵節猜謎最高潮，萬仙注目期盼下，謎底終於揭曉，費曼宣布只有左邊乳頭被一千二百人猜中，尚有一處謎底未揭曉，大會遂推出代表使用電子顯微鏡查看畫像中西施的兩個乳頭，及其他任何一處畫面，包括西施的私處，但是搜尋了老半天毫無結果。

「飛鰻又耍了我們！」大家像唱歌一樣叫著抗議，因爲天堂裡沒有人發脾氣。

「請玉皇上帝當場驗證，飛鰻有否膨風、故意惡作劇？」有人提出要求。

費曼不慌不忙，走到西施裸體畫前面，正要指出藏畫的地點，老頑童吳大猷把他推開，不希望費曼靠近那幅畫，怕他動手腳，叫那個平常呆呆不管事、也不想下凡的愛因斯坦來當場驗證，愛因斯坦口齒不清叫著：

「飛鰻飛鰻……這回又惹了什麼麻煩？」

愛因斯坦搖頭晃腦上了台，走到畫前，張開兩手對著眾人，一副和事佬的樣子。

這時有一隻金蒼蠅飛過來，神不知鬼不覺停在西施右邊的乳頭上，留下黑點，瞬間飛走不見，是費曼動的手腳，叫金蒼蠅臨時在右乳頭上添加一顆痣。

「正確的答案是──在西施右邊乳頭的第三顆痣裡面！」費曼當眾高聲宣布：「嘻嘻，沒有一人全部猜中。」

一萬個仙人突然轟轟然爆發出驚歎、怨嘆聲。

「右乳頭明明只有大小兩顆痣呀！」吳大猷很困惑：「我都押對了呀！」

「那那……怎會突然多出一顆痣？」愛因斯坦傻傻地問：「不太可能吧！」

「你看花了眼吧！」薩根說：「天堂裡星星太多了。」

議論歸議論，費曼暗自心裡發笑，金蒼蠅的傑作可是奈米科技的功勞，畫好的微縮圖，集中一點，再由蒼蠅瞬間貼上去，沒有仙人注意到，吳大猷千算萬算還搞不清怎麼回事。

幾分鐘後，玉皇大帝在文武仙卿的簇擁下，上台宣布：

「飛鰻才智過人，不愧為地球上二十世紀最聰明的科學家，今即派令飛鰻火速趕到地界陰府，調查有關太空梭爆炸事件，由主管航運事務的天妃娘娘媽祖全力配合，千里眼、順風耳隨時侍候相助。其他押中者，抽籤後下凡。」

「飛鰻領旨！」費曼嘻皮笑臉說：「謝玉帝。」

就在天堂裡熱烈為玉皇大帝慶生的當兒，人世間也是鞭炮聲不絕於耳，喜氣洋洋。

□

費曼飛也似地趕到中陰界去調查，拜訪了地藏王菩薩及其護衛，他穿過一個又一個漩渦，一個光隧道又一個光隧道，追查凡人瀕死狀態所經歷的地方，在每四秒鐘的時間裡，全世界大約有一個人是在瀕死隧道裡停留徘徊觀望，它被稱為靈魂出竅現象，連最「鐵齒」的薩根還在地球上時，也含蓄地指出，瀕死狀態所經歷的現象，可能是回應了嬰兒出生時經過產道所見的「隧道」和「光芒」。

瀕死經驗被認為是一種確實存在的生命現象，在科學很難否認。「鐵齒」的薩根曾經談到，每個人類無一例外都已共用這種自死亡之地歸來的遨遊經驗：飛行的感覺、自黑暗進入光明、朦朧中見到似神的光體；人類只有一個共同經驗與此描述相稱，就是「誕生」經驗。精神科醫師認爲瀕死病人的共通經驗可能與他們儲存於腦中的誕生的共通經驗有關，死前「安詳與寧靜的感覺」與誕生前在子宮內的寧靜非常類似，「穿過一條黑暗的隧道」就像分娩時嬰兒在產道裡被慢慢推出。

現在費曼等於是在每一個可能出現的天界隧道入出口，去尋找失蹤的靈魂，而根據東方天界的佛道法則，死後的時間並非以一天二十四小時計算，在法性中靈魂已經超越時間和空間的限制。費曼飄了又飄，尋找又尋找，還是徒勞無功。

地球上的人有時因爲好奇喜歡玩碟仙，尋找超自然信仰的疑難排解，這是可以理解的。在這個天界裡也許會被人間認爲無所不知和無所不能的，其實每個天仙的造化和天機了解，也有祂的極限；否則天界也不會設立太空科學館，它完全是玉皇大帝、太上老君和如來佛的好意，自然而然也就吸納了來自非基督教信仰的偉大科學家的靈魂。費曼在地球上除了本身的物理成就之外，更令人津津樂道的是喜歡破解密碼、謎語、開保險箱。

現在當費曼在檢視欣賞自己的畫作時，突然感知人間又有人在召喚費曼，那聲音竟然帶有挑戰的意味：

「飛鰻先生，我們已經知道你是誰了！」原來這句話是我說的，這是另一個玩碟仙的日子，我們終於與費曼相遇了。

□

理查．費曼低頭下望，我們三個台灣的高中生兩女一男，又玩起碟仙，頻頻召喚費曼。其中一個男生就是我，在心裡嘀咕著：「有種的下來吧！我們來比比智力吧！」

「好大的膽子，竟然敢在心裡罵飛鰻？還以爲沒被聽到？」我感應到費曼說的話。

「請問碟仙飛鰻，我們有機會去參觀天堂嗎？」女生張桂眉發問。

「有。」

「請問碟仙，我們參觀後可以回吧？不會被留下吧？」

「可。」

「請問碟仙，要怎樣才上得去呢？」

「手指。」

「什麼意思？是要我們用手指幹什麼？」

「識字。」

「請問碟仙，是用手指識字的方法去認識你、到天堂去看你嗎？」我聰明起來了，想到不久以前看到的新聞報導，中國大陸和台灣大學一位著名的教授，正在訓練兒童用手指識字。

「是。」

「可以通天囉？」

「可。」

「要怎樣才看得到呢？」

「坐禪。」

人間對於碟仙的指示眞是步步玄機，我等大明回來後，跟大明提起來，大明爲了好奇就把我從床上拉起來，問他說：

「我覺得你可以通天，你要不要試試看？」

「怎麼試？」

「你有沒有聽說過手指識字的實驗？」

「有……有一位台大教授叫李……李嗣涔……一直在做科學研究。」

「碟仙飛鰻不是這樣指引你嗎？用手指識字的方式去通天。」

「手指識字？不錯，」我靈光一閃：「我可以把『飛鰻』兩個字寫在手心握著；打坐之後再進入冥想境界，也就是飛鰻所指示的『坐禪』吧？」

「老哥，你聰明起來了。」小博士大明揶揄著：「你的腦袋，同樣是爸媽生的。」

這天晚上，我和弟弟大明把寫著「飛鰻」兩字的字條緊握在手心，在千里眼、順風耳玩具神像面前兩腿盤坐冥想，眼前竟然出現新天地，這張寫著「飛鰻」的紙條，簡直成了通往天堂的「路條」。之前夢中所見的天堂情景，一一重現前，我和大明看到飛鰻、吳大猷、愛因斯坦、薩根等人聚集一起同樂，將信將疑，兄弟倆手牽手在天界飄飛……

□

我和大明像透明的隱形人一般默默做一個觀察者，看到飛鰻回到天界，吳大猷坐在蓮花座裡觀賞飛鰻的畫。順風耳化身成了一隻金蒼蠅在我耳邊輕聲解說，原來祂與吳大猷同是量子力學的巨擘，吳大猷是近代中國物理之父，科學老頑童，跟飛鰻這個科學小飛俠可是好搭檔，吳大猷來到天堂才三年，對於這裡的一切還覺得新鮮，偶爾打打網球，陪陪飛鰻打鼓作畫，也是樂事。現在飛鰻看到一個佛教的曼荼羅圖像，一個神祕的圓形環，在吳大猷座位下旋轉飄飛。金蒼蠅來報說，吳大猷是在二〇〇〇年六月十六日安奉蓮位，楊振寧等近百位學者都來相送，吳大猷是很中國傳統的。

蓮花座、圓環形的曼荼羅，充滿神祕的意境。來到天堂的飛鰻本來跟他父親一樣不信上帝，在這兒也不由得對這些神祕的印記有幾分興趣。

曼荼羅是圓輪具足、聚集、壇城，比喻大澈大悟的佛的境地的意思，原是將密宗佛、菩薩等尊像造出以供修法者供奉之用，圓盤形的幽浮的神祕性，一直是地球上萬年不解的謎，還有麥田圈，上次飛鰻降壇時被高中生問到麥田圈的事，隨便搪塞，這下飛鰻好像突然有了主意，突破傳統的思維：

「這樣吧，讓我們來玩碟仙，看更高次元的碟仙怎麼說？」

飛鰻再度補充了他常掛在嘴邊的話：「任何事情都可能有錯，科學和宗教都一樣，我們只能盡力求證，讓我們用懷疑的態度來玩碟仙，也許可以接觸更高的天界，解答天界與人間的奧祕。」

愛因斯坦、飛鰻、吳大猷三個科學仙人興之所至，眞的玩起了碟仙，他們玩碟仙不需要用碟子和字盤，只要三個天仙同好聚集在一起凝聚心識，接引高靈力量，便會產生一個橘黃色的光球，借著光球感應人間大地的靈氣思想，光球飄移下降，與地氣連繫形成書寫力量，在麥田上寫出圖案和象形文字，從一九八八年飛鰻來到天界以後，便愛上了這個遊戲，大地麥田很容易成爲天神扶乩的顯示板，顯示出的圖案象徵當前的天人關係和未來方向，也顯示「天外天」的高靈對於「天人」的暗示指引。

當天界玩碟仙的靈球出現大地時，可能會被人誤會是球狀閃電或幽浮，在人間只有部分具有心靈感應力的人才會聽到它發出嗡嗡嗡的聲音和美妙的音樂，靈球運轉，會被當作是類似幽浮的東西，它也配合地氣的能量，上下交相運作，很快地顯現麥田圈。

「碟仙碟仙，請出壇！」

三位天仙——等於是三維時空連同天界本身的一維共是四維時空——高高在人間之上，以四維時空的穿梭能力，本來就有它的優勢，現在他們就集中心識，與「天外天」的高靈連系，不斷地在心中喃喃唸著：

「碟仙碟仙，五度時空力量，請來指引。」

突然，在三個聲音之外又增加了一個聲音。原來卡爾・薩根也來軋一角，四個科學天仙恰巧又構成了「五維」時空，現在他們名正言順在五維時空中。

「碟仙碟仙，請出壇……」於是，天界的四位大科學家就四心合一，集中思維共同邀請天界之外的碟仙出場。

卡爾・薩根好像抱著「踢館」的心態加入遊戲，他在地球上留下所有的名著都是在宣揚科學理性，打擊僞科學和靈異信仰爲他的標幟，如今薩根又逐漸感覺到一味地否認心靈現象的研究方式必須有所改變，否則勢將永遠無法解開超自然之謎。

橘黃色的球旋轉跳躍，往人間大地飛去，卻不知橘色的光球從哪裡來，如何形成，爲什麼會有這樣的機巧，而它作用的地方是有什麼機制在引導，金蒼蠅在我和大明耳邊嘀嘀咕咕：「很明顯地，它與當代人類最具智慧、最強烈的意識或心靈靠近，尋求更高次元的感應；也就是說天人感應。」

「碟仙讓時間倒流啦！竟然回溯一九七〇年代。」吳大猷說：「我看到那時候的自己，擔任台灣的國科會主委，正在開會……」

我們看到薩根在一九七二年先驅號太空船，設計了一面鑲有地球人類的訊息方金屬圖版，那是寫給外星人的信；此外，在航海家一號、二號上攜帶的唱片，有六十種不同人類見面時打招呼的語言和聲音、鯨魚的叫聲……

我們也看到飛鰻自己在朋友希布布斯家裡舉行的化妝舞會中，扮演了伊莉莎白二世女皇，衣服是太太格溫妮絲幫他製作的，他穿一件綠色的素面禮服，戴假髮和白帽，戴手套拎皮包，規規矩矩坐著，對著來來往往的人點頭微笑，舞會快結束時，天生的表演細胞使飛鰻忍不住大跳脫衣舞。在另一次化妝舞會中，他穿上拉薩僧袍，有人問他：「你是摩西嗎？」他回答：「我是上帝。」

天界的碟仙活動進入情況後，四位科學仙人居然發現碟仙讓時光倒流了，帶他們回到麥田圈剛剛形成的一九七〇年代，現在我們看到一幅幅簡單形狀的麥田圈出現在英國麥田裡。我和大明兩兄弟不知不覺在心裡對話，互通聲息：

──哇！麥田圈出現了，看到麥田圈了。

──麥田圈原來是這樣玩出來的。

時光倒流或前進，在天界是平常的事，現在天外天的碟仙帶領四位科學仙人的一次奇幻之旅，令薩根想起他寫的《接觸未來》的情節就曾經藉著製造時光機器抵達銀河中心。

「為什麼會發生麥田圈？」吳大猷問。

「當然是我們造成的。」愛因斯坦說：「我們在玩碟仙！」

「誰在玩我們？」薩根有點不耐煩了：「這才是重點！」

「對，誰在玩我們？」吳大猷說。

「那還用說，我們自己玩自己，我們並沒有故意要在上面寫字畫畫呀！」薩根還是鐵齒心態。

「我不能創造的，我就不了解。」飛鰻不禁脫口而出。這是費曼離開塵世前，一九八八年留在辦公室黑板上寫著的自己的箴言。加州理工學院懷念他，至今依然沒有擦去，他說：「麥田圈對人間有啓示，對我們也一樣。」

四位科學仙人在透過心識的太虛旅遊中，他們還在地球的老朋友霍金出現了，一九七〇年，患了運動神經萎縮症的霍金，才二十八歲便開始以輪椅代步，他的身體越來越不聽使喚，只有心、肺和大腦還能運轉，有一天將會完全罷工。這個從二十一歲起就與死神爲伍的傑出科學家，就在一九七〇年十一月的一個夜晚，慢慢爬上床，他身上唯一可以強大活動運轉的器官，就是他神奇的大腦，與宇宙的神祕互有溝通、共振接軌的大腦……

天界四位科學仙人，竟然被霍金的思維吸引住，進入霍金的心靈世界。這期間，我和大明兩兄弟一直靜悄悄地在偷偷窺視，我們等於活在飛鰻的心識活動裡，聽見飛鰻還叨了一句：「要學習把所有已解的問題再解一遍。這是我的另一句格言。」

現在他們感應到霍金正在思考黑洞問題，霍金突然想到黑洞應該是有溫度的，也就會不斷釋放輻射，發出X光、伽馬線，也就是「黑洞不黑」，三年後向全世界發表，成爲有名的「霍金輻射」，震撼全世界。一九八〇年以後轉向量子宇宙論——把宇宙當作一個量子研究，證明黑洞和大霹靂奇點的不可避免性，之後，《時間簡史》出版，造成舉世的轟動。

霍金的大腦可以比喻成一架「宇宙感應機」，從另一方面說，也許是造物主用他全身的癱瘓來換取了超級智慧。

麥田圈所產生的圖像啓示，在天界雖然還是謎，畢竟是在引導天與人的和諧吧。

□

我和大明偷偷窺視奇異天界，互相捏著手，暗示彼此該打道回府時，天庭上巡邏的天兵發現了異樣，發現兩個來自台灣大甲的少年仔竟會出現在天界。

天兵拿著收魔袋和乾坤棒，駕著金色的飛狗衝過來。

「哪來的兩個小傢伙？」一聲大喝，像打雷般地震盪。

我和大明傻住了，正想溜之大吉，卻被乾坤棒打得站不住腳，我們被收進了收魔袋裡，本來是一片亮麗絢爛的天堂，一下子變成黑漆漆的地獄一般可怕。

「我們都有天堂的路條。」大明急中生智，把手裡的字條攤開伸出去給天兵看。

天兵把兩張寫著「飛鰻」的路條收走了，仔細瞧。

「這是什麼路條?從來沒見過!哪有什麼飛鰻?」

兩隻飛狗狂吠著，朝著我和大明的身子撲來，不斷地聞聞嗅嗅，天兵的乾坤棒正要朝我們的腦袋敲下去，千里眼和順風耳卻跑過來阻止，同聲大喊：

「放了他們啦！大甲媽祖的管區來的孩子。」

「喂！慢點——他倆是我孫子！」遠遠飛來一團雲霧，火速衝到眼前，擴散開來，走出一位白髮老翁，原來是咬著檳榔的阿公，他急匆匆展開雙手，把我和大明兩人抱住，退後幾步端詳著我們，阿公一副彌勒佛笑臉，跟他在地球時是一樣的。

「阿公……天堂好玩嗎？」大明問，覺得又突兀又好笑，竟會在天堂碰到阿公。

「太好玩了，你們怎麼上來的？」阿公嚼檳榔的嘴咧得血紅，看起來好大。

「偷偷上來的，差點被逮呢！」我說：「阿公你需要什麼東西嗎？」

「嘿！上次阿嬤寄來的新型電視機，大家搶著看……阿公還需要一支手機，台灣連小學生都有手機，請阿嬤給我寄一個來。」

「好好，我回去跟阿嬤說。」我說罷，急匆匆拉著大明，我們分別跳上千里眼和順風耳的背上，準備離開天界。

□

我和大明醒來的時候，發現兩個人都趴在書桌旁邊，兩人前面的筆記本上都畫著一個又一個的圈圈。對於曾經闖入天界的記憶一下子變得模糊朦朧，好像一場混亂不明的夢。

「咦，我們好像在畫麥田圈？」小博士大明發現了異樣。

「怎麼回事？」我的面前，塑膠玩具千里眼、順風耳的兩雙眼睛在瞪著我們。我慢慢記起在天界遊歷的事，有如跑了一趟馬垃松，疲累得很，對大明說：「不管怎樣，要叫阿嬤燒一支手機給阿公。」

〈天人感應篇〉完

無聲之城

每晚，他坐在長滿青草與鮮花的園子裡，眺望著圓頂玻璃罩子外面的世界。那黯淡的夜色，遠方依稀可見崖壁崢嶸，星光似嫵媚的眼，注視著大地，偶爾，有一、兩艘由無聲之城開來的太空船，在荒寒的原野上降落，從船上走出來一些人，他們的臉上開始時看不見笑容，那沒有眼睛的臉，冷酷死板，一如玻璃罩外的岩石，然後……許多沒有眼的人圍繞著，手拉手，跳著舞，唱著沒有聲音的歌，像是滿快樂自在的。

他們自成一個世界，那是另一個玻璃罩裡面的人。

他沒法弄清楚那些人爲什麼會來到這裡生活，爲什麼他們會那樣快樂？他只是呆坐著，在花香撲鼻的園子裡靜靜地望著，就像外面的世界只是電影裡的場景一般。

無聲之城的人，是怎樣過日子的？他好奇，凝重的眉頭鎖住他的眼，穿不透人世的迷離。

「主人，你要吃什麼嗎？」一個狗頭人身的僕役，悄悄地來到他面前，輕聲對他說。

「蜂蜜加上白米做的飯。」他說：「大概有九十年沒有嚐過白米的味道了。」

「是的，主人。」狗頭僕役退下去了。

不久，狗頭僕役端來了一盒食物。他打開盒子，用筷子扒了幾下，他已經不記得吃白米飯是什麼味道，所以也已體會不出白米飯到底有什麼好吃，只是基於好奇心嚐嚐它而已。他勉強在記憶裡尋找殘存的痕跡，那是多少年前他離開地球以前，日常生活中一日三餐必須吃到的白米飯，他漸漸覺得滿有味道的。

他走回長廊，邁向活動人行道，在那裡，他遇到金神大，正對著他齜牙咧嘴：

「眞是糟蹋糧食！艾比聖。」

「什麼？」他感到莫名其妙。

「你看你米糧還掛在鬍子上，要去給誰吃？」

他摸摸下巴的鬍子，果然有兩粒飯附著在上面，順勢用手指往外一彈，卻正好又附在金神大的髮際。金神大沒有感覺到，他也不去理睬他，只顧往前走。

在一座舞台下，人群在喧騰，看著台上表演的美女穿衣節目，一個個色迷迷地怪叫狂喊。這些人，記不清已經有多少年看不到女孩子穿衣服了，在圓頂罩下的生活，四季如春，少女們頂多只著三點式的衣物，把重要部位遮掩住，有的甚至就光著身子走動，大家習以爲常，就像人類的祖先一樣，現在女孩子穿了衣服，倒引起人們的興奮與驚喜。

他站在一棵椰子樹下，痴痴地望著台上表演的美女，他似乎認識其中一個，那穿著中國舊式旗袍的鬈髮的少女，長得甜蜜豐腴，充滿柔媚，觀眾爆發出一陣如雷的掌聲，要她再走幾步，看她扭擺的誘人儀態。

他站在那裡定定地望著台上的表演有一會兒，人群中每個男人都穿著單薄的衣裳，有的還赤身裸體，他自己只穿了一條短褲，他不覺得冷，也不覺得熱，只是爲台上那些穿衣服的妞兒叫屈，也許她們都太熱了。在燈光下，閃爍的鱗片衣服，穿在女人扭動的胴體上，刺眼迷人，但卻迷惑不了他，他只是專心寄意於那個穿旗袍的女孩。

一隻巨大的飛鳥，在高空飛掠而過，人們不自禁地抬頭上望，發現那個有名的醫生金神大在空中以滑翔翼在瀏覽著底下的世界，他散落了五彩繽紛的碎紙，在爲底下進行的節目祝賀。

艾比聖在睡夢中感到一陣冷，牙關直打顫，他打開了睡在一旁的意中人的開關，意中人的眼睛睜開來，對著他咧嘴一笑，洋娃娃似的大眼睛骨碌轉。

「請你給我四十度的體溫，抱緊我。」他說，「我在發冷。」

「好的。」意中人靠過來，用雙臂抱著他的頸，身體靠著身體，用另一條腿搭著他，把體溫傳給他。

他感到溫暖與滿足。然而那種寒冷的感覺依然使他牙關打顫，縱使他蓋了棉被，也提高了意中人的溫度，他仍像置身荒寒的星球野地一股。他不能再忍受了，關掉了意中人，穿起衣服，走向醫療所。

活動人行道上擠滿了前往看病的人，大家議論紛紛，每個人身上都穿了多多少少的衣服，只有少數幾個人，因爲平常很少穿衣服，把衣服不知丟到哪裡去，現在只有交抱著雙臂，彎腰縮頭，哆嗦著不知所措。

「什麼病嘛？這麼多人得這種怪病！」有個女人的輕柔嗓音在艾比聖的身邊響起。嬌嫩的皮膚在人造陽光下顯得白裡透紅，她只在胸部和大腿之間套著一件銀白色的衣服。

艾比聖的眼睛游移在女人的胴體上，他對那件銀白色的套裝感到好奇，傳說無聲之城的子民所生產織造的布料，就是這一種。

「大家都倒了楣，不知怎麼回事！」艾比聖說：「好像是傳染病。」

「大家都在發冷！」女人的聲音顫抖，顯示她也抵不住寒冷。室溫是標準的攝氏二十七點五度，長久以來，感冒病毒已被消滅，此地已不曾出現感冒，現在整座城市的人似乎都感染了瘟疫。

成行列隊的人，在醫療中心的走廊上等候看病。吱吱喳喳的人聲此起彼落，老老少少，就像趕集似地在這裡會合。

「糟糕，我忘了帳戶沒錢。」女人說，水汪汪的大眼睛瞪著他。

「沒關係，記在我帳上，掃描我的臉就行了。」艾比聖說。

在醫療中心，他們分別接受治療。金神大把他們分別送入電腦診察椅上坐定，證明所得的病都是同一型的細菌感染，並且開藥給病人服用。

「到底怎麼同事？」艾比聖問金神大。

「有人說，從無聲之城的人傳染過來的病。」金神大用手在胸毛上抓了抓。說話聲音從口罩透出來，再經過麥克風傳達到醫療室。

看樣子金神大倒防範周密，唯恐自己被傳染上了，他在玻璃窗裡面指揮機器人護士，代爲處理有關醫療工作，一切的作業都是遙控的。

艾比聖的手拉住女人的手，一同往回家的路上走。人行活動道路上，仍有大批的人群跟在後面，往醫療中心去看病。這突如其來的變故可以說驚動全城，還好廣播上說，三天以後所有接受醫療的病人，都可以恢復原狀，沒有生命危險，不再怕冷。

他拉著她的手在臥室的門外站住，他聽到她的喘息與呼吸，也聽到自己的。他感到侷促不安。

「我是倪安娜。」她說：「你還沒有問過我的名字哩！」

「妳是哪裡來的？」他問，「我以前沒見過妳。」

「這座城市這麼大，你怎麼可能認得那麼多人？」

「我是管戶口的。」艾此聖說：「每個人都有紀錄，多多少少都有點印象，尤其是對美麗的女孩子。」

倪安娜望著床邊躺著的意中人，她長睫毛眨了眨，默默地低下頭，泛紅的臉頰顯出一股少女的嬌羞。艾比聖抵住她的下巴，親吻著她的肩，他渾身感受到觸電一般的震撃。

「好冷，」艾比聖拉她進來：「我們來暖一暖身。」

她跟著他進來，坐在床上，卸去了身上的銀色套裝，白潔的肌膚散發著芳香。艾比聖一下子就衝過去，用他多肉的身體蓋住她的。

「你對意中人還滿意嗎？」她問。

「現在妳是我的意中人！」他吻著她的鼻尖、臉頰，輕柔地說：「機器做的意中人，總是不如眞的。」

那個機器意中人，死死地在旁邊躺著，似乎無動於衷，只因她的開關是關閉著的，她只能靜靜地躺著。

在經過刻骨銘心的靈慾交流後。她問他：

「憑良心說，你對我還滿意吧！比起你的意中人怎麼樣？」

艾比聖把意中人的開關打開，意中人的眼睛張開來，看著床上一對赤裸的男女，咯咯地笑著。現在他倆都覺得冷，於是又緊緊地擁抱在一起，互相溫暖著對方。

「別惡作劇了！」她說：「關掉你的意中人吧！」

意中人站起來，拿起倪安娜的那件銀白色的套裝，穿在自己身上，顯出她的婀娜身段與誘人美姿，艾比聖看得目瞪口呆，他從來不曾發現過自己床邊的意中人，有這樣迷惑人的胴體，只有她穿上了衣服，才顯出另一種韻味。他痴痴地望著意中人，他記起昨天在康樂舞台上表演的穿旗袍的女孩子，那臉蛋與身材，與意中人相差無幾，只是距離遠些，他看到的輪廓似曾相識。現在意中人竟然對著他搔首弄姿，他不免心旌搖晃。

倪安娜一把搶過他手裡的控制器，撥動開關，意中人就乖乖地走回床鋪躺下去，動也不動了。

然而在艾比聖的心中，霎時卻生起了無限的憐愛，在他即將步入百歲壽辰的時候，他才發現，陪伴他的愛情機器人，不僅是機器人而已，畢竟意中人的設計，不見得不完美，有耐心又勤勞，不會疲倦，永遠體貼入微。

他倆靜靜地相偎躺臥在一起，時間流逝，天花板上映現優美奇幻的景致，那是所有人類歷史上所能創造的極樂世界的畫面，都呈現出來，使人看了有身入其境之感，這是太空樂園的建造者當初所想出來的花樣，要這裡的居民長壽又快樂，身心陶冶在優雅歡愉的氣氛裡，讓每一位太空居民所接觸到的事物，都是最舒適的。

倪安娜在他的身邊耳語著，敘述著她對他的愛慕，眼前出現一片白皚皚的雪野，有一叢青翠悅目的松樹陪襯著，陽光忽明忽暗地變化著，恍惚間，新鮮而晶瑩的綠，逐漸擴大，青苗茁長勃發，轉眼如綠火燎原，鳥鳴千迴百囀，忽遠忽近，飄忽如夢，繁花如錦，五顏六色光華艷麗，滿山滿谷，猶如霞雲萬頃。他知道，那是他小時生長的地球的景色，所有故土的美麗意象，都在螢幕上展現了。他覺得整個人融入了畫面，在如詩如夢中飄浮旋轉。

倪安娜唱著歌，旋律迴旋悠長，艾比聖的心幾乎融化了，他感覺到貼身的胴體散發的一股熱力，他忘記了寒冷，帶有幾分醉意地擁著她，同登羽化仙境。

「倪安娜，」他問她：「我已經一百零五歲了，妳幹嘛找我？」

「只有你能幫助我。」

「爲什麼？」

「只有你能夠擺脫意中人的束縛。」倪安娜說：「我也剛剛分配到一個意中人，但是，我覺得不適合，我沒有辦法適應。我想知道你活了百多歲，每天與意中人相處，相親相愛，從來沒有吵過架，那是什麼滋味？」

「那是……那是……」艾比聖努力在搜索著自己的眞實感受，一下子也講不出適當的字眼。他所能夠清楚體會到的是，當他在寒冷的時候，愛情機器人供給他更高的熱量，而倪安娜卻以她同樣的體溫與他共守著，他可以察知她心房的跳動，不是機器的脈動，那是一副眞正有血有肉的人體，可以說並非十全十美的人體，而意中人總是隨人所欲的包你滿意。

天花板上的螢幕，湧起了巨浪，海洋的呼嘯如狂怒雄壯的交響曲，白浪起伏在岩岸與藍海之間，雲朵在蒼穹飄散著，風兒吹趕著鳥群，聲聲鳥鳴迴盪著，如遙遠飄渺幻境中傳來的悅音，他覺得很疲倦，視界也變得模糊，眼前如雲霧蒸騰，仙氣繚繞，漸轉爲黯淡朦朧……

艾比聖醒來的時候，意中人手腳正盤著他，把她的體溫傳給了他，他有點惘然不知所措。

「主人。」意中人說：「倪安娜走了，她要我來接替，她說你怕冷，你得了怪病！」

倪安娜走了，她到哪裡去了？他有點傷心失望，忽然想起忘了問她服務的單位與所住的房號，現在他只好到電腦去查核了。他的心神渙散，有如遊魂未歸，悽悽惶惶的。他關掉了意中人的開關，衝向基地的高級首腦室。

在人口局的檔案室，靠著電腦的協助，努力尋找倪安娜的紀錄。電腦的答覆是沒有這個叫倪安娜的女人！

艾比聖的頭腦連接了映像顯示器的線路，他把倪安娜存留在他腦中的影像，放出在檢查幕上，倪安娜穿著銀白色套裝，姣好的身段與美麗的容顏出現在顯示幕上，讓艾比聖看得目瞪口呆，儀器把他腦中有關倪安娜的影像固定在畫面上，再由電腦進行查核。

「沒有這樣的女人！」電腦的報告，使他感到沮喪。

通往醫療中心的長廊上，又擠滿了大堆的病人，他們正在排隊，等候最後一次治療。

「眞倒楣！」高個子大漢在抱怨：「爲這次生病，我損失了不少錢，我不能完成預定的交貨。」

「是交給無聲之城嗎？」

「我們跟他們做了一筆交易，他要我們提供製造好的意中人五百個。」

艾比聖側耳傾聽，他的眼光在搜索著美麗的少女，希望能夠發現倪安娜的蹤跡。人人都是健美的，只在得病時身上多穿了衣服，一反常態，每一個人都好奇地注視著他的同類。他開始感到茫然與失落，他過去沒有與意中人以外的人發生過任何感情，現在他明白，只有意中人才是穩當的，令他心中不起波瀾。

看過病後，在醫療室，金神大醫師透過隔離的玻璃窗，用麥克風問他：

「怎麼樣？差不多好了吧？」

「好了，」他懶洋洋地說：「你可賺了不少錢，除了薪水以外，你又有佣金可以拿，這下你更肥了。」

金神大笑得嘴都合不攏來，兩隻眼睛瞇成一條縫，但是他可知道這次瘟疫似的傳染病，使基地損失了不少，所有的工作都停下來了，與別的星球及基地之間的貿易也大受影響。艾比聖的一顆心沉沉的、悶悶的，沒有多說什麼話就與金神大分手了。

黃昏的時候，艾比聖踱步到靠近基地邊緣的花園裡，透過圓頂玻璃罩子觀望外面世界。許多來自無聲之城的人，從太空船走下來，手拉手圍在一起，在跳舞唱歌，他們唱的是沒有聲音的歌，聽說無聲之城的人，是不需要開口講話的，他們用心靈溝通交談、歡呼歌唱，他好奇地注視，深心嚮往，只是他覺得那些無聲之城的人，既沒有眼睛，也沒有耳朵，與一般人類比起來，極不相稱，甚而覺得有幾分恐怖，那平板的臉，只有鼻子和嘴唇突出來，看起來就像戴了面具的人，哪裡像此地的人。

狗頭人身的僕役，又來伺候他飲食，他隨便點了一客合成食物營養餐，很快地吃下肚去。

「主人，你有什麼不快樂嗎？」僕役問他。「我能為你做些什麼嗎？」

艾比聖腦際又浮現倪安娜的倩影。她已不再出現，他懷疑那夜是否在作夢，他進入了夢中世界，自己分不清虛幻與真實。他已經活了有一百零五年，在基地足足有九十年的時光，他只能藉著回憶去撿拾童年的片斷，還有，從每夜臨睡前的天花板螢幕上得知遙遠的歡樂景觀，地球母星的美麗風貌。他陷入痛苦的沉思中。他記得父親在他小時候曾經對他說過，只有蓬萊基地，才是人類的最後歸宿，它是人類千萬年來所追求的一個無憂無慮的至美仙境，人可以在那裡享受高壽，福樂無涯，所以，他的父親與母親，千方百計把他送來此地，就為了他一生的幸福，父母親也幾乎耗盡了一生的心血積蓄。

地平線上的太陽又紅又大，餘暉照耀在荒寒的野地，尖削的山峰聳立雲霄，像是許許多多的成行列像的倒置尖刀，長長的黑影拖到地面，在這與世隔絕的所在，益發顯得冷漠孤寂。

只有來自無聲之城的人，在那裡手拉著手，唱著沒有聲音的歌。

他沒有辦法理解另外一個圓頂都市的人，爲什麼會那樣快樂？他走回自己的房裡，與意中人溫存了一會兒。電視廣播在說，金神大樂善好施，他捐出了一生中大半的積蓄，給基地裡需要救助的人。

於是艾比聖找到金神大，他看見金神大關掉了自己床邊的意中人，走出來，對他打哈哈：

「怎麼啦？看你愁眉苦臉的！」

「我需要一筆錢！」

「幹什麼用的？」

「我要到無聲之城去！」

「去那裡有什麼好玩？那裡的人全部是啞巴！」

「那是極樂世界！」艾比聖說：「我不想再待在這裡，我要出去一下，散散心！」

「你是說，你要一張船票，飛到無聲之城去？」

「我需要來回票，我還要回來。」

「這裡已經是極樂世界了，你還要去哪裡？」

「我聽說過只有無聲之城才是極樂世界，因爲住在那裡的人，以心傳心，不需要多費口舌便能相互了解溝通，不像我們這裡這個樣子。」

金神大低下頭，從他的抽屜裡取出一張卡片，在電腦記帳機上打了一個數字，交給了他。

「拿去吧！」金神大說，「希望你玩得愉快，倦遊歸來，支持我競選基地的行政主席。」

「謝謝你，你眞是太好了。」艾比聖對他行了一個禮。「這樣好的人沒有理由不當選的。」

音樂鈴又起，螢幕上看見許多男男女女，成行列隊地趕來這裡，是來求他幫忙吧！金神大，果然是基地的救星，他能滿足基地所有人的需要，幫助一些需要幫助的人；因此，他的名字金神大，正是名副其實，他在民眾心目中的形象是一個美好的救世者，人人都來求他，他成了救苦救難的神祇。

在蓬萊基地的行政室，艾比聖得到了兩張由行政主席歐比林簽發的特別通行證，前往無聲之城去。他的狗頭人身僕役隨侍身側。這次旅行，他沒攜帶意中人。他整個心境似乎變了，變得飄忽茫然，想要去尋找一點更眞實的東西，尤其是倪安娜的倩影，經常徘徊腦際，他想起倪安娜曾說過，她也有過一個意中人，他不禁妒火中燒，可能是她故意調侃他的吧！

他穿著整齊的衣服，走向無聲之城的基地。四周散布著柔和的陽光，有微風吹動，他感到舒爽，那些無聲人在牽手跳躍，唱著無聲的歌，沒有眼睛的臉，看起來是那樣怪異而令人生畏，每個人都戴著不同顏色的帽子，穿著不同顏色的衣服，看起來五彩繽紛，就像一團艷麗的花。

「主人。」狗頭僕役對他說：「我們該怎麼辦？我們講的話他們會聽懂嗎？」

「別操心。」艾比聖說：「他們會知道我們意思。」

「他們不會講話，聽不到聲音。怎麼可能跟我們交談呢？」

艾比聖笑了笑，他心裡在想，像狗頭人身這種動物，人類都有辦法駕馭牠，教牠講話，還有什麼事是在高等科技社會裡辦不到的。無聲人的科技所建造的偉大文明，應該不是凡人所能料想得到的。在以往，基地與無聲之城的貿易都是藉著聲音改變成文字，再由無聲之城以文字傳送來溝通。爲什麼無聲之城的人不願以聲音來傳送呢？以他們的科技大可以發明製造出說話的機器，但是他們不願意。

「阿明，」艾比聖拉拉僕役的狗耳朵：「你是我最好的朋友，到了那裡你不用多講話，他們自然會懂得我們的意思。」

男男女女，老老少少，圍在一起蹦蹦跳跳的，看起來那樣天眞爛漫，整齊的韻律就像他們是聽了優美的音樂旋律之後，才合拍而跳的舞步。

他的一顆心在劇跳，當他與僕役走近前去時，他期待著對方的反應，靜悄悄地，人們在跳舞運動，似乎沒有察覺到他們的來到。他們就站在一旁，就像看無聲電影般地愣在那裡。

一張張沒有眼睛的臉，猶如罩了面具似地，木訥的嘴露著微笑，聲音就像從那個肉洞裡出來，但是他沒有聽到聲音，他顯得侷促不安，不知如何是好。他望望他的狗頭伴侶，僕役也只是眨眨狗眼睛，用牠那大大的耳朵在聽聞動靜。長久以來，狗一直是人類最忠實的朋友，在蓬萊基地裡，利用遺傳工程學的高度科技，將僕役製造成狗的形象，不是沒有道理的。艾比聖與他的阿明在那裡等待著什麼。

一個戴著尖形帽子的人走過來，他似乎就看到外面的一切，就在他快接近艾比聖的時候，那人站住了。

──你是蓬萊基地來的人吧？

有話傳進他的心裡，那種「聲音」，聽起來，猶如山谷中的鐘鳴，清脆而響亮，似遙遠而又迴旋、優雅。

「是的，你怎麼知道？」

──跟我來！

艾比聖拉著僕役的手隨著尖帽人進去裡面的房間，經過檢疫手續後，他們被輸送帶往另一處有著豪華設備的所在。尖帽人在前面引路，艾比聖發現此地所有的人都戴著帽子，穿著整齊的衣服，唯一不同的是，他們臉上沒有眼睛，他們使用的是心靈的眼。這是無聲之城的基地，叫作「青鳥基地」，正是他經常隔著玻璃罩，觀望嚮往的一處勝地。他茫茫然的，不知道自己在追尋什麼，他只是下意識地要從他所居住的世界逃脫出來透透氣。蓬萊基地一向是禁止人到青鳥基地去的，因爲在青鳥世界裡住的是不一樣的人，他們是一種沒有眼睛的種族，令人看起來厭惡與害怕。現在，艾比聖只把那些沒有眼睛的人，當作一尊一尊的神祇。

在一片人工修飾培養的草原裡，霧氣升騰，飛鳥盤室，唱著婉轉的歌，如夢似幻的畫面，猶如天堂勝景，他奔跑著邁向草原裡，他的僕役跟在後面，汪汪地叫著，表達著牠的歡欣愉悅。他記得，在電影畫面上曾經看過同樣的草原，縱然他一生之中從未身入其境，他遠古的祖先遺下的記憶，該使他有親切之感。

他奔跑著，奔跑著，忘其所以地脫下身上的衣服，躍入清澄的池中沐浴嬉戲一陣，僕役就在池邊繞著跳叫，團團轉。恍惚間，他依稀看見池邊站著一個熟悉的人影，他抬頭上望，竟是……

「倪安娜！」他驚慌地叫著，縱身而起，赤裸裸、濕淋淋地奔向前去。在他發現那人長著一張沒有眼睛的臉，他差不多嚇壞了，倒退了好幾步，又跌入水中。

他掙扎著爬起來，那個輪廓酷似倪安娜的女人，穿著開衩旗袍站在池邊，用她心靈的眼注視著他。問他：

——你是艾比聖嗎？

「是的，妳怎麼知道我的名字？」艾比聖赤條條地從水中站起來，在他已經習以爲常了，蓬萊基地的人習慣不穿衣服，或是穿得極少，人們對於身體盡量排除某些性幻想，以免造成不必要的困擾，凝視著她，他只是覺得一股衝動與好奇。

——你來了，我們都知道。

他走上去站在她面前，仔細觀看她的臉，雖然她沒有眼睛，平平板板的臉部只有凸出的鼻梁，與內凹微弧的嘴，覆額的頭髮在微風中飄著，他看她，就像一具未雕刻完成的木偶，但是忍不住帶著好奇與多年來對於此地的嚮往，他不能拒絕這種長相，他必須接受這張臉。

——你嫌我醜嗎？

「沒……沒有。」他說，眼睛習慣地注視著她臉上應該長眼睛的地方，但是他看不見什麼。人與人之間的交流，應該是透過靈魂之窗，在這裡他什麼也沒有看到，對著眼前的人不免感到驚恐納悶。

——你在找倪安娜嗎？

他沒有回答，開始把棄置地上的衣服撿起來穿上，還好對方沒長眼睛，不會認爲他不穿衣服沒禮貌，其實他在蓬萊基地已過慣了無拘無束的生活，在這個沒有眼睛的國度裡，更可以自在些，他只是覺得在提到倪安娜的名字之時，有一股莊敬與神聖教他不可抗拒。

站在眼前的人明明是倪安娜，只是少了兩隻眼睛和兩條清秀的眉毛而已，他伸手撥開她的頭髮，檢查看看她有沒有耳朵，不禁使他吃了一驚。

——不必找了！頭腦簡單的傢伙！爲什麼我們的人也會跟你一樣呢？我不一定要有耳朵才可以聽，不一定要有眼睛才可以看。

響在他心裡的話，使他覺得自己的渺小與無知，他已用盡一生的力量去追索他自認爲生命應循的法則及其意義，現在來到這個國度，眞的大出他的意料，事事教他驚奇。

「妳就是倪安娜嗎？」他雙手搭著她的肩膀。

——你說是的，就是的，我不正是她的化身嗎？只不過是去掉眼睛、眉毛和耳朵罷了！憑什麼你說我不是呢？

他伸手撫摸她的身體，從上到下，軟綿綿的肉體，是絕對不會假的。

——我來陪伴你的，我知道你在找倪安娜。

草原上颳起一陣風，有霏霏的細雨從圓罩頂端飄灑下來，更遠處有一些飄忽的人在踏著舞步，跳躍歡騰，雲霧迷離，朦朦朧朧的景物，恍若畫面中的圖景。他擁抱著她，聽聞她的鼻息與嬌喘，內心掀起了狂濤巨浪。

他被帶到一處清幽無比的處所，連同他的僕役一起，他們坐在舒適的搖椅上，倪安娜就在他的旁邊用她那沒有眼睛的臉對著他，似乎在欣賞他。

舉目所及，長廊上的人在各自做著自己的事，有些是在使用儀器進行某種活動，一種圓筒形的東西像帽子一般罩在頭頂上，圓筒直通到建築頂上，那些人就靜靜地坐在那裡，好像坐禪一般。

男男女女，老老少少，在長廊上來來去去，他們雖然沒有眼睛，卻能藉著心靈的眼互相看見彼此，艾比聖痴痴呆呆地望著，他開始明白，爲什麼蓬萊基地的人不願同青鳥基地往來，這是兩個差異極大的族類，進化路途的分歧造成了兩者之間的差異，文明的優劣也鮮明立判。

他被安排到一個群眾大會上露臉，底下是靜悄悄，沒有聽見任何聲音，那些沒有眼睛的族類，仰著臉「注視」著他，他不知道要說什麼，他的僕役卻在旁邊發出狗叫聲，對著那些人狂吠。

「很高興到貴地來！」他結結巴巴地說，有如在對著一群木偶自言自語。「我們蓬萊基地與貴地相距不遠，我們對你們的了解太少了，我每天都盼望著能夠像你們一般快樂，所以，我就想辦法到貴地來了。」

沒有任何迴響，他摸摸自己的胸口，證實自己還好端端活著，而他的腦際收不到任何回聲，他有點沮喪。沒有眼睛的倪安娜走過來，拉著他往一處福地洞天去，那狗頭僕役則在草原上奔跑狂吠，興高采烈地自個兒玩耍。

他與倪安娜躺在柔軟的床上，他閉上眼，想像一個有眼睛的倪安娜，開始與他溫存纏綿，進入迷幻恍惚之境。倪安娜確實是存在的，她代表的是天真無邪與純潔，令他神魂顛倒，內心嚮往。他只是憑著一股衝動，在努力追尋探索，也許是一股未知的力量在冥冥中提引著他。在他心滿意足後，倪安娜傳話給他說：

——你想看見什麼，只要閉上眼便可以了。你有了能力嗎？

現在他在心裡聽得很清楚了。他看了看沒有眼睛的倪安娜，又閉起了眼，想像著倪安娜的眼睛、眉毛長在她臉上的情形，立時，一副清晰的輪廓在腦際映現，畢竟倪安娜還是美麗非凡的，彷彿看見蓬萊基地有眼睛的倪安娜的原貌，意中人也靜靜地躺著，倪安娜穿著一件銀白色的套裝，把她那富於曲線美的身段顯露出來，上邊到乳房，下邊到大腿根部，剛剛只把臀部遮掩住，使他意亂情迷。

——幻影，只是幻影，並不是眞實的東西！不要被幻影迷惑了，你要看的是眞實的東西，現在的事實，而不是過去的影像，倪安娜已經不在蓬萊基地了。

倪安娜的影像消失了，代之而起的是蓬萊基地的新任主席金神大洋洋得意的樣子，他在對著群眾講話，感謝大家的推舉，那些受他恩惠的人，在對他歡呼吶喊，有幾個人跪拜不已。人們在說：

「你是我們的主，我們敬拜你！」

「你是我們黑暗中的明燈！苦難中的保障。」

天呀！金神大變成了神，他怎麼會這樣呢？無疑地，他是靠了他的醫術在基地裡救人無數，靠了他的財富施捨千萬人，成爲唯我獨尊的活神。他是應該被推舉爲元首的，但是怎能被稱爲神呢？

——一切的眞實都是幻影，一切的幻影也是眞實的，看你怎樣去判斷世界的眞相。我是倪安娜，不管你相信不相信，我就是倪安娜，那個有眼睛會講話發聲的倪安娜，已經變成了沒有眼睛不會講話發聲的倪安娜，就在你的眼前活著，雖然我沒有眼睛，但是我能夠看到你，我不能發聲講話，卻能把意思傳達給你，我沒有耳朵，卻能聽到聲音。留在這裡吧！艾比聖，你還要到哪裡去呢？

「無聲之城！」他說。

他混亂的腦際出現了各種影像，整個青鳥基地的形形色色，如走馬燈似地在打轉，他可以看得更清楚了，有幾個人在跳舞玩樂；而後，不知什麼緣故，那些人中的兩個人，互相毆打起來，彼此用力拉扯對方的臉，似乎就要把臉都撕破了，尖帽掉下去，彼此又用手抓著對方的頭髮，而後，他聽到了駭怖淒厲的尖叫，兩人的腦袋裡都冒出了鮮紅的血。

他的靈體移近去，觀察那冒血的髮際，他嚇住了……

「天呀！」禁不住失聲驚呼。

那頭髮裡面就隱藏著兩隻流血的眼睛在注視他，另外一名傷者同樣有兩隻眼睛長在頭頂上，血液從髮間流下頭額及平板沒有眼睛的臉部。現在他知道，為什麼那些人頭上都戴了一頂帽子，就為了掩飾自己頭上長的眼睛。

——我們是墮落的一群！原是住在無聲之城的，後來被趕到青鳥基地來。我們希望有一對眞實的眼睛，不料眼睛卻長在頭頂上。這是我們誤用了心靈能力的結果。

他聽見倪安娜在哭泣，在他還沒有親近她之前，他本來滿懷著熱情與興奮，現在他畏縮害怕了。他伸手撫摸倪安娜的頭髮，他摸到了柔軟似眼皮的東西在顫動。倪安娜說：

——你是我的意中人！我會永遠跟著你。

倪安娜的嘴唇移過來，貼住他的嘴唇，他一陣反胃，有點想嘔吐。這個眼睛長在頭頂上的女人，大概不堪無聲之城的孤寂生活，她和其他青鳥基地的人一樣，就在這個如眞似幻的地方生活著。這是有別於無聲之城的另一處基地。

倪安娜伸手打了他一個巴掌，站起身，掉頭而去。

狗頭人身的僕役走進來問他：

「主人，有什麼吩咐嗎？要不要我去叫她回來？」

「不必了，」他說：「我們要走了！」

坐上通往無聲之城的太空船，艾比聖的一顆心在急遽地蹦跳，前塵往事在腦際打轉，在青鳥基地的奇幻經歷，使他猶有餘悸，那只是幻影之城嗎？他能肯定自己所見所聞所想的一切，都是眞眞實實地發生過嗎？他記起每天黃昏時候，在蓬萊基地靜坐遙望這座無憂無慮的城市，他心中充滿了幻想與憧憬，他也實在耐不住寂寞與無聊，衝出了禁錮，尋找他生命中所認爲的永恆快樂。在蓬萊基地的人，他們是看不起這些沒有眼睛的族類，根本不屑與之交往，但青鳥基地，也有他們的一套法則，對於那些臉上長眼睛的族類，顯然引不起他們的好感，他們更認爲那是低層次文化的人種，才需要在臉上長了眼睛。

現在艾比聖閉上眼睛就能看到種種景象，在青鳥基地、或是蓬萊基地的種種活動，都已盡在眼前。這是在青鳥基地所得到的能力。只是他每次集中精神去注視倪安娜的倩影，便覺得非常吃力，無法將影像清楚固定住，他所能看到的只是一個模糊的輪廓，沒有五官，只有臉龐、四肢和軀體……

他看見蓬萊基地的人們，在金神大的治理下，發生了一些意想不到的糾紛，有人指責金神大在當選元首之後，所作所爲與他的競選諾言背道而馳，民眾怨聲載道；在議會裡，金神大遭受眾多議士的攻擊。

「你只知道爲自己享樂，花我們的錢去建造巨大的豪華太空船，你這樣做違反了你自己當初爲基地謀福利的諾言！我們要求你，把你自己的私人太空船拿來作爲採礦用的太空船，使我們能夠開採更多的資源！」

艾比聖很累了，他關掉了自己腦中的影像。張開眼睛，太空船上的服務員全是機器人，連駕駛員也是機器人，耳際傳來悠揚悅耳的音樂，他一時懷疑音樂是直接傳入他心底的，漸漸地，他能逐漸分辨出聲音的來源，確實是在空氣中傳播的。

「無聲之城到了！」廣播上說。「這裡的人，是最完美和諧的人，希望你好好地在這裡學習、領悟，你是經過我們千挑萬選，才讓你進來的。」

狗頭人身僕役跟在他身後，下了船，舉目所見，是一片如童話世界一般美麗的幻境，到處是閃亮與華麗的建築，一隊拉小提琴的隊伍，男男女女，穿著五顏六色的奇裝異服，遠遠地走過來，漸漸地，他看清楚那些人臉上同樣沒有長眼睛，只是頭上沒有戴帽子，他們坦然自在地迎接嘉賓。艾比聖看得目瞪口呆，因爲，他只見他們拉琴，聽不見聲音，他懷疑自己的耳朵聾了。

「怎麼回事？」僕役說：「他們在幹什麼？」

現在他總算聽到僕役講話的聲音了，他可以確信自己的耳朵沒有聾，只是他聽不到小提琴的演奏。

一個銀髮男孩與一個金髮的女孩，來到他面前，對著他彎腰擺手，做出邀請的姿勢，然後一群人停止拉小提琴，對他拍手鼓掌。他沒有聽到掌聲，卻看到那些沒有眼睛的人在張嘴嘻笑，同樣聽不到笑聲。

現在他知道，這就是真正的無聲之城，他夢寐以求的所在，一個真正和諧、平安、快樂、幸福的世界，這裡的人以心傳心，彼此都能相互溝通了解，傳說中的極樂世界，大概就是這裡吧！

房子的建築也是奇形怪狀，各種顏色都有，就像他在蓬萊基地的屋頂螢幕上所看見的某些畫面，他靜靜地欣賞著，走過一條街道，又一條街道，只看見歡樂與熱鬧，卻聽不見聲音，一切都是靜悄悄的。

一個金髮男孩走來，他伸手在男孩的頭上摸一摸，沒有摸到眼睛一樣的東西，這個男童身上根本沒有長眼睛。

——你猜對了。我們的眼睛長在心裡，不在肉體裡。

艾比聖的心裡感應到了男童說的話，他暫時失去的超感精神能力一下子似乎又恢復了，他漸漸能感知這些無聲人心中的呢喃，也能聽到小提琴拉出來的悠揚音樂，還有那些人的歡聲笑語。

那些明亮耀眼的綠色、紫色、黃色、藍色與紅色的光線，在整座城市交叉變化，使得身入其境者更加體會到朦朧無邊的美。

金髮男童帶著他與僕役走上石階，一級一級往上爬，爬得他氣喘吁吁汗流浹背，抬頭上望，階梯延伸到無限遠，好像就從地面一直通到天頂，那種可怕的高度與遙遠，令他不寒而慄，望而生畏。

——你只要想想自己爬到最頂端去，你自己的身體就會轉移過去的。

——努力想一想吧！艾比聖！還有你的僕役！

艾比聖在接獲男童的心聲之後，拉著僕役的手靜靜地站著，集中精神想像著自己轉移到階梯的頂端，在他睜開眼睛時，他已置身雲端，就在一個巨大的玻璃罩子裡面，金碧輝煌的擺設，使他相信自己身在天堂，現在即使他閉起了眼睛，也能看到那些以黃金雕刻而成的巨大雕像，大多是人頭獸身，也有獸頭人身的，有的在吹號歡迎，有的舉劍向他致敬。

一切都是靜悄悄的，無聲之城永遠以它的不變的寂靜，對著萬物生靈；所有顏色與聲音，全是訴諸心靈。艾比聖走向一座黃金雕像，那是……

——倪安娜！妳是倪安娜！

他叫了起來，沒有聽到自己的聲音，倒是在心裡聽到自己的叫喚。

黃金雕像開始動起來，那張沒有眼睛的臉在對著他微笑，他撫摸她的頭髮，檢查她的頭頂，沒有發現眼睛長在上面，確實的，她是無聲之城的人。他用手在她平板的臉上畫了兩隻眼睛的樣子，現在他眞希望倪安娜臉上有兩隻美麗的眼睛，就像他過去在蓬萊基地所見到的一般。

他只是這樣一想，倪安娜的臉上竟然出現了兩隻可愛晶亮的眼睛，正在對他眨眼注視，含情脈脈的神態，使他著迷不已。他回憶起在蓬萊基地與倪安娜相遇的恩愛甜蜜情形，那種快樂絕不是機器製造的意中人所能比擬。

現在他渴望著與倪安娜雙雙擁抱著躺臥在一張舒適的床上，念頭一轉，定睛一看，他就和倪安娜躺在一起。倪安娜全身赤裸，用她的胴體來溫暖著他。

「妳的眼睛好美！」他說：「沒有眼睛的倪安娜，在我看來就像沒有靈魂的倪安娜。」

——你是說，你喜歡我的眼睛？你忘了你追尋的目的？你只是在追尋倪安娜而已？

他擁抱著她，感覺到如此的充實豐盈，周圍的一切都是虛幻的，只有他所觸所見，才覺得眞實可靠。如今，他所失去的倪安娜回來了，也不知道是什麼力量在吸引著他，離開蓬萊基地去追尋一個遙不可及的夢幻，他只是在倪安娜離去之後，悵然若失之餘，引發的一股衝動。

艾比聖撫摸著倪安娜的美眸，他終於找到有眼睛的倪安娜，就像當初在蓬萊基地與她相逢時的情景，他細細端詳著倪安娜含情脈脈的雙眼，兩片嘴唇靠近前去，在倪安娜的眼皮上，分別親吻了一下。他聽到她的嬌喘與耳語。

「你是我的意中人。」她說，聲音竟然從她的嘴裡發出來。「既然你這麼喜歡我的眼睛，我就把我的眼睛送給你吧！」

倪安娜說罷，她如玉的手指用力插入她的眼眶，將她左邊的眼睛血淋淋地挖出來，艾比聖嚇得怪叫起來：

「倪安娜！妳怎麼搞的，別……別這樣！」

倪安娜根本無動於衷，她把自己的左眼放在艾比聖的手掌裡，又很快地狠狠挖出自己的右眼，將帶血的眼球塞入艾比聖的掌心，倪安娜臉上留下兩個深黑而冒血的洞，教他驚駭不已，顫抖地叫著。

「不要這樣！我不要在這裡！不要……不要……」

艾比聖聽到自己淒厲恐怖的叫聲，一瞬間，他覺得天旋地轉，周圍的環境全然改變，他置身在一個熟悉的環境裡，是蓬萊基地的房間，他就躺在自己的床上，天花板上映現著如詩如畫的幻景，天眞活潑的人們，手拉手唱著悅耳動聽的歌，草原上長滿了盛放的花朵，人影搖晃，臉上的輪廓是模糊朦朧的，看不清他們的容貌，卻看得出他們顯現的快樂。

艾比聖翻開自己的手掌心，赫然看見兩個手掌各有一顆帶血的眼珠，他驚惶失措地叫起來，狗頭人身僕役匆匆趕過來，問他：

「主人，你怎麼啦？你做了什麼事？」當僕役發現他手裡的兩顆眼珠，他也怪叫著：

「這怎麼得了！快快！把它拿去放起來，這大概是金神大的眼珠子！你拿他的眼珠子幹什麼？」

「金神大的眼珠子？」艾比聖把兩顆眼珠放在意中人的眼眶裡：「不，這是倪安娜送給我的！」他帶血的手在自己的胸口上撫摸著，痛苦地哭起來：「不，一切都是眞實的，我是被轉移過來了。我不配進那個國，所以……」

「金神大被查出來，」僕役說：「他的財富來自施放毒素，使基地的人生病，再由他當好人救濟病患，達成他擔任元首的目的。但是他事蹟敗露，他自己挖了自己的眼睛，戳穿自己的耳膜，毀了自己聲帶，成了又盲又聾又啞的人，投奔青鳥基地去了！」

艾比聖望著狗僕役那張忠心耿耿的臉，他知道僕役一定也是隨他一起轉移過來的。時空幻象似眞猶假，他領悟到倪安娜也許只是他心中永恆的理想，她從一個極樂國度來到此地，帶著他去追尋，也許他被認爲心中充滿世俗的雜念，不配在那個國度久居，而被轉移回來。

無聲之城，如夢似幻，只有他手裡的兩顆眼珠，是最最眞實的存在。

每晚，他在長滿青草與鮮花的花園裡，眺望玻璃罩子外面的世界；許多沒有眼的人圍繞著，手拉手，跳著舞，唱著沒有聲音的歌。

那一晚，僕役走過來，對他說：

「主人，他們推舉你擔任蓬萊基地的元首。」

〈無聲之城〉完

腦體位移

……胡士德終於逮到機會，對著獨裁者魔鬼扣了扳機，發射出致命子彈，擊中那個原先屬於胡士德自己軀體的心臟，一瞬間，彷彿聽見自己心臟爆裂粉碎噴血的聲音，卻是一種無比神祕快感的飛越。

I 危險的警告

伊勢共和國首都舉行的一項國際經濟文化整合高峰會議，在金谷大飯店舉行。會議結束之前，總統哈茲親臨會場致詞，並贈送出席代表禮物。

「我們希望各國攜手合作，不論貧窮與富裕國家，都得到合理的資源分配，促進經濟發展和文化交流。」哈茲總統的致詞，贏得全場的掌聲，他微笑著繼續說：「今天世界上許多國家，在經過各項困難之後，都已深深地感覺到，人類應該由物質的慾望轉向精神生活。事實上，早在上世紀中期，羅馬教皇就曾提出同樣的警告，鑒於科學的發展已到了人類自我毀滅的階段，應該轉而追求提升靈性的生活……」

哈茲總統的話還沒說完，突然，電燈熄滅，室內一團漆黑，伸手不見五指，接著一聲爆響，不知什麼東西炸了，突地起火燃燒，人聲嘈雜驚叫逃命，才幾秒鐘工夫，電燈又亮了。

散布在會場的安全人員，開始以滅火器來灌救，並及時採取行動，捕捉恐怖分子。

伊勢共和國的國家安全局反情報組組長布勒維，衝到國家大飯店的地下室，查看電路總開關，看守者正呼呼大睡，可能被昏迷槍擊中。在電閘上插著一封信，他很快地打開來看：

「警告！國慶日的活動，總統請勿出巡，否則生命有危險，嚴防刺客槍擊。告密者。」

這時，塞在耳朵的耳機來了訊號，是安全人員的報告：「發現可疑轎車，福特牌灰色，剛剛從停車場出來，闖過紅燈，正向市政廳方向駛去！」

「跟蹤他，要抓活的，有重要情報。」他命令著。

安全局的汽車以全速在市內追逐，布勒維也跑出去，跳上一輛車子，從不同的方向包圍追蹤，沿途行人、司機莫不驚奇駭叫，很快地，可疑的車子已經出現在前面，它似乎有意在市內街道糾纏亂闖，車子裡只有一個人，看他開車的技術倒是絕妙到家，在市場附近撞倒了一個攤販，水果散落滿地，小販大聲咒罵著，一個急轉彎，又衝向鐵路平交道，火車正鳴笛開來，他不顧死活地闖越過去，一剎那間，眼看就要撞上了，它卻安然無恙通過，列車轟轟隆隆擋在布勒維前面，他來一個緊急煞車，眞把布勒維氣個半死，等火車過去，布勒維再想追蹤，那輛車子已不知去向。

反情報組長布勒維回到安全局辦公室的時候，局長胡士德對他一陣咆哮：

「你這個笨傢伙！眞闖了大禍了！出了這麼大的亂子，眞是丟臉，你是怎麼搞的？安全檢查這樣的疏忽？」

布勒維臉上一陣青一陣白，他自知理虧，不想辯駁，期期艾艾地問：

「沒……沒有人受傷吧？」

「沒有。」胡士德說：「總統還算幽默，他對各國代表說，今天是好日子，才故意開開玩笑，表演一下，正好是他講到用火光照亮黑暗世界時，出了亂子，好像是在演戲一般。」

布勒維把那封告密信交給胡士德局長看。

「看樣子麻煩可大哩！」布勒維說：「告密者是好人壞人，我們還弄不清楚。」

「可能是好人。」胡士德沉吟了一下說：「如果眞要刺殺總統，今天就有機會下手，而不會故意放置易燃藥物在會場，他們盡可放置炸彈。」

「不對，」布勒維說：「如果是善意的警告，可以直接寫信告密，用不著費這麼大的勁，這裡面還很耐人尋味。」

胡士德吩咐布勒維把信拿去化驗組仔細檢驗。他站起身，踱到窗口沉思，望向外面的昇平世界，伊勢國的繁榮進步，表現在各式各樣的建設上面，高樓大廈巍然聳立，間有私人直升機在屋頂起飛降落。負責整個國家安全的首腦，胡士德追隨哈茲已有二十年，一向對他忠心耿耿。現在面對著惡勢力的挑戰，怎不憂心忡忡？

II 潛伏的威脅

伊勢共和國自從十年前消滅黑色政權，擺脫恐怖、血腥的統治，已經走向富足安定的康莊大道，許久以來不曾有騷動事件，因此，這場未曾流血的鬧劇，也就很快平息下來，新聞界也很合作，因爲案情尚在調查中，必須保密，所以對於此事隻字不提。

國家安全局不斷地嚴重戒備，部署保防與偵緝事宜，在國慶日的前一天，有關謀刺總統的陰謀還未破獲，安全局的工作更見緊張。

局長胡士德指著牆上掛著的全市街道地圖，講解總統的行軍路線，分配安全人員守衛、瞭望。根據天文台預測，明天上午十點零三分開始，本地將會發生日全蝕，屆時全市將打開電燈，以便照明，而安全人員的工作也格外吃重。胡士德的臉上在冒汗，雖然有冷氣，還是免不了由於緊張而發熱發汗，有一隻蒼蠅在他汗濕的後頸上，他覺得癢癢的，用力揮開牠。講解過後，他疲憊地坐下來，等待各方送來的報告。

「局長，」反情報組組長布勒維說：「我們何不請求總統，明天不要上街去巡行。」

「最好這樣，我們省得麻煩。」胡士德局長說：「我們已經請總統一再考慮，正在等著總統做最後決定，總統可能不會答應的，總統不願讓愛護支持他的民眾失望。」

女祕書從對講機傳來了清脆聲音：「總統的電話來了。」

胡士德局長打開電話擴音器開關，在電視螢幕上看到哈茲總統在辦公桌邊抬起頭來，似乎還在批閱公文。

「總統，有什麼吩咐嗎？」胡士德問。一隻蒼蠅在他桌底旁邊的發亮地板上停著，他剛閃過一個念頭，首都衛生是全第一流的，怎麼會有蒼蠅，他舉腳要踩牠，牠卻動也不動的停在那裡，好像早已死了。

「明天的國慶日還是照例出巡。守衛多注意些也就是了。」

「總統。」胡士德懇求著：「最好不要出巡，有危險的……」

「樹大招風，見怪不怪，我問心無愧有什麼好怕的？眞要謀害我，那天早把我幹掉了。同樣的警告聽也聽煩了。好了，我還有事要忙哩！」

總統的脾氣就是這樣，總是秉持大公無私的精神，胡士德不想自討沒趣，嘀咕了一句：「有一天說不定我當了總統，我可要愛惜自己生命。」仍然指揮部下進行警備事項。他這幾天很累，腦袋裡就像有什麼東西在搗亂，常常有一陣暈眩。當他戴上眼鏡開始審閱各方送來的報告時，發現自己視力有點模糊，好像焦距無法調整好，又好像眼睛無力視物，他眞想躺下來睡一覺。

「緊急事件！」女祕書的聲音使他爲之一駭。

他問：「什麼事？」

「有個黑色間諜投奔我國，我們反情報組已和他取得聯絡，馬上就要把他送來此地。」

今天事情眞多眞煩，胡士德局長已經精疲力盡，他用無線電通知所屬人員，好好照顧他，如果有特別重要的情報叫他先行透露，我方會保障他的生命安全，既往不究。

「他要當面見你，有重要事向你報告。」反情報組組長布勒維說。

三十分鐘後，胡士德局長看見了那個滿臉鬍子的黑色間諜萊姆。

「你投奔我國的動機是什麼？」胡士德問。

「我沒有辦法在黑色國家生存下去，實在看不慣，人人都是傀儡，人和動物、人和機器完全沒有兩樣，每個人都要受管制，實在是做人的不幸。」

「你還帶有情報嗎？一個禮拜前，在金谷大飯店的爆炸是怎麼回事？」

投誠者萊姆驚恐的眼神猶豫了一下說：「一個禮拜前是我參與其事，本來我們要用炸彈來行凶，我暗中改成燃燒彈，我的同伴開車走了，我從另一個方向溜走。你們沒追蹤我。我一直在考慮要不要投誠。我還留下條子，警告總統有被刺的危險。」

「你們測知情報的方式如何？」

「我們的人造衛星高空攝影，可以從五百六十八哩上空拍照，從照片上可以看出街上走動的貓眼睛是什麼顏色，辨識人臉更不用說了。我說這話的用意很明顯，你們的各項設施我們全部瞭如指掌。我們知道，你們最近又在海床發現石油礦產，其儲量佔有整個世界相當的比例。」

「我們與世無爭，你們到底想怎樣來對付我們？」

「我們——應該說他說，他們的間諜道具非常厲害，他們設計的電子竊聽器可以藏在馬丁尼酒的橄欖裡，也可以藏在領帶夾、鈕釦、香菸和菸灰缸、門鈴，都可以安置無線電收發器，只要稍微動動變換方向，便可控制開關。你們的保防設備都很周到嗎？」

「你是說我們安全人員本身也有問題？」胡士德局長對於投誠的間諜必須加以提防，以免有詐，而對方也在躊躇觀察我方誠意，才決定透露什麼情報，現在談話已觸及到問題核心所在，他眞想知道安全局是否遭到了滲透。

投誠的間諜萊姆情緒變得平穩了，不置可否地笑笑，他瞟了反情報組組長布勒維一眼，似有用意地說：

「也許你的敵人就是自己人，而你不知道。」

「沒這回事！」如墜五里霧中的局長胡士德本能地否認著，安全局在他手裡，一直是全國效率最高、最安全的機構，怎麼可能會有敵謀滲透？安全局的工作人員有許多還是身受共禍創痛，慘遭蹂躪，根本恨透了黑狐黨。

「在我腦袋裡隱藏有許多機密，這是黑色分子在貴國境內進行的一項大陰謀……」萊姆忽然上氣不接下氣，臉色大變，好像胸口很痛苦的樣子，兩手抓胸，渾身痙攣，雙眼發直。

「怎麼回事？說下去！說下去！」胡士德緊張地追問。

投誠者萊姆食指指著胡士德的前額，眼睛死瞪著他，顫抖的雙唇已講不出話來，胡士德扶住他身子，催促著他把話說明白，他的一隻手指著局長的臉，目露凶光，好像認定胡士德局長就是大壞蛋一樣，他臨終前只吐出一個「你」字，沒有再說什麼就氣絕了。

遭遇了這件莫名其妙的變故，使胡士德感到震驚、納悶，布勒維很快命令人把屍體抬出去，送往化驗解剖。已經傍晚時分，頭好痛，胡士德局長必須立即去看腦科醫生沙克博士。最近一年來，他常有這種毛病，原因是出過車禍，腦部受震盪，手腳麻痺，不能行動，幸好由沙克博士施行手術，長期在腦部以電極探針刺激，逐漸恢復四肢機能，由於身體的影響，他曾經辭職過兩次，哈茲總統則一再挽留他，不讓他去職。

在離開安全局辦公室以前，胡士德囑咐手下趕快把化驗及解剖報告做好。他並且打了電話回家去，要他太太別等他吃飯，他要很晚才回家。腦際一直在思考那個投誠的間諜到底是怎麼死的？是誰殺死了他？安全局本身受到滲透，是哪些人潛伏著？好可怕，想也不敢想的。明天總統是否會安然無恙？要是發生事故，可眞不堪設想。

車上的無線電響了，他拿起話筒，是反情報組組長布勒維報告化驗的結果。他說：

「化驗組剛剛檢驗過了，發現前來投誠的萊姆身上，可能被毒針射中，那種毒針一射入人體就釋放氰化物，很快致命。萊姆可能在來安全局之前被射中的，也可能在安全局之內被射中的，確實的時間難以斷定。」

「有沒有留下什麼線索或情報？」

「哪一方面的？」

「他身上可有什麼東西洩漏什麼情報？」

「什麼也沒有，只是一具屍體。」

「我的意思是他的鈕釦、鞋子、眼睛、手錶、指甲縫、耳道中、牙齒裡、頭髮下，可能藏有什麼機密，要好好檢驗，也許我們所要的情報都在裡面。再小心仔細檢查看看吧！」

「我們正在查，還要一段時間才查得出來，重要的情報都在他腦袋裡面，眞可惜。」

胡士德局長掛上無線電話後，從反光鏡看到一輛黑色轎車和他遠遠地保持距離，好像在跟蹤他。難道是黑色間諜？他小心翼翼地駕駛著，腦袋裡又是一陣暈眩，他停下來，在馬路邊略事休息，上身伏在方向盤上，眼睛斜望著反光鏡，兩輛車子已經不見了，他想起萊姆的話：「也許你的敵人就是自己人，而你不知道。」使他不寒而慄，黑狐黨的可怕他是領教過的，他們無孔不入，防不勝防。由於頭暈頭痛，渾身難受，他加速駛往安全局所屬的腦科實驗室去找沙克博士。一路上仍不停注視著反光鏡，看看有無跟蹤的車輛，天已暗，來往的車子又多，他分辨不出那些雜亂的車燈，到底有沒有跟蹤者在後面。

在中途，胡士德一度停車，與M國情報局駐此地的人員鐘士．格蘭交談。格蘭是個和藹可親的人，藍眼睛閃著智慧的光芒，他顯得很憂慮：

「我國方面很注意貴國的情形，不希望再有動亂發生，我得到的消息是，可能在最近有大變化，恐怖分子正在活動，要更嚴密防範。」

「很平靜，我還聞不出什麼臭味兒。」

「也許是暴風雨前的平靜。」格蘭笑著露出兩排雪白的牙齒，他向胡士德局長擺擺手，走進自己的轎車裡。

III　開啓黑暗心靈

胡士德踏進腦科實驗室，沙克博士正在觀看醫學紀錄影片，趕緊停掉畫面，叫他的助手去準備爲胡士德局長診療。

「我知道你會來的。」沙克博士微笑著說：「最近好點沒有？」

「時好時壞，老樣子。本來有幾個月沒有什麼毛病發作了，今天跟昨天又不舒服起來了。」

「任務太辛苦了，心裡也緊張吧！」沙克博士領他到醫療室去。

沙克博士注意他的臉色好陰霾，又見他心事重重。他讓胡士德躺在治療用的安樂椅上，在他腦部施以輕微的電擊，使他鬆弛了緊張。

「你很快就會感到快樂的，會有飄飄欲仙的感覺，你身上有的不舒適和痛苦，都要連根拔除。」

經過約十分鐘的治療後，胡士德已顯得神采奕奕，容光煥發。

「沙克博士，我想請教你一件事。」胡士德好奇地問：「到現在爲止，有沒有辦法用儀器探測出人家的腦子在想什麼？」

「嗯——」沙克博士支吾了半天才回答：「要發明一種儀器，能讀出一個人的腦波，知道他在想什麼，理論上是可能的，讀腦機器已經在使用階段，癱瘓的人可以藉由讀腦機介面來控制義肢、指揮電腦指標，就是心想事成啦。這個只要植入腦介面或電極，讀取放電神經元的訊號。也有科學家研發一種支架電極，只要沿著血管達到腦血管，就可以讀取高品質的訊號。這樣等於在讀腦了。」

沙克博士又說：「早在上世紀中期就有科學家建議過，發展一種革命性的科學儀器，截收重要政治首領的腦電波，分析他的思想企圖，再結合光學遙測偵檢系統，查知飛行運動物體的結構和內部設備，在太空時代的武器競賽中爭取勝利。目前有一種腦控頭盔已經用在電玩、醫學治療上面，如果加上無人飛機一起操作，就更可怕了……」

「科學進展太厲害了！」

「是的。現在已經可以用在飛行員身上，大致可以測出飛行員腦波的變化，知道他正在專注什麼而忽略了什麼，如果飛行員的意識犯了錯誤，他的下一個動作可能造成大災難，電腦便會自動發出警告。」

「這樣的話，每個人要保持祕密很困難。」

「有一種剛剛研發完成的『讀心頭盔』，只要士兵頭上戴上這玩意兒，他們不需開口說話，就可以互相『閱讀』彼此的腦部活動。聽說M國國防部已經正式組建一支『讀心頭盔』……總而言之，腦控不是靈異事件。」

沙克博士說了一大堆道理，胡士德局長信服了。

開始第二次治療，沙克博士用更強的電波刺激他的腦部，一瞬間，胡士德局長樂陶陶、迷糊糊、醉醺醺，嘴裡哼哼呵呵地呻吟著。

以電刺激腦部，會產生情緒反應，要使一個人高興快樂或憤怒凶惡，可以馬上辦到。科學家曾經做過有趣的實驗，把野牛的腦部插入電極，就在野牛凶性大發，怒不可遏的時候，牠向人衝擊即將撞上人的一剎那，用無線電控制牠，使牠馴服下來，不再發牛脾氣。腦本身沒有痛覺，長期植入電極是沒有妨礙的。一只電極，只不過百萬分之一吋直徑，而腦部細胞中最大的神經細胞直徑約二千分之一吋，插入細微的電極，並不妨礙細胞的正常機能。

沙克博士早年也曾經做過實驗，發表論文，對於腦部快感中心施用電極刺激治療，別有一番見地。它和苦悶恨惡中心，兩者之間非常接近，只相距0.02吋而已，要使人或動物愛或恨，幾可隨心所欲加以操縱，他可以使一隻貓在挨打受傷害的時候，快樂地咪咪直叫，相反地，在牠受到愛撫時，卻會張牙舞爪，毛豎目怒，或是看到老鼠時，嚇得自己躲起來。

這時候胡士德局長就像一隻小動物一般被擺布，他閉著眼，喃喃不已：「……舒服……眞舒服……眞舒服！」

「你看到什麼？想到什麼沒有？」

「飄飄欲仙，眞個飄飄欲仙。」

人和動物差不了多少的，沙克博士在國外唸書的時候，做過幾次實驗，他曾把一隻猴子栽入電極，教牠變成活的機械動物，用電力刺激來控制猴子的動作，猴子接到腦部所發出的訊號後，立刻依照指示，轉動四肢、眼球、下頷，叫牠拿香蕉就拿，叫牠吃就吃，不吃就不吃，叫牠高興，便張牙咧嘴，手舞足蹈。在另一次實驗中，他使貓在接受刺激後，伸腿、縮腿、睜眼、閉眼、豎尾、放大瞳孔、聳毛，牠的喜怒動作，完全隨人所欲。人也一樣，腦部電力刺激，不但可以控制情緒的快樂、苦悶、憤怒、恐懼，連慾望也可以操縱，諸如飢渴、睡眠，甚至性的需要等等。

在面前躺臥的是負責國家安全警備的最高首腦，如今也只像一隻貓在接受腦電力刺激時，快樂地咪咪直叫。動物喜歡這種不可名狀的快感，完全是不可自禁的，人也一樣。這樣想來，他忍不住發聲而笑。

「他原是一頭勇猛的獅子，保衛我們國家的安全。」他對女助手說。

就算眞正的獅子、老虎，腦部一裝上電極，也一樣溫溫馴馴的，百依百順，叫牠怎樣就怎樣，成了小貓、小狗，人也無異，雖然電力刺激的命令是與接受者原來的意思相違背，一時無效，但是只要加強電力，人或動物的反抗意志隨即崩潰，按照指示去行動。

胡士德局長完全陷入神智恍惚的境界，渾然忘我。久久，他突然緊張起來，雙眼暴凸，表情痛苦可怖，開口亂喊亂叫。

「現在你去哪裡？告訴我。」沙克博士問他。

又是同樣的一幕回憶。每一次接受治療，在胡士德的心靈深處，總會浮幻起同樣的景象。胡士德的父親是越南人，因爲戰禍蔓延，被黑狐黨清算，他從小在威靈頓神父所設的孤兒院中長大，視神父爲自己的慈父一般。二十二年前，當伊勢共和國還未獨立，黑狐黨的吞噬陰謀得逞，以獨裁者布萊德為首的黑色政權在這裡建立起來，威靈頓神父帶著他，到非洲剛果史丹利地區去傳教，以最大的熱忱，服務人群，敬愛天主，在蠻荒地區散播愛的種子。但由於土人智能低落，行為幼稚，只能表現單純的愛與憎，只要對土人好一點，他們便喜形於色，相反的，若有什麼不對勁，也會小題大作，憤怒殘暴起來，起初的一年，倒也相安無事，在那個部落生活、傳教，頗能與土人融洽相處。不久，黑色的魔掌向非洲伸展過來，黑狐黨派了大批特務到非洲大陸進行滲透與顛覆的陰謀，在當地挑撥離間，利用黑人仇恨白人的心理，大加煽動，誣衊威靈頓神父是來散播邪惡的，將會對土人不利。土人無知，漸漸對威靈頓神父生起反感及仇視。

那天傍晚，威靈頓神父又和往常一樣，在傳教集會，宣揚天主的大愛，說明天主愛世人，賜福萬民，不分男女老幼及種族，並時常顯靈，但土人愚昧成性，不但不能接受，且因而憤怒起來，由於黑狐黨分子在裡面煽動和起鬨，土人獸性大發，一擁而上，把神父當場綁起來。

胡士德當時正往河邊去提水，倖免於難，事發後，他想去救神父，但無能為力，一方面由於年輕膽怯，當時才二十一歲，他爬到樹上去，並把小手槍帶著，遠遠地瞭望。

熊熊的火光裡，一群土人發出原始性的瘋狂吆喝聲，圍成圈圈，手舞足蹈，戰鼓咚咚作響，舞步隨著鼓聲節拍忽緊忽慢。威靈頓神父被綑在場子中的木架，默默地在祈禱。終於，一幕人間最殘酷、可怕、淒慘的景象上演了。

一個土人武師跳到神父面前，對著神父瘋狂地尖聲喊叫，狂舞狂跳，隨之，五、六個面上塗著可怕花紋的土人圍過來，其中一個拿出一把利閃閃的刀，割開神父黑色的聖袍，割下他胸前的肉。神父淒厲地慘呼著，頻頻祈求天主，憐憫土人無知，赦免土人的罪過，鮮血一股股地冒出來，灑落在那片充滿罪惡的土地裡，土人卻無動於衷，好像在狂歡節宰殺畜牲慶祝作樂一般。

神父的身體慢慢地被那些刀、矛、斧，活活肢解了。胡士德在樹上看得渾身發抖，他當時唯一想幫助神父的是，用一把長槍瞄準神父的腦袋，射死他，趕快結束他的生命，免得活活受酷刑。聽著神父的喊叫，他的一顆心幾乎要碎裂，他眞希望自己能代神父受罪，他拿起手槍瞄準神父，心裡祈禱著：「主啊，快讓他死吧！不要教他活受罪！幫助我射死他吧！」他扣動了扳機，連發數槍，鼓聲與人聲淹沒了槍聲，神父依然呻吟慘呼著，土人全然沒有察覺到躲在樹上的他，小手槍射程不夠遠，根本無能爲力。他渾身寒毛直豎，四肢發軟，耳際傳來神父痛苦的呼求禱告聲，那聲音像毒蟲一樣啃噬著他全身每一條神經，這是永生難忘的一次悲慘經歷。

神父的喊叫和呼求逐漸微弱了、低沉了、消失了。只見土人正把神父的屍體和殘肢，投入鍋裡煮，再津津有味地吃他的肉。胡士德的胃和心臟眞要從口腔裡嘔出來。天底下竟有這種事，太慘了！太慘了！他不禁摀著臉嚎哭起來……

「不要哭！不要哭！」沙克博士安慰他：「那些事都已經過去了，我們的國家也已經從黑色魔掌掙扎出來了。」

「他一直在回憶那些痛苦的往事。」女助手說：「換個方式吧！教他心情好點。」

「我恨透了那批魔鬼！」胡士德咬牙切齒嚷叫著，一邊還起勁地哭著，就像小孩受了好大的委屈一般。

就因爲受了這刺激，胡士德又潛回故土，參加反抗軍的游擊隊，追隨哈茲所領導的行列，打擊魔鬼，直到推翻暴政，建立獨立伊勢民主共和國，他受任國家安全局局長，頗受總統器重。

「你需要什麼嗎？」沙克博士問他：「你認爲這一生有什麼遺憾的事嗎？」

「我需要一把射程遠的長槍，我看見威靈頓神父在受苦，身上的肉被一塊塊、一截截割下來，他在慘叫不已。媽呀！好可怕！好可憐！我需要一把長槍……」

沙克博士給他一根枴杖，對他說：

「這就是長槍，射程非常遠，你現在有了長槍，你可以使用了。」

胡士德拿過枴杖，做瞄準射擊狀，雖然人躺在醫療椅上，竟自以爲回到二十年前的非洲叢林，他正爬在樹上，遠遠地看著神父活生生地被宰割，聽見神父的慘叫……

「你看到神父嗎？」

「看到。」

「他現在怎麼樣了？」

「他被綁起來，身上的肉被割下，四肢和軀體被肢解，肉臟被掏出來，放……放在鍋裡煮……被……被煮了吃，嗚嗚嗚……好殘忍，好可怕……」胡士德又傷心地哭了起來。

「但是你現在有了長槍。」沙克博士提醒他。「而且，神父還沒有死，神父還在哀嚎，神父身上的肉還沒有下鍋去，你要趕快行動！」

「是的，我我……必須快點開槍射死神父，免得神父活活受罪……眞悲慘，他連死的自由都沒有……我現在要開槍了。」

胡士德做了扣扳機的手勢，長吁了一口氣，好像完成了一件重大的任務似地。

「現在神父升天堂了！」女助手葛琳說。

「是的，他沒有痛苦了。」胡士德臉上泛起一絲安慰的笑，渾身大汗淋漓。

沙克博士把刺激腦部的電源關掉，電源接頭和胡士德腦部的電閘介面脫離關係，胡士德又恢復了清醒狀態，他舒活舒活筋骨，看起來渾身暢快，不再像剛進門時那樣愁眉苦臉了。

「怎麼樣？」沙克博士問。

「好了，好了。」胡士德愉快地說：「精神已好多了。」

「你作了些什麼夢記得嗎？」

胡士德搖搖頭，他的情緒被調整過，面露微笑，他已不記得剛才發生的一切，他急急忙忙告別，走出門去。當他發動汽車駛上街道以後，又注意到後面有一輛車子從暗巷裡開出來，爲了知道是否有車子在後面跟蹤，他原來是要回家，又轉往另一條道路，直向海濱大道駛去。

「總部嗎？我是局長。」他打開話機與安全局總部聯絡。

「這是總部。」

「有沒有什麼新發現？」他的後頸一陣輕癢，好像有隻蒼蠅附在上面，他隨手揮開牠。

「沒有，很平靜，那個人還查不出什麼來。」

薄霧朦朧，水銀色的燈光在黑濛濛的液色裡張著睏乏的眼注視著大地和海洋，稀稀疏疏的星光在夜空閃爍，風很涼，從車窗外陣陣吹來，使他感到一陣舒爽，街路上瀰漫著一片安謐與寧靜，浪濤拍岸，隱隱約約似情人的喁喁絮語，有時又似一隻巨大的野獸在喘氣，遠處點點漁火在漆黑的海天之中與星光相映，深邃幽遠。他看看反光鏡，跟蹤他的車子已不見，否則他要叫總部追查那輛車子了。

循著點點微火，溯向十年前的今夜，染血的往事在腦際翻浮，就在這處海濱，有一場驚天動地的戰鬥，爲了使故土脫離黑色魔掌，重見光明，旅居海外的本地愛國志士，登上M國派來支援的核子潛艇負責接應，再分乘數十艘漁船，以機槍、手榴彈爲武器，渡海而來，不幸被海岸巡邏發現了，在近海展開激戰，槍砲聲震動夜晚海面的平靜；巡邏艇被消滅後，海岸砲火向漁船猛轟，幸好這時由哈茲領導的愛國軍，也發難進攻，與黑色軍隊遭遇戰，節節勝利。胡士德從無線電中知道漁船受海岸砲火攻擊，無法登陸，率領同志，攻佔海岸砲台，才使得漁船上的戰鬥人員順利登岸，裡外夾擊，消滅了黑色軍隊。惡魔獨裁者布萊德聞訊，落荒而逃，乘坐直升機往外海飛去，卻在空中被擊落，葬身海底。非常遺憾的是，布萊德的屍體一直沒有被找到，傳說他被救走，流亡國外。

胡士德從海濱大道折向椰林路，這時有一架直升機在頭頂飛過，他略一注視，知道是安全局的空中巡邏飛機，爲了慶祝明天的國慶和預防謠傳可能發生的黑色叛變或謀刺凶案，所有的警備力量全部出動了，不過，直升機在深夜擾民，低空飛行，未免過分，他有點發火了。

車子停在一幢豪華的八樓公寓門口，他走到電梯裡面，按了上頂層的按鈕，他想去看看那個美麗的嬌娃朱蒂，順便在她那兒吃點東西。她是位國際通訊社的女記者，一年前，胡士德局長在國會作證，指控黑狐黨分子在本國的某些煽惑活動，已有死灰復燃的趨勢。國會的聽證會結束後，身材健美、艷麗迷人的朱蒂來訪問他，就這樣她走入了他的生命中，也就是爲了趕赴她的約會而發生了車禍，腦部受傷害，手腳麻痺，被施以腦部手術。

懷著興奮喜悅與罪惡感，他狂叩八〇四號房門，門開了，一張笑臉如綻放的花般迎著他，他進門以後，她爲他端來吃和喝的東西，不斷地噓寒問暖，他告誡自己不能輕易受女色迷惑，以免發生危險，他已決定在今年底哈茲總統任期屆滿時辭職，卸去肩頭重任，轉任一般公務員。關於朱蒂的身分，他也曾下令對她進行安全調查，認爲一切均無問題。

他惴惴不安，想到在家中等待他的賢慧妻子妮娜，不免有幾分膽怯，而他卻不能克制自己，常常不定期來找她。

「我不是說，明天早上十點鐘，我們在貿易大樓屋頂見面？」她說，面露詫異：「你怎麼今晚就來了？」

她走到窗邊，拉上窗簾，長長彎彎的睫毛掛著晶瑩的淚珠，頭低低的，臉色陰霾，然後把電燈也關熄了，一瞬間兩人彷彿跌落在陰曹地府的黑暗中……

IV 遮蔽的天空

萬眾歡騰的國慶大會上，哈茲總統發表演講，並宣布明年開始開發蘊藏在海床的豐富石油，也將準備發射人造衛星。慶典結束，總統登上敞篷汽車向街道上歡呼的市民揮手致敬，十週年國慶大遊行也跟著開始。伊勢的人民喜氣洋洋，歡聲雷動，卻不知危機已逐漸迫近。

胡士德坐著直升機不斷地在首都上空巡邏，指揮安全人員進行警戒事項。今晨與朱蒂分手時，她一再地叮嚀十點鐘一定要在貿易大樓的屋頂見面，她要送給他一件禮物，他謹記不忘。

直升機在貿易大樓屋頂停下來，胡士德支開了飛行員，要對方先行離去，他自己則在此守望監督，總統的車子很快就要開到這條街道上來。

太陽漸漸被一個圓形的黑影罩住了，大地暗下來，很快地，就像已經到了日落黃昏的黯淡時刻。夾道歡呼的群眾，在向推翻共產專政、領導建國的元首致敬，這是用生命和鮮血換來的偉大日子，值得興奮的一刻，許多人滿含熱淚地歡慶自己的國家在十年前的今天脫離黑色魔掌，得享和平，安居樂業。

街道兩旁以及商店裡的電燈都打開了，以便在日全蝕的時候照明之用，不久，天色全黑，變成一片夜景，天空中的太陽光球整個被吞吃掉，周圍出現了美麗的日暈，中間是個黑球，黑色的太陽外面冒出的淡輝光芒，約有太陽半徑的二、三倍，越靠近黑球地方，吐射的光焰是一縷亮紅的色圈，整個日暈幾乎可抵上望月的亮度，天空中也出現了稀疏的星點。

突然一聲槍響劃空而落，總統向群眾揮動的手立時垂下來，摀著噴血的頭部，身子踉蹌倒下去，連續的槍聲又起，總統的身子被幾顆子彈穿入，鮮血染紅了他身上素白的衣服，迸開成朵朵的花。總統夫人驚恐地撲在他身上……

死神從天而降，攫走總統的生命，猶如流星墜落一般迅速可怖。

黑色的太陽下，驚呼、騷動、混亂、嘶叫、哭喊，一片淒厲慘絕，有如世界末日一般，天上的星星爲這件世紀謀殺案做了見證，可惜星星不會講話。

「天呀！總統被刺殺了！」一陣驚愕，胡士德像剛從睡夢醒來似的嚷叫著。

街道上洶湧的群眾在吶喊，眾目眾手朝向貿易大樓屋頂，嘈雜的叫喊此起彼落：

「凶手在上面，凶手在上面！」

「抓住他！」

「抓住叛國賊！」

胡士德有些迷糊了，剛才大地陷入黑暗的一剎間，使他勾起恐怖的回憶，忘了自己身在何處，一時幻見當年身處蠻荒之地的淒慘恐怖之夜，土人把神父活活肢解煮來吃，難忍的殘酷事實，栩栩如生地映在眼前。現在，他從貿易局屋頂上往下望，身爲安全局局長日夜擔心總統的安全，唯恐發生意外，現在竟然晴天霹靂，禍從天降，一時驚困發愣，不知所措，渾身失常地顫抖，幾乎要瘋狂了。

而四周的樓房窗口、屋頂上的人，目視手指，都是朝著他，說他是凶手，從附近的樓房爬上來許多人，開始向他包圍，他竟然不可思議地覺得有幾分膽怯，他幾乎要大聲呼喊：我是安全局局長！

有一陣迷糊混亂，眼前發黑，不知如何是好。天上被吞蝕的太陽慢慢露出了臉，陽光增強，大地漸漸由黑暗恢復了明亮，在有太陽光的世界裡，他更有自信肯定自己的存在，不再疑似自己身在非洲剛果叢林。他扭開無線電，向總部通話聯絡：

「我是局長，在貿易大樓屋頂……總統被刺殺了！」

「我們早知道了！凶手就在屋頂上，快抓住他。」

他關掉無線電，向周圍張望，而四面八方向他包圍過來的人已越來越多。

「凶手就是他！凶手就是他！」

「揍死他！」

他覺得情勢不對，看見在角落裡有一柄長槍，正想轉身拾取它，他的身子已被一個大漢抓住，他忍不住大聲呼叫：

「我是安全局局長胡士德！」

「這個瘋漢，鬼扯什麼！」大漢搶走他手裡的無線電，兩個人分別牢牢地抓住他的手和臂膀，其他人圍攏來，開始用拳頭重擊他的胸部和頭臉，他全身骨頭幾乎要被打爛，五臟六腑快被掏出來，嘴角流出殷紅的血。

「饒了我吧！你們誤會了！」他像狗一般可憐兮兮地哀喘著。

有一個小伙子從他身上搜出證件，大叫起來：

「他眞是局長，我們弄錯了。」

「活見鬼！他是局長？」

拿證件的傢伙把證件往空中揚了揚，再度高喊著：

「他是安全局局長，我們弄錯人了！」

「但我明明看見一個人在開槍，只有他在這兒，沒別人，凶手就是他，錯不了！」另一個人叫著。

一架直升機飛來，從機艙裡走下來幾個人，排開了群眾的糾纏，遍體鱗傷的局長被架起，抬到機艙裡，幾位安全人員拿著槍在搜索可疑分子，而凶手早已不知去向。遺落在屋頂角落的一把槍，被反情報組組長布勒維取走，他隨即登上飛機，離開現場。

V 伊勢國大動亂

對於伊勢共和國來說，她的十週年國慶正是一個黑色的日子，太陽曾經一度在天空中熄了火，哀悼這一代偉人的與世長辭，也抗議魔鬼從天而降，或許應該說，魔鬼的法術使天地變色，一下子吞吃了太陽，但光是永恆存在的，它代表正義眞理，絕對不會被邪惡殘暴所取代，即或一時被黑暗掩蓋，終究還是要恢復光明的。

整個伊勢共和國立刻陷入愁雲慘霧之中，這是二十二年前黑色魔掌伸入此地以來，所面臨到的最大悲劇。

四十二歲的女副總統羅郁絲，一個小時之後，宣布繼任總統職位，文武百官表情悲哀沉肅。新總統在電視廣播中發表了談話，並經由人造衛星傳送到世界各地：

「今天是伊勢共和國的十週年國慶，也是伊勢最悲哀的日子，領導我們抗暴建國，脫離極權統治的元首，被不知來歷的暴徒刺殺逝世了。」

「在哈茲總統受槍擊之後，我們曾經盡了最大的努力來搶救，但是，經過我國最權威的腦科醫生沙克博士，會同醫學專家檢查之後，發現他腦部迸裂，內臟受槍傷，回天乏術，我們以至誠的心哀悼總統的不幸，總統的葬禮將擇期隆重舉行。」

「至於敵人在哪裡？今天我們的敵人就隱藏在我們自己的內部，謀殺總統的人還在我國境內，從現在開始，全國進行戒嚴，直到找到凶手，破獲凶案，眞相大白爲止。」

「在這裡，我要代表政府向全國同胞致歉，負責整個國家安全的機構——國家安全局，在這次事件中並沒有盡到責任，差不多在一個禮拜以前，在金谷大飯店舉行的一次國際會議中，安全局已經接到密報，總統在國慶日的活動中將會發生危險，安全局疏於防範，在我就任總統之後，將徹底整頓，並處分所有的安全人員。」

「有個可怕的謠言正流傳著，說是安全局局長胡士德就是謀殺總統的人，謀殺的時候，有人目擊胡士德局長在貿易大樓屋頂徘徊，並舉槍瞄準，後來又在屋頂上發現一把配了長距離瞄準鏡的長槍，子彈已射了四發，在沒有完全調查清楚獲得證實前，不便胡亂下結論。」

「我要告訴全國同胞們，如果謠言是眞的，實在太可怕、太可悲了！爲了顧全大局，從現在開始，我們正準備將安全局封閉，由新成立的國家特勤總部接替，他們全部是武裝軍事人員組成的，所有安全局人員全部加以監禁，不准自由行動，完全聽任特勤總部檢查，通過檢查的人員，才准許恢復自由行動。」

女總統羅郁絲美麗的臉，露出一派的鎮靜與悲憤。

全國人民陷於極度哀傷悲慟中，對於惡魔心狠手辣地逞凶，無不切齒痛恨。憤怒激動的群眾，包圍住安全局大廈和國會大廈，要求迅速懲治凶手。群眾在收看過繼任女總統的電視演說之後，更加激起對安全局的不滿。群眾繪聲繪影，指證安全局局長胡士德日蝕的時候，在貿易大樓樓頂開槍射擊，動機是在奪取政權，他們認爲所有安全局人員都應該被送進監獄，重新檢查思想，並且盡快找出凶犯和共謀者。

特勤總部人員用強力水龍頭噴水，企圖趕開包圍示威的群眾，吶喊聲有如獅吼雷鳴，撼天震地。特勤人員用擴音器向大眾廣播：

「同胞們，冷靜一下吧！凶手和同謀者是絕對跑不掉的，政府正在追查中，很快就會有結果，請大家等候國會的決定。」

激憤的群情無法遏止，這也難怪，安全局的首腦竟然身涉重嫌，公然謀殺總統，以致噴水的軍人也懶洋洋，不大想趕開群眾。

國會召開緊急集會，討論並辯論突發事件的應變措施。新總統認為，由於明顯的跡象顯示，有外國勢力介入這次謀刺行動，伊勢國得尋求新的治國方策，重新調整與各國的外交關係，總統必須擁有許多新權力，以便執行任務，這些論調都是一反常態的，把所有責任推卸到國家安全局與外國勢力的活動。新總統要立刻撤銷安全局，監禁全部人員，嚴厲檢查。

國會中的保守派與激進派正進行激辯。

保守派認為，胡士德局長連同從事游擊期間，追隨哈茲總統已經二十年，不可能公然下此毒手，幕後一定另有隱情，如果安全局全部在他控制之下，他大可以用別的方式，暗中派人謀刺總統，無須在眾目睽睽下親自動手，這樣做太不合乎情理了；保守派要求組織專案調查委員會進行全面調查，以便澄清事實，對於基本國策不便輕易更動。

激進派提出的理由是，當哈茲總統被謀刺時，現場很快被警方封鎖，槍聲很明顯地是由貿易大樓樓頂上傳來的，有目擊者指證，開槍射擊的人非常像胡士德局長。

當辯論難分難解的時候，安全局和特勤總部的檢驗報告送來了，凶器上的指紋經證實是胡士德局長的，發射的子彈也與留在哈茲總統身上的相符，當他正在行凶的時候，也有目擊者指證。還有一位自稱受M國情報局利用的線民作證，總統被謀殺的前一天下午七時，胡士德局長與M國人士有過接觸，當時胡士德正自己駕車，開往不知名的地方，中途下車與之交談。安全局的錄音檔案中，並且錄有非常不利於胡士德局長的證據，在胡士德局長與哈茲總統昨天下午的電話通話過後，他曾經自言自語說，有一天他會當總統。

終於，國會通過緊急法案，授予總統許多新權力，對內戒嚴，實行軍事統治，處理國家的緊急困難，使總統大權在握，接管各項營利事業，並加強總統對官員的任免權，至於外交權本是總統所獨有。唯基本國策不能任意變更，保守派仍堅持己見，認爲伊勢曾經受過蹂躪，創傷未復，餘痛猶在，怎可輕易改變國策。但是激進派的勢力一下子不可思議地膨脹起來，連平常顯得若無其事、不關心國事的議員，也支持了羅郁絲總統的新政策，通過變更國策的決定。

在總統制的國家裡，總統的權利本來就非常大，原來只有屬於國會的立法權、調查權、控訴權，可以與之相制衡。總統以及所屬內閣，只對全國選民直接負責，不對國會負責，總統所負的直接責任，只有在大選時見諸於對選民的承諾，遵不遵守承諾，人民也無可奈何。總統和他的內閣實行專制獨裁時，國會的立法權、調查權，也派不了多大用場，總統可以在法外尋求新權力，或置國會的調查於不聞不問，至於國會的控訴權，除非總統有叛國、受賄等罪，才能威脅到總統職位。

於是，由於突發的變故，爲了免於動搖國本，伊勢國的繼任女總統羅郁絲，使出鐵腕，清除所謂叛國分子，欲徹底整治國家，使之步入正軌。

VI　只有腦袋的生命

女總統羅郁絲宣布，國家安全局由新成立的特勤總部人員接管。憤怒的群眾漸漸散開，似乎認爲謀殺總統的人和他所領導的機構已遭受懲治，可以稍微寬心，群情逐漸緩和下來。

安全局的反情報組組長布勒維，正在醫療實驗室裡，對著一個沒有身體、只剩脖子以上的腦袋瞪視，腦袋下面連接著心肺機，因爲聲帶切斷了，嘴巴無法發聲，如果那個只有腦袋的生命會動嘴巴說話，必須用讀唇術，才能看懂他說話的意義，讀唇術對於聾子來說很需要，情報人員更有用，可以光憑查看對方嘴巴的顫動情形，了解其意，如在遠距離以光學望遠鏡窺視，也可辨讀，布勒維對著投誠者萊姆被切離的腦袋，希望能夠發現祕密。

由於投誠的萊姆未死之前，沒有說清楚眞相是什麼，布勒維在胡士德局長走後，祕密與親信醫生納柴合作，把萊姆的腦袋切離胴體，迅速連接心肺機，企圖使投誠者的腦袋發揮作用，講出祕密情報。

「敵人的手段卑鄙。」布勒維對醫生納柴說：「爲了反擊敵人，我們也不能不偶爾使用一點手段。」

反情報組長布勒維已經等了又等，等得不耐煩，希望這顆割下的腦袋能夠恢復生機，清醒一下，把他所想知道的機密透露出來，國家的劇變與不幸，實在來得太突然，太令人難以置信，非要追查個水落石出不可。

心肺機把血液和氧氣輸送到那顆割下來的腦袋，維持腦袋的生機，那張臉看起來好疲倦，從手術後到現在，一直緊閉著眼睛，臉色已由死人的蒼白轉爲正常的人色，照道理，只要腦袋恢復清醒，便可以聽、看、講。

「萊姆，你聽懂我的話嗎？」

只剩下人頭的萊姆，臉上的眼睛眨了眨，嘴唇動了動，勉強回應著。

「現在你聽著，你只要動動嘴唇，我便知道你的用意，你現在只剩下一顆腦袋生存著，你沒有身體，如果你好好地回話，將來我們會爲你想辦法弄一具活人的身體接上，使你繼續活著，但是要等到人體排斥問題克服以後才可以做這種手術。」

投誠者萊姆的人頭在苦笑，露著感激與企望的神色。

「好吧，萊姆，你就告訴我，是哪些人潛伏在我國境內，幕後主使人是誰？謀殺哈茲總統的人是誰？大陰謀是什麼？」

投誠者萊姆的臉繃著痛苦，嘴唇慢慢地動著，卻沒發出聲音，只有懂得讀唇術的布勒維能「看」懂他說的話，於是涉及顛覆整個伊勢的全部機密，就從心肺機上的那顆人頭透露出來。

這時特勤人員已奉命來接管安全局，外面槍聲大作，似乎正與安全人員起衝突，在自己國家內發生流血鬥爭與顛覆陰謀，這是令人痛心疾首的。

「醫生，」他對納柴說：「我們得走了，趕快離開此地，再不走，老命就要不保了！」

「他怎麼辦？」納柴指著那具腦袋。

「聽天由命吧！」他說著，從抽屜裡取出一把昏迷槍。

「他說了些什麼？」納柴好奇地問。

「我們的國家快完了，像二十二年前一樣。快走，不能再耽誤時間了，我們要搭直升機走。」

這時候，特勤總部對這幢二十層大樓已布下天羅地網，由空中搭直升機下到屋頂的，從地面上來的，他們各拿著自動步槍，如臨大敵一般，對每個房間逐一搜索。有人來敲門，布勒維要醫生去開門應付，他自己則躲在儀器櫃後面。

門開了，走進來兩個穿著軍裝的大漢，手持自動步槍，當他們猛然看到那顆在儀器上面的腦袋，一下子嚇呆了，那張臉，正在對他們擠眉弄眼。

「醫生，這是什麼怪東西？」一個問。

「這是人，人腦袋，割下來，還活著。」

在他們談話的時候，布勒維用昏迷槍發射了兩發，兩個特勤人員馬上倒下去。布勒維和納柴把他們的衣服脫下來，換穿在自己身上，兩人各持自動步槍走向樓頂，爬過兩層樓梯，快到屋頂上的時候，迎面來了兩個特勤人員，都沒有注意到他倆。通往樓頂的門口，有一個衛兵在把守，陽台的門被炸開了，一定是特勤人員發現了異狀，前來追捕，布勒維隨手丟過去兩枚手榴彈，把衝上來的特勤人員炸得血肉橫飛。直升機很快地起飛，衝上高空，直向郊外森林山區駛去，後面的直升機不久也起飛追蹤，遠遠地逐漸接近。

「快投降！轉回去！」對方的無線電在呼叫。

布勒維沒有理會，回頭望望，敵機窮追不捨，霎時起了一陣火花和轟然巨響，它已在空中爆炸，成爲碎片，散落下去。

「爲什麼要這樣做？」納柴問。

「他們是敵人！」布勒維沉重地說：「我們的國家又要被吞噬了，太可怕了！」

「敵人是誰？」

「敵人來自外島，以前的黑魔王布萊德仍在幕後主使。」

「他不是死了嗎？」

「沒有死，是他在作怪。他指揮許多黑色分子陰謀叛國。」

「是誰謀殺哈茲總統的呢？是胡士德局長嗎？」

「說來話長，我們要下飛機了。」

直升機飛向外海的荒蕪小島，在一處平坦的草地停下來，從無線電中，他們已經知道新任總統下令空軍派出專機全面搜索截捕，而這裡已是國度之外的他國島嶼。他們暫時在這裡躲藏。夜晚，十幾位親信同志也乘著漁船前來會合，一夥人直向外海駛去，M國的武裝核子潛艇自由號，在這裡接運他們，護送著他們到安全的地方去。

VII 是誰謀殺了總統？

安全局局長胡士德在嚴厲的審問下，說不出所以然來，凶案發生的當時，所有人證物證都對他不利，雖然他矢口否認，絕對沒有幹下謀殺總統的勾當，辯白自己毫無理由做出這項傷天害理的事，但是面對種種對他不利的證據，他也百口莫辯。

他的妻子妮娜來看他，傷心地哭泣著，要他說出眞相。身陷囹圄，過去發生的事太過突然、混亂，使他腦子承受不了，幾乎無從思考。

「你昨天晚上到哪兒去了？」妮娜問他，隔著欄杆，撫摸著他的臉頰，盡量寬慰他。

他痛苦地低著頭，開始回憶昨晚的事，除了到安全局所屬的醫療所找沙克博士外，關於朱蒂的事，他是不便透露的，事情大有蹊蹺，朱蒂約他十點鐘在貿易大樓見面，凶案隨即發生，他也一直沒有見到朱蒂，之後是一陣騷動。是否朱蒂與命案的發生有關？

「請你說說老實話好不好？是不是還有什麼隱情？」妮娜是個賢妻良母，爲了丈夫好，爲了顧全大局，哭著哀求，希望還能平反冤情。

胡士德開始猶豫，是不是該把那件緋聞抖出來？倒不是怕對不起自己妻子，問心有愧，而是怕萬一朱蒂是無辜的，將會危及她的安全，毀了她名譽。事到如今，他也不能不對整個事件與朱蒂的關係，做一次深思長考。難道她是敵方間諜嗎？那麼安全局對她身分的調查是否可靠？或者安全局本身負責提供資料的人，也是敵方潛伏的反間諜？爲什麼槍上會有他自己的指紋？那把槍是什麼時候放上去的？是有人故意栽贓嗎？

望著妻子哀懇的臉，他心軟了，至少爲了自己的家庭，他必須說出眞相，謀殺哈茲總統的人，也許與朱蒂有關，時間與地點都是那麼湊巧，偏偏就牽連到自己身上。

在特勤人員的押送下，他們乘車前往郊區椰林路，要去朱蒂的寓所一看究竟。白石大廈遠遠地高聳在椰影之上，環境清幽，白色的建築看起來非常高雅。搭電梯直上頂樓，找到八〇四號房間，門鎖著，去找管理員來開門。

「裡面好久沒人住了，找什麼人？」管理員說。

胡士德愣住了，他每次都是三更半夜來，和管理員碰不到面，他以爲管理員弄錯了，他說：

「找朱蒂，一個年輕漂亮的女孩子，頭髮長長的，她是租你們房子住的。」

「活見鬼，」管理員上下打量了胡士德，不情不願地說：「八〇四號根本沒人住，你不相信？」

門開了，但見裡面空無一物，四壁蕭條，胡士德大驚失色，他走到房裡，四面巡視一下，所有昨天晚上還在這兒的一切家具、床、桌椅、梳妝台等等，全已不見，他到陽台佇足眺望，天空和大地瀰漫著重重灰鉛色的暗影，遠遠的海洋上隱約看見點點的船隻，這風景依舊美好如昔，昨日深夜，他們曾在這兒談心，遙望海上的點點燈火，如今，她人已杳如黃鶴，甚至幽明異路也未可知。

妻子妮娜撲到他身上，傷心地嚎啕大哭，緊抱著他，使勁抽噎著，嚷叫著：

「告訴我，你的靈魂是不是被魔鬼收買了去？」

愣愣地站在那裡，只覺得自己的身體有千斤重，連站的力氣都沒有了，眞想倒下去。他想：一生歷盡滄桑，飽經憂患，很少爲自己的安樂打算過，他怎麼可能會去謀殺總統奪取政權呢？是魔鬼佔據了我的身體嗎？

胡士德反問自己。怎能相信這事實。良心告訴自己，他沒有做壞事，而擺在眼前的事實卻教他心智迷亂，彷彿他已變成另外一個自我。他很疲憊，像是跋涉了千萬里路的旅人，飢渴睏乏到了極點，需要找一土有青草有水源的地方歇歇腳。前面卻是一片漆黑黯淡悲慘，二十一年前在剛果叢林的那個可怖夜晚，又在眼前浮映，神父哀哀無告的慘呼，那樣刺耳淒厲，使他傷痛欲絕，顫悚不止，而魔鬼在哪裡？魔鬼總是在沒有陽光的地方出現，魔鬼隱藏在黑暗的角落裡擇人而噬。

VIII 受控制的心靈

在哈茲總統葬禮的前一天，操持整個伊勢政權的女總統羅郁絲公開宣告：

「經過軍事特別法庭再三調查審訊，謀殺哈茲總統的凶手，經確定爲前任國家安全局局長胡士德，他和M國特別情報局有密切的聯繫，陰謀顛覆政府，實行叛國，意欲奪取政權。安全局的大部分人員，也經查明參與這項陰謀。」

「爲了徹底根絕叛亂陰謀，保障伊勢國的永久和平與安寧，參與這項陰謀活動的十一位重要首腦，將在明天下午二時執行死刑，其餘數百個涉嫌者，也將監禁外島，永不得回國。」

「我國爲了謀求伊勢的安全與自由，我們必須另尋新的治國方案與對策，我將接受F國的科技與軍事、經濟援助，以便建設新的現代化國家，與F國也將很快地建立外交關係，加速兩國的親善合作。」

群眾大多盲目而無知，新任總統的宣告，很快得到廣大的支持與同情。有識之士雖不敢苟同，明知事有蹊蹺，由於正値軍事統治，也敢怒不敢言。也有一小部分人偷渡出境。家國已變色，變得毫無緣由，莫名其妙，惡夢愈見深沉。

一位國會女議員琳達，言詞激烈，堅持反對到底，無論如何不可輕易改變國策，在一次會議後竟然不知不覺當眾寬衣解帶，蹲下來，在國會大會議室地板上小解，當她驚醒時，茫然不知所以，嚎哭不止，從此她的言行受到唾棄。

國防部長霍金斯，本是握有軍事大權，一向堅持民主自由，有一次當他坐車赴國防部辦公時，經過商業區，從自用轎車裡面走向繁華熙攘的街道，發現許多人對他注視驚叫，他才知道自己竟全身只穿著內褲，於是他趕緊雙手抱著胸部，搖顫著屁股走回車廂裡，他抱怨天氣熱得實在不像話，使他失去記憶，以致在車廂裡脫去了衣服，竟忘了穿上。於是，他的論調受到很大的打擊，再也唱不起來了。

類似這樣的怪事層出不窮，右派的勢力逐漸消沉。整個國家似乎名正言順地走向黑色。

IX 血腥的天衣計畫

在哈茲總統葬禮那天，悲哀的氣氛籠罩著，有如世界末日般，頃刻間，這個被譽爲天堂、樂園的國度，就像淪入黑暗地獄。

一艘海軍艦艇在狂風暴雨中，從首都港口載著數百個政治犯，前往外海島嶼。驚濤駭浪拍打著船身，蒼穹與海洋糾纏混亂一片，咆哮洶湧著，嗚咽吶喊著，哭嚎喘息著，猶如混世黑暗之主襲捲吞噬了宇宙，在摧殘蹂躪萬物生靈。

迷濛裡，幾百個上了手銬，幽靈似的人，被押解上岸，幾輛卡車早已在那兒等待，囚犯們擠進卡車，汽車發動了馬達，衝向淒迷的暴風雨中。

卡車到了一處四面有高壓電線鐵絲網圍繞的地方停下來，門口有衛兵警戒，經過檢查之後開了進去，裡面一片荒蕪，有一幢鐵皮圓屋隱在樹叢裡，卡車開進屋裡，升降梯把卡車降到地底祕密基地。

依稀死亡就似前面的一扇門，只待著胡士德走進去，他像傀儡一樣聽任驅使擺布，被單獨押解到一間實驗室裡，迎面走來一位穿著白衣服的醫生，竟是沙克博士。

「你……你怎麼會在這裡？你這個賣國賊！」胡士德大聲嚷著。

沙克博士表情木訥，不發一語，上下打量了他一下，在他臂膀上注射了一針，他很快地暈了過去，當他再度睜開眼睛的時候，已坐在椅子上，手腳被椅子的扶手和椅腿伸出的鐵鍩鎖住，脖子也被一副鐵環固定在椅背上。一幕可怕駭人的景象在他面前出現，使他不寒而慄。他看見一只人頭，脖子下面連接著儀器，完全沒有身體，臉上的眼睛栩栩如生地在轉動，對他虎視眈眈。

這是一張他所熟悉的臉，正是十年前被趕出伊勢國的那個獨裁者布萊德，原來他還「活著」，卻只剩下一顆腦袋。

「布萊德，你眞是魔鬼！」他尖叫著，面孔因受驚過度而扭曲。「我是在作夢不成？」

「哈哈！」人頭竟會說話發聲，因爲他的脖子保持完整，氣管有人工肺連接，聲帶仍可使用。「你作了十年的夢，我也作了十年的夢，現在總算夢醒了。」

「你沒死嗎？」

「我不會死的，我永遠死不了，十年前，你們把我趕出國去，把我從空中打落到海裡，身體受了重傷，F國人把我救起，變成這副樣子，可憐兮兮的。今天，總算報了大仇大恨，讓我先帶你去參觀參觀吧！」

人頭脖子下有許多流動著血液的玻璃管和儀器，下巴和後腦勺被用橡皮架子固定著，人頭與心肺儀器都在活輪推車上，沙克博士和另一個人分別把推車和胡士德的輪椅推向前去。

「你們都是一夥的魔鬼！」胡士德大聲咒罵著。

他被推入一個血腥恐怖的解剖室，幾具血淋淋的人體像畜牲似地被剖開胴體，腦袋都已被切斷不見，幾個劊子手樣的人，正從人體身上採取血液、神經、皮膚、筋、血管，分別放在各種玻璃器皿裡面，冷凍保存，身上的骨頭也被一根一根拆卸下來，心、肺、胃、腎、肝等內臟，分別切離，小心地收入冷凍庫裡。

「他們是剛剛被處死的人。」黑暗之主說。

胡士德肚子裡一陣翻絞，幾乎連胃一起嘔吐出來，他大聲哭喊著：「天呀！你們這批魔鬼，這樣荼毒生靈！」

「他們的身體死了，但是器官零件還活著。」那顆黑暗之主人頭笑著說：「現在就讓你們物盡其用，永遠不死，就成全你們了。人體的零件太有用，太有價值了，因爲現在F國剛剛研究好解決人體排斥作用的問題，移植更換零件可以隨心所欲，我終於等到這一天，我的腦袋已經找到一副身體，可以重新過人的生命了，不必長年累月活在機器上面。」

「你想把我怎麼樣？」

「我要換上一副別人的身體，回去伊勢老家統治我的人民，那才算出了一口氣。今天處死的人，他們的腦袋還活著，只有身體死了，不，身體還有用，可以借給別人用。還有，人腦的一百幾十億個細胞實在是個活機器，價值抵得上千萬美金，我們要把人腦單獨取出來，和電腦連接在一起，成爲超級腦，爲國家做最大的服務，永遠的服務。」

胡士德再度被推到另一個房間裡，從玻璃窗向外望去，有一個戴著口罩、身材高大、穿著藍色解剖衣的人，一望而知是外國人，正在裡面解剖一顆人腦，旁邊還站著另一位助手。

沙克博士對胡士德解釋說：

「現在他們正在剝下皮膚，把眼睛、鼻子、耳朵全部去掉，再把頭蓋骨折開，只剩下一塊灰白色的活腦，最後將使腦單獨生存下來，利用安置在腦中的微電極，與電腦互相輸送電子信號，這樣就製成了全世界科學家久久以來夢寐以求的超級腦──人腦與電腦結合，這是一部可以思想的活電腦，去打垮所有的敵人。」

「沙克博士，你的良知到哪裡去了？」他厲聲喝問。

沙克博士沉默不語，兩條粗黑的眉毛糾結在一起，他變成了人家的工具，卻毫無所覺，甘受利用。

胡士德渾身在顫抖，他想起威靈頓神父的話，神愛世人，只要內心常存有愛，有信仰，有盼望，便會有永久的生命，神父在臨死前仍然不忘呼喚天主的名，求天主赦免那些無知的土人靈魂，因為他們所做的，他們不知道，正如耶穌當年被釘上十字架時的情景一般，於今，胡士德也將步上神父的後塵，被這些毫無人性的人類活活肢解，他們卻不是無知的，而是濫用了上帝所賦予的聰明才智。

他雖然受過洗，但是從來就沒有眞心信過上帝，在這些把生命視爲一堆血肉物品的魔鬼面前，他開始呼喚上主的名，求神拯救、驅走邪惡，他相信，生命的存在必有其用意，絕對不只是一堆活動的血肉，他幻見威靈頓神父在非洲剛果叢林裡被活活肢解的一幕，環顧四面，實驗室裡的這些劊子手，他們的行爲已成了原始土人，心思卻要比他們邪惡萬倍，對胡士德的肉體垂涎不已。他將與神父一樣同走一條路，死亡邊緣，他不禁在內心暗暗祈禱。

「參觀夠了吧！該走了，到手術室去。哈哈，胡士德，你知道我要怎樣款待你嗎？我要你的身體爲我服務，我要你的腦袋在此地繼續做事，指揮F國人建立的祕密基地，哈哈，現在你懂了吧，你還有什麼話要說？」

獨裁者布萊德說話的當時，胡士德和他已被推進另一間手術室，驚惶中，胡士德故作鎮定地問：「我想知道謀殺哈茲總統的人是誰？整個伊勢國爲什麼在很短的時間就變了樣子，整個陰謀設計是怎麼一回事？」

「這個答案，你一定意想不到的，不告訴你也不行，否則你怎會接替我現在的職位。」

「是你們潛伏的黑色分子玩的把戲！」胡士德破口大罵：「你們手段太毒辣，太陰險，別以爲可以瞞天過海，隻手遮天，聰明人早看出來了，你們不得好死！」

獨裁者布萊德黑魔王的大嘴咧開，可怕地笑著，猶如畜牲張開血盆大口，欲呑噬人的樣子，他說：

「不得好死的是你。告訴你，開槍殺死哈茲總統的是你自己，我們老早在你行凶時拍下紅外線照片，祕密提交國會調查委員會，要不然也沒有這麼快就判決，並且決定許多新國策方案。」

「我自己？是我殺了總統？」

「不錯。是你自己。你是我們的傀儡，你的腦袋裡有我們爲你裝置的電極，你在一年前駕車失事，是我們故意安排的，朱蒂也是我們的人，你上當了，我們在你的腦部手術中，由沙克博士爲你安置了電極，我們可以用無線電控制你的行動，通常使用遙控『制心術』已夠，這是一種長距離或短距離的催眠術，不必植入電極，因爲你不是常人，制心術不能保證你一定會開槍謀殺你尊敬的元首，我們必須利用你的心理背景，現在你何不回想一下日蝕的時刻，你腦中曾經浮現過什麼？」

大地暗黑的一刻，黑色的太陽下，氣氛淒慘恐怖，他幻見非洲剛果叢林的一幕，神父無助地慘呼，祈求天主憐憫土人無知，黑人在跳舞、吶喊、呼嘯。（哈茲總統正在接受群眾歡呼，群眾隱入黑暗中。）對了，神父需要幫忙，他不能活活被肢解，連死亡的權利也沒有。（哈茲總統張開雙手，向群眾歡呼。）只要一把射程遠的長槍，就能解除神父的痛苦，於是他看見地板上的一把槍，他拿起槍，以瞄準鏡對準目標——威靈頓神父的頭部，射擊，神父倒了下去。（總統倒了下去。）他再補發數槍，使神父解除了痛苦。（總統死了。）

腦海深處的錯雜景象，電光火石般地翻騰閃爍，當胡士德知道眞相以後，他像個孩子受欺負委屈時一股勁哭了起來，他的精神幾乎崩潰。

被稱爲獨裁者黑魔王，只剩人頭連著儀器的布萊德繼續數落他：

「你的一舉一動經常在我們的監視中，你身體附近常常有一隻蒼蠅，那是一隻攜帶無線電竊聽器的蒼蠅，蠅背上附有超小型無線電收發機，那針頭大小的水晶擴音器，可以收聽到附近半徑二十呎的談話，再傳回轉播系統去，這些蒼蠅被訓練過，經常飛向人類的汗水。」

「安全局本身有許多人受到制心術的控制，這些人被我們利用，成爲我們的人，政府要員，國會議員的思想，也是慢慢地被我們所佔領同化。」

「舉兩個例子來說，女國會議員琳達，由於她的言詞過分激烈，我們便讓她當眾尿尿出醜，那個倒楣的國防部長霍金斯，也赤身露體地從小轎車走上大街去，從此聲名掃地。當時我們的人都在他身邊，用心靈控制術，迫使他服從，按照命令行事。有了這一套法寶，將來，便可以與蘇聯老大哥攜手合作，解放全世界，眞是太好了，太妙了。」

「整個天衣計畫，完美無縫，大大小小的螺絲釘都按照功能在建造一部大機器，這齣戲劇演得太好了，一下子就把右派的勢力壓沉下去，我們要你去行凶，等於一石兩鳥，把安全局封閉，扯出特別情報局，安排朱蒂爲你預先放置一把長距離瞄準槍在貿易大樓屋頂上，現在第一幕戲已經落幕，跟著就要上演第二幕，我必須要把你的腦袋搬家，安置我的腦袋到你身上去，對不起了，以後，你就是基地的主管，我們會使你就範的，不怕你的思想變不過來，就是上帝落到我這兒來，我要祂怎樣，祂也不敢不聽話！」

胡士德周身血液沸騰，直往臉上衝，想到自己的腦袋要被搬家，像獨裁者黑魔王布萊德那魔頭一樣安置在心肺機上，不禁顫慄不已。沙克博士把他推到手術檯旁邊，意味著這項血淋淋的轉換人頭、移花接木的手術即將開始。他使盡生平最大力氣長長哀嘯一聲，彷彿自己站在火山口之上，被推落無底深淵時的驚悸駭怖，下意識默唸呼喚著神的大愛和拯救……

X 啓明行動

友邦M國首都召集了一次祕密緊急集會，腦科學家、人體移植醫生、情報人員、心靈感應專家、政府首長，與伊勢國劫後餘生的情報員布勒維等人，研討伊勢國危機和拯救方案。

在會中，反情報組長布勒維報告黑狐黨以腦奴役心靈控制法，支持以前的獨裁者黑魔王布萊德，再度呑噬伊勢，爲了逐步進行其叛亂陰謀，故意在安全局局長腦中植入電極，造成他一時心智錯亂，被當成工具利用，製造矛盾，完全是黑狐黨的統戰伎倆，女總統羅郁絲，也是他們幕後支持利用的人，從而神不知鬼不覺地，促使整個國家淪入黑色魔掌。

「各位忠實盟友，」布勒維大聲疾呼：「今天全世界愛好和平的國家，已經面臨生死存亡的關頭了，黑狐黨正以伊勢國爲抽樣試驗，進行恐怖的腦奴役政策。這種戰爭的方式實在太可怕了！我們必須迅速遏止，否則只有任其蠶食鯨呑，遂行其陰謀，呑噬全世界。」

華裔的心靈科學專家說明，以短距離或長距離心靈感應法控制人類意志行爲，是有可能的，根據可靠的消息，早在上世紀中期，黑狐黨便企圖使用這種武器來控制西方高級領袖，使他們接受操縱驅策。F國的首腦曾經命令超能人使用念力去打劫銀行，當場以眼神暗示出納員給他錢，出納員意識被同化，乖乖交出錢來毫無所覺。類似伊勢國的國防部長霍金斯和女國會議員琳達當眾出醜的事，在西方國家社會屢見不鮮，完全是制心術的陰謀作崇。黑狐黨的這項惡技術，通常要接近人體，才能施行，長距離控制較難掌握，長距離必須在人體植入電極介面，再藉無線電控制。

腦科學專家補充說明，腦部被植入電極，必須進行手術，很難不被發覺，雖然腦本身沒有痛覺，在腦殼內做長距離控制，也許F國的技術已能製作出超小型晶片，在頭殼內隱藏，而使人毫無所覺，也可能把它製成頭殼的一部分。

隨後，腦科學家放映了電影，描述腦部電力刺激對動物與人體的行爲控制研究，其中有一段談到恆河猴，牠是像人類一樣社會群體生活的動物，所有的採食、家庭生活、生殖、修飾，以及社會關係活動，都由一個獨裁者「猴王」統治，維持秩序，猴王是以牠的霸力取得王權，眾猴對牠百依百順，以免挨揍。但是，經過腦部手術的猴王，被植入幾根電極，調好「電晶體定時刺激器」，這個脾氣凶惡殘暴的獨裁者，馬上變成了仁慈的國王，引得眾猴歡欣不已，一旦刺激停止後，便又凶暴如故。

與會人士再三反覆研究討論，友邦M國國防的一位高級主管沉痛地說：「黑狐黨本身使用這項技術，是一種心靈控制術。根據M國國防部所獲得的情報，F國的腦奴役進行總部就設在F國科學院裡面，也不斷地在進行研究反心靈控制技術，以進行抵抗，可惜到目前還沒有實質有效的辦法，制心術是比任何核子彈更厲害的武器，是一種毀滅人性的可怕武器，只有魔鬼才會想到使用它。F國可能在數十年來，對電極控制行爲的技術和制心術，都有突破性的進展，才使得伊勢國再度淪入魔掌。」

由於布勒維從投誠者萊姆所得到的情報，並非十分完整，有關伊勢國的前任獨裁者布萊德——被稱爲黑魔王所隱藏的祕密基地，其確實位置，還待搜索。據報，基地裡面有一部超級電腦，自動以無線電控制所有在基地工作的人，包括基地上的F國科學家和伊勢國的傀儡，有些目前仍在伊勢境內從事活動，一部分是甘受利用的黑色分子。沙克博士本身也是受到控制的，整個系統形成一個奇怪的連鎖，控制者本身也受控制，層層而上，其陰謀設計，完全違反人性。

會議連續進行了十數個小時，除了了解情況以外，仍然一籌莫展。

「如果我們拿不出有效對策的話，」反情報組長布勒維最後站起來說：「F國將會以同樣方法，進行吞噬世界的陰謀，我們要以牙還牙！不能坐以待斃！」

「對了，以牙還牙！」一位金髮碧眼的科學家艾倫，突然若有所悟大聲叫了起來，他說：「黑狐黨知道，製造機器人的費用，遠比在腦部栽植電極、控制活人，更爲昂貴，所以，黑狐黨將人視同機器使用，減少製造機器人的費用，以心靈感應術控制心靈，遂行吞噬奴役陰謀，企圖任意操縱所有的肉體與心靈。我的建議是，以我國進步的科技所製造的機器人，來進行第一線的反攻行動，只有機器人才不會受心靈感應術的干擾，而被利用，只有眞正的機器人可以用來對抗肉體機器人，另一方面派出心靈感應專家，以之對抗，喚醒所有失去意志的人。」

「好極了。」布勒維說：「再結合貴國的高度科技，不論在心靈與物質方面，進行全面保衛戰。這項反制行動代號定爲『啓明行動』。」

布勒維的意見，獲得全場掌聲。

那天凌晨時分，電子控制的飛機，飛臨伊勢外島上空，大批機器人空降而下，布勒維和另一位華裔的心靈感應專家虞聖顏，也化裝成機器人，混在其中。

布勒維的腦中也栽植了電極，以防受敵方心靈感應術操縱利用。虞聖顏的制心術發揮了最大攻效，他用靈力使守衛和裡面的人相信是自己人，一直到了地底祕密實驗室。

布勒維使用昏迷槍擊昏了許多守衛和工作人員。當他在實驗室中發現沙克博士時，沙克驚惶跳起，與他展開一場徒手搏鬥，布勒維手中的昏迷槍掉了，在激烈的拳腳互毆中，他的右手被椅子上的鐵鎖套住，動彈不得，沙克博士從抽屜中取出手術用的利剪，朝他身上撲來，眼看就要刺中他胸口，突然沙克的眼神呆住，如受電擊般顫動了一下，又茫茫然地放下剪刀，原來是虞聖顏及時趕至，使用制心術控制了沙克博士的行動。

「快去破壞操縱者電腦。」虞聖顏說：「那個混蛋機器，控制了所有的人。」

反情報組長布勒維帶領許多機器人前往破壞操縱者電腦，幾個F國警衛在把守，在激烈的戰鬥中，有一個F國人腦袋在機器中被輾碎，腦漿和鮮血迸射。他們炸毀了電腦，基地上所有的人都清醒了，大小戰鬥跟著結束。

實驗室中，布勒維發現胡士德的腦袋接在心肺機上面，胡士德滿臉慵倦，當他看見布勒維時，他喃喃地說：

「我在作夢嗎？我到底是人是鬼？」

人民去了。」

「局長，你還活著。你沒作夢！」

「我已經不是局長了，別叫了，我只剩下人頭呢。」

「告訴我，黑魔王布萊德到哪裡去了？」

「回國去了。他……他取走我的身體，裝上他自己的腦袋，他說，他要回國去統治他的人民去了。」

反情報組長布勒維找來了滿臉困惑憂傷的沙克博士，一個被利用的知識分子，當他清醒後，難免痛惡自己過去的行爲，良心發現而深自悔恨。

「設法幫他把腦袋裝上別人的身體。」布勒維指著那具F國人的身體，他腦袋剛才中槍了，身體正好可以利用。

手術就地施行，沙克博士悲憤地進行手術，把胡士德的腦袋接合在F國人的身體上面，數小時的手術過程中，整個基地仍在進行清理工作。

同一時間，空降伊勢境內的反攻部隊，隨同大批的機器人，與眞正的匪徒展開浴血戰鬥。由於祕密基地「操縱者」電腦的破壞，整個伊勢受利用的傀儡人，一下子清醒過來，在自由正義的號召下，自動參加了戰鬥行列，和十年前伊勢的人民推翻黑色政權的情景一般，混亂與流血是難免的，所不同的是，當年的領導人哈茲，已長眠不起，由國防部長霍金斯號召軍隊進剿。女總統羅郁絲自動下台，黑魔王布萊德和他的殘餘分子逃入叢林裡。

敵對的F國方面很快就發現了情況，「啓明行動」已將全部完成，所有的人都已疏散到海上，大撤退之際，一陣轟然巨響，F國派出飛機潛艇攻擊，祕密基地毀於沖天大爆炸，於是一場海空大戰，在此展開。

全世界國家在知道事件眞相後，紛紛嚴詞譴責F國，並以不惜參戰相威脅，在伊勢的一場武裝衝突——也是心靈控制術與科技鬥爭的總體戰，黑狐黨終於自甘讓步，並宣布不再干涉伊勢國內政，這樣，更大的戰爭才沒有發生。

在甲板上，布勒維仰首天空，無限感慨，經過一場大戰，他已渾身疲憊，他走入艙內，沙克博士和納柴醫生在照顧著已經接合好的胡士德的身體，胡士德在沉睡中顯得很安詳，呼吸也勻暢，他的腦袋下面使用的是一副F國人的身體，等於是一具活的心肺機，看來相當滑稽可笑，他自己的身體卻被接裝到獨裁者黑魔王布萊德的腦袋下面。

「你回國以後將要受審！」布勒維對沙克博士說：「整個國家的命運，常常會操縱在一、兩個有野心的人身上，既然你不是甘受利用的，我會爲你的行爲辯護。」

突然，沙克博士以快如閃電的手法，從守衛身上取出一把手槍，指著眾人，厲聲說：

「我可以殺死你們每一個人，如果我是惡魔的話！」

眾人緊張了起來，守衛也沒想到會有這一招，冷不及防的危機出現，每個人都在冒汗。

「我要你們回答我，你們認爲我有沒有罪？」

「你沒有罪！」布勒維希望能很快緩和緊張局面。

「想一想再回答，不要太快下決定。」沙克博士蒼老瘖啞的聲音，抖動著悽愴：「室內一共有六個人，你們表決一下，判定我有沒有罪？」

「你沒有罪！」布勒維說。

「我的意思是，過去我所做所爲，就像機器一樣受指使，我還是有罪！」

「有罪的是那電腦——操縱者電腦。」布勒維說。

「但是我爲什麼要受審？」沙克博士瞪著痴呆的眼，喃喃地說。

「這是國法，每個人都同樣受到國法的約束，無法倖免。」

「你們舉手表決好了。判定我有罪的舉手？」

六個人全在原地不動，手也沒有舉過。布勒維在擔心著沙克博士手裡的槍何時會冒火。

「判定我沒有罪的舉手。」

六個人不約而同地舉了手。

「既然你們都說有罪的是電腦，而電腦已經被破壞了，大家都恢復了清醒，現在我必須告訴你們，一個有良心的人，必須對自己的行爲負責。」

沙克博士舉槍照準自己的太陽穴，扣動了扳機，砰的一聲，布勒維撲向他，但已來不及阻止，沙克已倒在血泊中，布勒維俯身查看，沙克面露微笑，圓睜著雙眼，染滿血污與腦漿的晨光微曦中，顯得鮮麗慘紅。

人的行爲起自腦中，爲善爲惡全在一念之間，當魔鬼統治了人體時，自我已告喪失，有良知的人，卻在魔鬼離去後，痛悔自己過去的行為，羞恥於自己的身心一度染滿了罪惡，唾棄自己曾經被魔鬼所利用。

船隊靠岸以後，碼頭上聚集的人群歡聲雷動，正在迎接英雄凱旋，向回國的英雄致敬，無數國旗在飄揚。

「自由的伊勢國萬歲！」許多人在高聲呼喊。

一位老先生手舞足蹈，被擠落海裡，當他被救起的時候，還是興奮地隨著群眾喊叫。在經過一場浩劫之後，人民都已覺悟到自由的可貴，以及人性尊嚴的不可摧毀。風暴後的悲涼，在每一個人心中蔓延激盪。

伊勢新領導人——前國防部長霍金斯，親自在碼頭上迎接，群眾噙著淚，唱起了國歌：

自由的伊勢國，
正義是我們永遠的盔甲
以仁制暴，戰無不勝，
正義之火，燃照到天邊晚霞，
和平、公理永跟隨……

□

胡士德在國家醫院療養過一段時期，身體復原之後，接受審判，被宣判爲無罪，當他走出來，群眾擁立在軍事法庭門口，向他致敬並安慰，他心頭萬分沉重，魔鬼藉著他，使用毒計得逞，他深深煩惱與沮喪，眞沒有勇氣面對這麼多的愛國同胞。

國家電視台的記者問他：「今後你打算怎樣過日子？」

「我要去叢林裡打黑狐軍！」

「黑魔王布萊德還活著，使用你的身體，你有什麼感想？」

他憤恨地說：「我要殺死他，替國家清除魔鬼！」

「過去你的腦袋被人利用，現在你的身體又被人利用，你有什麼感想？」

「我應該自殺，像沙克博士一樣，才對得起國人。」胡士德顯得憂傷而痛苦：「我發現自己的靈魂被出賣，雖然不是我的罪過，但是我已經認清了敵人，要去消滅敵人，任何爲非作歹的人，如果他有良知，一旦良知覺醒，都會對自己過去的行爲深惡痛絕。只有魔鬼布萊德那樣的人，至死不悟，非要消滅他不可。」

以胡士德爲首的突擊軍，在叢林裡一天又一天進行掃蕩工作，但進展很慢，對方神出鬼沒，忽東忽西，又不知道黑魔王布萊德所棲居的老巢確實地點，收效甚微，突擊軍始終在與那幫黑狐軍玩捉迷藏。

那是個晴朗的早晨，當胡士德走出霍金斯總統的辦公室，正要搭直升機到叢林營地，展開另一場剿匪行動時，耳塞內的無線電接到訊息，是新任安全局局長布勒維的緊急電話：

「有一個叫朱蒂的女孩子，打來了電話，說有重要的消息要告訴你，等一下她再打來的時候，我們會轉接給你。可能要提供什麼機密情報吧！」

一提起朱蒂，他就渾身緊張，心跳加速，熱血沸騰，自從國慶日前夜別後，就一直沒有再見到她。也許她也牽連了大陰謀，她是個謎樣的人物。

直升機起飛了，五分鐘之後，耳塞無線電訊號又響起，他打開話機，聽到熟悉的聲音，那是他一生永難忘記的一個女人。

「胡士德，是你嗎？你聽到我說話的聲音嗎？」

「是的，朱蒂，朱蒂！」他大叫：「妳在哪裡？」

「你聽著，你現在就到貿易大樓屋頂上找我，越快越好！」

「朱蒂，朱蒂……」他再要同她多講話時，電訊已中斷。

直升機飛向市中心去，前塵往事在腦中翻飛旋轉，爲了朱蒂，他曾經出了事，而捲入謀殺總統的陰謀，現在，他就要來見朱蒂，也許可以從她身上找到許多答案。

□

當胡士德的直升機抵達貿易大樓屋頂時，安全局人員已先趕來了，安全局長布勒維正俯身檢視一副女人的屍體，據布勒維說，她看見安全局的直升機來，便開槍射穿自己的腦袋。胡士德走近前去，仔細一看，正是朱蒂，鮮血汩汩地從傷口流出，染紅了地板，染紅了她身上的素白衣裳，她臉上卻綻放著一絲痛苦的微笑。

從朱蒂身上，他們取出一封信，裡面還有些關於獨裁者黑魔王布萊德祕密情報的文件。

胡士德：

在這離別的時候，讓我道歉，讓我最後一次表達我對祖國的忠心！自由的伊勢國萬歲！當我的靈魂清醒時，我爲自己身心被天衣計畫玷污而感羞辱，我曾經受魔鬼控制，危害國家社會，現在，我是一個眞正的自由人了！

爲了報復，我曾經忍辱偷生過一段時間，奪取重要情報，現在我終於有力量來贖回自己以往的過失。我們的血液沒有白流。

胡士德，爲伊勢國繼續奮鬥吧！魔鬼就在叢林裡，等著你去消滅它！

朱蒂

胡士德看完了信，撫今追昔，無限感慨，淚水模糊了他的眼睛，他咬著牙，站起身，走向直升機，繼續走他未完的路。

循著朱蒂提供的情報，有一天晚上，派出無人機的偵測回報無誤，在叢林裡，終於發現了黑魔王布萊德和一群黑狐軍在休息。像多少年前那個可怖夜晚一樣，他爬上了樹。

胡士德終於逮到機會，對著獨裁者魔鬼扣了扳機，發射出致命子彈，擊中那個原先屬於胡士德自己軀體的心臟，一瞬間，彷彿聽見自己心臟爆裂粉碎噴血的聲音，卻是一種無比神祕快感的飛越……

那個魔鬼來不及尖叫就倒下去了，無聲無息，毫無痛苦地倒下去了。

周圍的匪徒開始起鬨，亂成一團。他繼續發射數槍，穿入魔鬼的腦袋和身體。突擊軍呼嘯著，開始包抄圍剿。經過幾小時的戰鬥，終於把黑狐黨老巢全部掃蕩乾淨。

現在魔鬼布萊德只剩一堆血淋淋的肉攤開在上，胡士德走過去，站在屍體旁邊俯視著，兩行清淚從眼角垂下來。胡士德當然明白躺在地上的——除了人頭以外的胴體，原來是胡士德自己所有的。他咒罵著：「這個魔鬼無所不偷！連我的心我的身體都要偷。眞便宜了你！」他撫摸著自己脖子上的手術痕跡，內心無限蒼涼、悽楚和感慨，多少年來所受的委屈和痛苦，終於在今日得到宣洩。他命令部下押解投降的黑狐軍回營。

山林裡一片寧靜，晨曦的璀璨陽光在微霧中昇起，呼吸著清鮮的空氣，胸中有一陣舒爽暢快，感覺到昨夜的噩夢已逝，魑魅魍魎，皆已消失散盡，迎著絢麗朝陽，他加快腳步走向前去……

（本文於一九七七年七月、八月《明道文藝》發表）

〈腦體位移〉完

天眼

人人都裝設了視網膜攝影機有如天眼，滅絕了全民謊言，總統也不能免，最後……

夜黑微雨，寒意幾分，末班捷運的旅客顯得冷清，從醫院下班的護士伊亭，保持少女的警醒，四下張望了一下，眼前零零落落幾個人，有老有少，就連自己高跟鞋發出清脆的托托聲，也讓她覺得有如踩在自己心板上的重量，搭電扶梯時，她打手機給阿嬤，告知她回來了，再瞄一下螢幕上的時間顯示……

突然聽到急促的腳步聲從底下靠近，她一回頭，一個高個子的背包男從電扶梯下快步衝來，發出野獸般的急吼聲，散亂頭髮遮不了目光的焦躁，揮舞著拳頭，怒氣沖沖朝她快速衝來。她意識到來者不善，驚慌地往上跑，眼看對方就要撲上她，才剛抓住她的裙襬和小腿，背包男一個滑溜鬆手，她趁機舉抬起高跟鞋朝男子臉上踢去，沒踢到他，男子突然摔跌，臉部撞擊到堅硬的踏板，噴出鮮紅的血，牙齒也斷了，只是他已撞得七葷八素，無法找牙。

捷運深夜的流血事件，引起全民注目，以爲又是捷運之狼出沒。背包男說自己是奉公守法的公務員，喝過喜酒有點醉了，以爲看到過去騙他五十萬元的詐騙集團女子，沒想到迷糊間追錯人了，來不及理論就被踢臉，他要告她傷害賠償；伊亭也被認爲有防衛過當的嫌疑，媒體挖出負面的資訊，說她曾經因爲失眠看過心理衛生科，可能有憂鬱症和被害妄想。

只有老天眼睛能說出事情的眞相，沒修好或沒對準的監視器，只能是人們空心期待的正義。

□

人世間的眞相常常有兩種以上的說法，這就帶來無窮無盡的混亂紛爭。在伊亭遭受驚嚇和無妄指控後，雖然免於賠償，她和身邊的年輕朋友們，思考徹底解決人類的說謊問題。

伊亭的哥哥和好友平天民研發了一種天眼裝置，有如隱形眼鏡，用來記錄個人的所見所聞，配合裝在頭皮之下的晶片作業系統，傳送到雲端儲存，發揮保護自己也監看別人，也達成分辨眞假、杜絕謊言的功能。

伊亭和哥哥參與了一項推廣全民無謊的牽牛花革命行動，她也因此認識了未來老公，她被封爲「天使心」，牽牛花的美麗發言大使。

抑悶燥熱的黑色星期五，八月十三日……

黑壓壓人頭攢動，佔據著平常車輛穿梭行政大道，一大群熱血昂揚的青年學子，在牽牛花旗幟引導下，就像當年爆發學運抗爭一般，長長高高的鋁梯和撬拔工具，是衝鋒陷陣的利器，大家蜂擁呼嘯著，衝進行政大樓圍牆內，高唱著：

「蝦米弄嘸假。」

帶頭的壯碩青年平天民爬上樓梯，將「廉政公署」金字招牌拆下，換上了「天下無謊」的大匾，剛好跟矗立在噴水池邊銅像基座上「天下爲公」的白色大理石浮雕金字相呼應。

「嘿，國父看了都笑咪咪呢。」伊亭說，她的迷人笑容和優雅短裙下露出的白皙雙腿，成了電視記者鏡頭爭相捕捉的焦點。

「豈止笑咪咪，國父在哈哈大笑呢！」綽號牛蒡，頭髮染得金黃，伊亭的哥哥笑著說。

「國父走下來跟我們握手吧！」平頭仔興奮地狂呼著。

眼看銅像無動於衷，個頭高大的平天民逕自衝上去，不管三七二十一，穿鞋涉水過去，到了銅像的基座，再爬上去，笑嘻嘻摟住國父的腰，與國父平起同立，之後有人丟給他一瓶礦泉水，平天民連灌了幾口，拿著瓶子在國父的眼眶下倒了些水，並在偉人臉上抹一抹。

「哇，孫中山感動得掉眼淚呢！」眾人發出一陣一陣驚笑。

「淚流滿面啊！」

平天民乾脆站在孫中山前面，以自己的身體遮蔽身後創建國家的偉人，手裡抓著小蜜蜂麥克風，威風八面對著群眾揮手，喊出十二字箴言：

「滅謊無罪！貪污絕跡，天下清明！」

眾多青年學子的嘴一張開，便是磁性聲音的擴散，以疾如閃電的速度迴盪在環宇空間，藉著影音傳播成了舉世焦點。

群眾對於新理念的勝利投以爆發式的吶喊，台詞是事先準備好的禮讚和呼籲：

「滅謊萬歲！黨派無爭！」

伊亭在噴水池邊鬆了一口氣，和眾多穿著牛仔褲的青年學子起勁唱歌跳舞。仰望天空，依稀看到自己的童年相簿封面上的藍天白雲，輕快地飄又飄的，那是令她回味無窮的往事，阿嬤每次評斷事情時，常常指一下天說「舉頭三尺有神明」，意思是若要人不知，除非己莫為。伊亭要洗清之前捷運踢人事件被誣指為被害妄想的報導，接受了媒體訪問。

「人人眼中都有一副監視器！人人都有天眼。」伊亭有些緊張，唇音微抖，那是與哥哥和平天民這一夥電腦專家在一起，不斷討論凝聚的共識，得以琅琅上口侃侃而談：「公務員絕對沒有說謊的權利，有必要在他的眼睛裝設一對隱形感應眼膜——有如隱形眼鏡的一層膜，有著影音感應功能，還要在頭皮下埋入資料庫晶片，一旦有事，便可以調出檔案查看影音紀錄。」

「讚！讚！讚！如果這玩意兒早點發明，那位林姓的候選人當年有沒有上色情轟趴，只要接上數據庫看看便清楚了；何需告上法院辯清白，哈哈……」

「以後小心不要上夜店、隨便泡妞、找小三……」

「不過打手槍沒關係啦！」

「嘿，收黑錢，搞官商勾結才是重點哪……」

種種的有趣議論之後，記者把矛頭轉向眼前美麗的天使心：

「請問伊亭小姐，妳不甘心上次的踢人事件，想找台階下嗎？」

「NO！」平天民伸長脖子冒出來插話：「我們不是找台階下，我們是要上台階啊，從總統到任何國家公務員都得裝上這玩意兒，這樣保障了人民福祉。」

「爲了保護自己，一般平民百姓也都可以裝上天眼。」平天民一邊抓住伊亭的手，趁機十指緊扣，這是一次愛的交會。

「要是人人裝了天眼，天下弊絕風清，就不會有六月雪、烏盆記了。」

爆發牽牛花運動，點燃了人民忍無可忍怒火的一根火柴，造成星火燎原，起因於一位繳不起健保費到醫院生產的拾荒婦人，在和平橋下垃圾堆旁邊的簡陋木板屋生孩子，臍帶來不及剪斷，情況危急，八歲的小女兒出來求救，好心的夫婦開車經過，路見不平，將婦人和嬰兒緊急送往醫院之時，被阻擋在黃白兩黨政爭的擁擠車陣中，眼睜睜看著婦人在車內休克死亡。而黃白兩黨糾紛的緣由是：身爲醫生的官員A錢，他具有黃黨背景，被懷疑在二十億的醫療建設預算中造了假帳，辦案的檢察官陷入眞假不明的疑雲中。黃白兩黨雙方陣營都出動了，永遠總是講不清的貪污疑雲和政爭，讓百姓只有看戲的分，是非眞假莫辨，無所適從。就在大選即將來臨前的一個月，國庫虛空，房地產、股票大崩盤的一天，黃白兩黨的鬥爭終於被人民看清楚，兩黨機器成了吞噬人心、嗜喝人血的怪獸，不能爲民謀利，反而與民爭利，不堪主導全民的前途，人們擔心同在一條船上的人全部葬身海底。

身爲白衣天使的伊亭，爲這個可悲事件悲憤不已，她和哥哥主動參與了人性和政治改良革命，挽救即將沉淪的全民大船。

□

多年以後，牽牛花革命紀念碑樹立在昔日的廉政公署廢棄改建的朝顏大院前，紀念碑前爬滿了青青紫紫的牽牛花，代表著質樸天眞與田野自然的芬芳，象徵人世永遠停駐在美麗的早晨──牽牛花只有早晨開得繁茂，「朝顏」也是牽牛花的另一美麗名字，永遠保有晨曦的清純可喜，就像人類嬰兒剛出生時如白紙的純潔心靈。牽牛花的形狀似喇叭、像雷達，用以掃描監測人心的利器。

天使心的伊亭，秀麗可人、皮膚白皙有著一頭披肩秀髮，她總是風采迷人，相信建立「蝦米弄嘸假」的無謊國度是放諸天下皆準的人性回歸與偉大壯烈的社會革命，甚且是傳統基督教眞理的實踐，只差耶穌沒有二次降臨人間讚美一番，爲牽牛花團隊按手祝福。

伊亭和哥哥擔任助選幹部，哥哥的機智加上她天使心的形象，兼具慈悲和美麗，爲牽牛花推出的總統候選人曾堯舜宣傳打拚，吸引了絕大多數民眾支持，人們已經從半世紀的民選總統中嘗夠教訓，對每一位總統上台前的期望與上任後的失望，帶來無盡的紛爭災難，深惡痛絕，只有附和這項偉大有效的良心利器，才能消除禍害。

眾多的說法，人們聽得超爽：

「你每天接觸的公事私事，跟誰見面交朋友做愛做的事，都有天眼目擊！」

「外星幽浮、湖邊水怪、高山雪人，一旦被看到就留下影像。」

「甚至洛杉磯的死亡酒店發生的藍可兒事件，若她當時裝了天眼就能了解死亡眞相。」

「官商勾結，作奸犯科，再也逃不了天眼法眼。」

新總統曾堯舜在就職典禮中宣布，貫徹牽牛花理念，不管吃喝拉撒或任何交際應酬都可以得到查證，新政府和全國各級公務員按規定必須施以天眼增置手術，戴上有著攝影功能的隱形眼膜，聯通埋入頭部底下的晶片資料庫，記錄著所有個人每天每一分每一秒的活動，傳送儲存到大數據庫裡，成爲人民監控政府的總檔案。必要時可調閱檔案，這是好人的「眞理器」，也是缺乏操守自信者的「滅謊器」，既能監視萬事萬物，也能內省規避自我的出軌。

新科技帶來一個能期許的新烏托邦，官場不再有黑箱，民主政治大革命，老美老英也要甘拜下風自嘆不如，派人來取經，世界大同指日可待，訥訥少言的曾堯舜也如願贏得大位。

「從今以後，開心時代來到。」就職演說中，曾堯舜冷靜得近乎不帶任何感情，作爲眞命天子帶著人類有史以來的超重任務，心理不輕鬆是一定的，他說：「今後總統和所有公僕——包括所有軍公教人員，做的每件事，看過的每件私函公文，甚至私生活，必要時都能得到查證，官員的心隨時謙卑敞開受檢驗；大眾有興趣裝天眼的話，政府補助鼓勵裝設。」

在一個推廣天眼的記者會上，電視媒體提出了質疑：

「這樣說來，每個人都變成透明人了？這是二十一世紀的『一九八四』嗎？」

平天民一下子沒回神過來，站在他旁邊的天使心伊亭趕緊接著答腔：

「這是現代的『四八九一』，可以說是『一九八四』的天使版。」伊亭的答話被一陣如雷的掌聲中斷，她微笑著繼續說：「這是邪惡的『一九八四』的顛倒——原來的反面烏托邦，再把它顛倒回來，就是正面烏托邦。」

「人民有權利自由選擇要不要裝上天眼。」伊亭再次強調。

伊亭小時候，便崇拜英雄偉人，爸媽的教養讓她承襲了做一個優秀的知識分子對時代的奉獻，不但要維持操守，還要盡己所能抑惡揚善，女孩子的美麗來自知識藝術的涵養才是內裡眞美，牽牛花運動能夠順利把曾堯舜送上總統寶座，是她一輩子最開心的事。

「媽媽，妳好漂亮喔！」伊亭遺傳了母親白皙的臉容，眸光水亮亮，睫毛撲閃，玉齒微啓於紅唇內，膚質白淨迷人，對母親撒嬌說：「阿嬤說，媽媽以前好漂亮，現在看了錄影，才知道所言不虛。」也就因爲這樣，她沒有爲自己裝上天眼，老公也沒有特別要求，倒是老公自己基於對她的關愛，自動裝上了天眼。

多少年過去了。牆上巨大的電視螢幕重播著記者採訪的畫面，被稱爲天使心的伊亭，風韻美貌依然，她有著溫暖的家，美好的住屋和兒女，愛貓萊西、狗狗貝貝也成爲家庭的一員，老公平天民成爲內閣一員，經常在國內外奔忙，她相信天眼的裝置能帶來有效的良心增強，不需跟前跟後隨侍著老公，出國旅行也不必要她隨侍在側，她和兒女也保有快樂空間。

在醫院服務的伊亭，發現精神科病人爆增，都得了憂鬱症、焦慮症、強迫症、恐慌症等精神官能症，而其中絕大部分是裝了天眼的人，醫學界還在追蹤猜測原因，已經出現很多論文，開始檢討天眼裝置帶來的負面影響，直到伊亭自己的兒子劍鳴出了事，她才深有所悟。

那時，兒子劍鳴在一間人人嚮往的網路公司的就業考試中落敗，心情鬱卒，儘管爲了人格自尊裝了天眼，等於立下清白操守之誓，他卻在氣血旺盛的驅使下，跟著朋友上夜店，燈光黯淡的迷魂之鄉，歌聲舞影中低胸露肩的扭曲人體，蒸騰著青春，散發著性感艷色，他緊繃的心才要釋放，笨嘴笨舌的他，不知如何開口聊天把妹，呆呆看著一群狼群禿鷹包圍著獵物，表演打情罵俏，香檳火秀中的嘻哈笑鬧過後，追逐的是下半夜的銷魂夢，他被冷落一旁不知所措。

「來一顆快樂丸吧！」光影變幻之間，一個帶有滄桑味的成熟女人主動靠近他，咧開紅唇，指著自己打開一半的皮包，又闔起來，他已看到皮包裡一排有顏色的藥丸。意思是如果要的話，她就會掏出來分享他。

劍鳴不答腔，他被嚇壞了，對他來說，他是一個臨時逃走的模範生，他一直努力維護他的形象，在他猶疑思忖之間，想要與她搭訕時，熟女丟了一句小聲的話飛進他耳裡，散發胭脂粉味的臉頰也靠過來：

「你好帥呀，你是我的菜！」

他的臉往後一挪，閃開來襲的粉味，看清楚黯淡燈光下妖媚女人的臉孔，在四目交觸的相互注視中，彼此都像突然之間遭了電擊，眼光和表情都迸出了驚訝；中年女人是他國中二年級時的英文代課老師。他轉身就走，聽到後面傳來不知是央求或抱怨的叫喚，被淹沒在嘈雜的音樂中。

劍鳴徘徊在暗黑寧靜的路樹底下，心中忐忑交戰，今晚來到這地方，跟昔日的英文老師無非有著同樣不必言宣的目的，爲何他要故作聖潔離開呢？壓抑了慾望之後的不安躁動，壓不住尚未熄火、還在冒氣的熱鍋，凌晨的街道邊，男女癱坐、忘情互擁、有的嘔吐狂哭，不堪入目的失態舉止，觸目驚心，他都已藉著天眼掃入他的腦庫。兩個身材矮小的男人各推著一架輪椅靠過來，其中一個年輕人露著輕蔑的笑：「聖潔小處男，你讓開！」

他們在嘻笑議論：

「撿骨屍，又碰上你啦！今晚是我第十七次出動了，你相信嗎？成效百分百。」

「還說呢！阿昏，你眞昏了耶。電腦專家，你只會撿全屍？那種喝得爛醉的死屍你也要？還會吐酸梅湯呢！」

「好啊，今晚我跟在你後頭，撿一個半屍回家爽一爽。」

劍鳴的所見所聞是他有生以來驚心而震撼的。一個衣衫退去，露出一雙白嫩大腿和爆奶的女人衝出來，故意倒在他身上被他推開了，他聞到女體的異香，突然性興奮，只留給他極力抗拒和後悔的回味，像他剛才遇見女老師一般的衝擊。他回家後陷入長期失眠，往後的求職屢遭挫敗，心情灰暗鬱卒，也許是遺傳體質關係，他得了憂鬱症，那是一種矛盾情緒的來回衝撞，潛意識中想要暫時放縱鬆懈自己任性狂歡一番，卻又擔心自己裝了天眼留下了永遠的污穢紀錄，努力壓抑克制著自己的結果，變成一個重度潔癖的病人，每逢外出回來一定換洗全身衣服，洗澡一、二個小時，開關門把、座椅得一再清潔，碰觸家具、電器之前先用酒精消毒，不斷的擔心門窗和瓦斯有沒有關好。

伊亭把兒子劍鳴帶到精神科或心理衛生科就診，她遇到從前被她踢了一腳而受傷的公務員衛得勝，事隔多年，他脊椎側彎的老婆陪他來看病，他露著誠懇和乞憐之色，請求伊亭原諒他過去的不是，他早已戒了酒，是個守規矩的餐飲店老闆。

「但是……」背包男欲言又止：「我現在無法釋懷別人的眼光，怕人家誤會我曾是捷運之狼。」

「人都是健忘的，誰會記得多少年前的你啊！」

「妳就記得啊！」伊亭看出背包男得了焦慮症。

一個春暖花開的日子，伊亭和兒子劍鳴帶著心愛的狗狗到河堤公園散步，之後發現狗狗跛腳，生病了，她跟著劍鳴帶狗狗去給獸醫檢查，看到電視新聞正在訪問老公，說曾堯舜已經連任八年，是有史以來最受愛戴、最公義無私的總統，堪稱是堯舜再世，社會上很多聲音主張應該由平天民出來競選，老公在電視上一派冷漠淡然，突然舉手高呼：

「牽牛花革命萬歲！天眼萬歲！」

獸醫檢查了狗狗發現了什麼祕密，說：

「這隻狗狗裝了天眼。太太，爲了尊重隱私，我把晶片取出來，妳還是回家後再去接電腦讀吧……」

昏黃的燈光下，伊亭找到了一處特殊的隱藏路徑，連接到雲端儲存庫，除了記錄她的家庭和朋友交際生活之外，還找到一個天大的祕密，那是狗狗眼睛看到的一張三人簽署的文件，簽名者包括老公、哥哥和另一位電腦專家——也是牽牛花革命運動的發起人之一阿昏，十二年前的祕密文件：

執行天眼計畫，設計者一致同意：新總統必須使用電腦機器人代替眞人，以適應不可能的無謊世界，求得身心健康，曾堯舜最短的任期十二年，必須再予更新。

〈天眼〉完

異星家人

「我好想念地球喔！」

那是我聽見主人第二十一次發出的感嘆，如今他已老衰，又罹患不明疾病，眼看就要不行了。

木衛二——木星的其中一顆衛星，先鋒基地裡，主人老康南滿臉皺紋，白髮白鬍飄逸，氣息衰弱，螢光幕上太陽地球和月球的影像似近實遠，主人的感嘆是一長串懷念家鄉的深情呼喚。離開地球太多年了，老康南從前說過，常常浮現童年生長的地球家鄉景觀，那兒有高山青翠大海蔚藍，河流潺潺如歌，綠草如茵，叢林青碧，飛鳥猛獸和海中的魚，高樓大廈林立的都市中熙來攘往的人群，是來自地球生命都曾經的呼吸脈動。

此時此地，溫室農園裡人工照明的金黃色澤光輝，散射在植滿南瓜、馬鈴薯、番茄、藍莓和紅萵苣菜心、朝天椒、草莓、荷蘭芹、辣木的菜園，大片植物景觀有綠有紅。透過紫紅色的百葉簾望向窗外，圓頂玻璃罩之外的天空，可見巨大的木星洶湧如波濤的巨大斑紋，身在農業園地，吹來涼颼颼的風。主人老康南說，其實都是來自一部可以不斷自我改進的萬靈電腦，在基地有效運作。

先鋒基地裡，不久前突來的風暴，在密閉加壓艙工作的兩個同事遭遇意外死去，此刻他們都靜靜安息在農園的一個小角落。其他兩個則分發出去，前往其他的衛星基地，剩下老康南孤伶伶一人，由我陪伴他。

「他們死的死，離開的離開，剩下孤單的我，我也得病了……」老康南口述日記，對著浮映空中的過去活動影像輕輕喟嘆。

老康南知道日子不多了。他口述：「感到口腔、眼睛、鼻孔黏膜乾澀，咳嗽帶了血絲，發聲無力，呼吸急促，兩條腿好像不聽使喚，莫名其妙地厭倦過日子，染上先前死去的人同樣的怪病。」

我在農場溫室的集水處邊巡視，採集要做的菜，又從水箱裡撈出兩條活魚和幾條蝦子。腦機裡聽到主人發出訊息：

「大牛和小晶，這裡一切都好！」主人的聲音保持著硬朗。

訊息從這兒傳達到月球總共要四十多分鐘，再回傳此地還要經過同樣時間，漫長的等待常常疏遠了親情，幾十年的時空隔離疏遠了彼此。

老康南自言自語嘀咕著：「唉，別讓兒女操心啦，如果大牛、小晶眞的出現在這兒，除非是第二顆太陽出生了！」

□

我懂事以前，主人還保有他的精力和充沛思維……

「嗯嗯……我，小乖乖……妳說呢……妳爲什麼這樣乖巧呢？」老康南習慣叫著我，他說我有著活潑似姑娘的樣貌和體態。

「是老爺讓我變聰明呢！記得那面鏡子嗎？」我指著牆壁上那面刻著玫瑰花飾的銀邊圓鏡，站在鏡子前面擺擺姿勢，他說我桃紅的臉頰可以跟基地農業園裡成熟的蘋果相比。

老康南帶我進入萬靈電腦室，在我脖子後的開關調整了什麼機關，之後給做一個測驗，他拿了一面鏡子，要我看看鏡裡的影像，我看到鏡裡自己的外貌，有著金頭髮深眼眶，長睫毛黑瞳仁，閃亮的眸光，細白的皮膚，就似動畫中的美少女，不覺哈哈笑起來：「原來我長這個樣子啊！」我左搖右晃對著鏡子得意地笑著，還側過身來親了親老康南的臉頰。老康南笑得更開心：「還好，妳沒把鏡中人當作另一個人！」從此以後老康南就常跟我聊起心事和公事，包括木衛二這顆冰晶星球，如果有一天太陽發生事故，木衛二是人類最適合居住的星球，雖然星球都覆蓋著冰層，這兒有豐富的水，經過核融合的運轉過程變成可以提供飲水和灌溉之用；甚至異想天開，把氣體木星改造成另一顆太陽。

「主人啊，我覺得啊，自從你讓我照鏡子的那天，我才眞的出生呢。」我撒起嬌來，我也不知道自己爲什麼會這樣。

「嗯，這表示妳有了自我意識啦！」老康南撫摸著我頭髮，「這反而讓我擔心，我有什麼情況的話，會傷了妳心！」

「當然啊，我擔心的事可多呢！不擔心天塌下來啦！」我胸有成竹：「我們住在這兒，主人說過，木衛二富含豐富的水，人類未來可能移居的地方，更有可能改造木星成爲第二顆太陽，我們是先驅者。」

「現在我要妳幫我動手術，萬一我掛了，別傷心喔……」老康南有些哽咽，他明明知道主人走了我會哭的。

我的智慧已大開，我的主人指導我，要我把針筒裡面的溶液打入他血管——他說是比人的毛髮還細的奈米機器人，載運藥物到腫瘤和需要修復的目標去。之後，我爲主人換了一副３Ｄ列印的肝臟。我感覺在孤獨的環境裡，我這個機器人也變得多愁善感。

老康南元氣好多了，萬靈電腦檢測他身體已進入衰竭狀態，畢竟老康南有年紀了，主人愛護我，把我這個機器人當親人，我因爲他即將去世越來越難過。

□

那天，我正在農園裡忙著採集蔬果，腦袋傳來萬靈電腦的嘀嘀答答聲，提醒我：「今天是個不凡的日子……」

我了解主人面對死亡的心情，我分享主人的壓抑和憂傷，越來越感覺與主人的生命息息相關，我打算安排一場奇妙聚會。

主人說過：「所謂第二顆太陽，是科學家把木星改造成第二顆太陽的夢想。當年克拉克著名的科幻小說《二〇一〇：太空漫遊》和某些科學家都有同樣的構想。老康南常常在電腦的檔案裡講起木星和六十七個衛星的事。」都是非常吸引我好奇心的。

另一個工作機器人正在檢查一台飄浮空中的圓球凸出的小噴嘴，它噴出水霧滋養懸空盤據的植物莖部，霧耕系統能減少水分和肥料使用量，達到培育效果，部分的水耕是上面種菜下面養魚，得以有效培育達到最高的收成。我這次的採集也就要有魚有菜，有水果。

「主人，你老婆怎麼了，你很少提起她呢。」

老康南定定望著我，那神情像在欣賞一朵美麗的花，奇異的眼神帶著淚光，看來我觸動他心裡的傷了。

「她生下龍鳳雙胞胎就去世了！」主人恢復平靜後說：「兒子和女兒長大之後，就來到這個先鋒科學站。」看來我的話觸動他的心事。

主人放映出兒女的影像，大牛、小晶每個階段的生活片段浮空映現，都是大牛和小晶在地球上成長的影像。

「那你妻子的照片呢？」我好奇地問。

主人微抿著嘴唇，沉默無語，直到他死後我才了解什麼原因。

老康南注視著畫面上懸掛天空的巨大木星，它的大紅斑是超大的氣旋，看來有如一隻大魔眼，五顏六色的雲彩，如洶湧起伏的波浪。此刻，他能想像的是火星、月球和小行星的開發都有了人類足跡，讓他感覺到生命的氣息在宇宙間是一種可貴的存在。

主人瞇著兩眼，從加溫椅子站起來，拄著枴杖背對著地球的方向默唸著兒女乳名：「大牛、小晶……」他不想讓兒女知道他健康情況。

從農業園區趕來，我偵測到主人的心跳異常，感應了主人臨危不亂，儘管寂寞無奈，他臉上表情平靜，我看到他的口述日記，他已準備好面對死亡。

「所有太空開拓者都得面對的孤獨。」主人老康南說著：「懷在心中的是宇宙鄉愁。」有著球形頭、方形身子的打雜機器人正在搬運一個水耕箱，前往電路系統去安放，水耕箱上層是種蔬菜，下層養魚。

「主人，我來了！」我輕聲問，兩手搭在老人的肩膀上按摩搓揉著。

「我，妳乖！妳臉頰弄髒了……像一隻沾了泥巴的溫柔貓啊！」老人撫摸著我長長的秀髮，定定看著我露出微笑。

讓他想到多年前去世的妻子，按照地球時間計算，今天正是康南太太的忌日，也是雙胞胎孩子的生日，「等下來陪我吃飯吧！」

「好的！」我傾斜著腦袋問，在老人的肩膀搓揉著。「是宇宙鄉愁？」

老康南沉吟了一下：「妳慢慢會懂的！難得今天是紀念日啊！」

「老爺子，今天給你一個驚喜！」我笑著說。

「好喔！」老人安慰地笑著，支支吾吾，搞不清楚我要幹什麼。我雖然是陪伴他的人造生命，但心裡明白我要做的。

我把準備好的食材放入鍋裡洗濯，洗乾淨了之後，按動電鈕啓動烹飪機，在自動控制的靈活機械手臂之下熱鍋、翻炒、調味、食材均勻受熱、顛勺，五分鐘後烹飪完成。鐵鍋自動側向翻起，美味佳餚都倒入盤中。

菜餚擺好了，我陪坐在老人對面，他說我臉上煥發的光彩，有如小女孩一般楚楚可憐，我有一股說不出的感覺。

主人一邊用餐一邊說著，許多年前，妻子難產去世，他決定在孩子長大成人之後，把自己的生命消耗在這個前哨基地，這是來自對科學家伽利略的崇拜，伽利略就在一六一〇年發現了木星的四顆衛星，其中就是這顆木衛二，木星的衛星系統有如一個小太陽系，也間接證明了「地動說」，老康南自己的生日又跟伽利略同一天，他深信上天給他的使命，是要爲人類在這個星球奉獻二十年。老康南能在荒涼冷漠的星球上過活，唯一的精神支撐是他的科學信仰。

一串蒼老衰弱的聲音和感喟，像泥土和水一般混合著安慰：

「還好，有妳陪伴我。」

我不知哪來的創意，唸起了自創的詩句：「老爺子，我是你的糖，你的蜜，我有一顆你創造的心。我的心，就像你想念的星，永遠亮晶晶。」

老康南大笑不已，他沒想到我唸起詩來，笑聲平靜後，我反而覺得尷尬。

「待會兒，給妳一個驚喜！」我說。

我把3D列印出來的三個跟眞人相似的人偶請出來，再接上相關的資訊，此刻大牛小晶兩個人偶就圍坐桌邊，一家團圓了。我也變成康南一家人。人偶照著預先灌入的資訊講話，雖然不是眞人，卻有代替的存在感，安慰了老人。

「老爸您好！我是大牛，在月球哥白尼坑工作，我和小晶約好，來陪老爸一起吃飯……」以大牛爲形象的人偶講了話是經過事先錄製而播放出來的，人偶也出現了大牛爽朗的笑容，其實大牛遠在哥白尼環形山裡建立的圓頂建築基地，無線電通訊來回大約一小時；此處覆蓋著深達數幾百公尺的玄武岩，地下是雨海盆地形成時產生的撞擊濺射物，富含鐵鎂質角礫岩。

「老爸好喔，我是小晶，在台灣的鹿林天文台工作，台灣最高的天文台，一切都好，附上活動影片……」小晶瘦削的臉上，兩隻眼睛骨碌碌轉，欣喜之情藏不住。「老爸，我有好事情跟老爸分享，我當了媽媽囉，我把先生和女兒的影片傳上去。」浮空的影像多了一個男人和小娃娃。

這是最後的晩餐，是我懂事以來首次看見老康南展露歡樂笑容，也是我第一次看見他感受到家庭溫暖的喜悅。

□

我成了這顆星球唯一的智慧存在體；我守在處處是冰晶的星球上，等待後續人類遠征隊來到先鋒基地，也許幾百年後就會誕生第二顆太陽。

我埋葬了老康南，在他墳前獻花哀禱。

眼淚，是上天給予的恩賜；鄉愁，是宇宙琴弦無聲的和鳴。

回到基地的溫室，萬靈電腦機房裡傳來一陣奇怪的聲音，一個推門而出的再製人偶向我招手。

站在我面前的機器人，輕撫我的頭髮，拭去我的眼淚，這才看清楚了他是年輕的康南。

我和康南、大牛、小晶圍桌而坐，我們成了一家人。

〈異星家人〉完

火星未來紀

二一三〇年，被稱爲火星的黃金平原的克里斯平原，曾經是人類有史以來發射了第一艘探測器「海盜一號」登陸的平原。

羅威爾市透明的圓頂保護殼外面，太陽已逐漸落下地平線，農場裡草木繁茂，綠意盎然，流泉飛瀑與假山，充滿了詩情畫意，與圓頂外的荒涼世界看來是極不和諧的。

科學家歐平山坐在池塘邊，悠閒地把腳丫子泡在水裡，周圍一片綠草茵，也有盛放的百花，他懷想著童年時代地球上的家居之樂。他和地球上的妻子兒女的通話每次總要十幾分鐘的延遲，也就是火星這邊一聲哈囉，地球要十幾分鐘才收到，地球那邊再發信來火星，又同樣要十幾分鐘才到火星。

「爸爸，你還要多久回地球呢？」這是來自老家地球千篇一律的問話。他總要費一番口舌安慰家人，說明外星工作的艱辛困苦，不讓家人失望。

歐平山在等待中，他使用望遠鏡觀察著天空，這時外面的太陽已經快落到地平線，擴散成一輪白亮的光暈，靠近邊緣部分是波浪形的紅光，與大地平原的紅色，相映混合成了朦朧夢幻的景致，眼看著整個黑暗的天幕就要吞噬了火星的陽光……在晴朗的天氣裡，可以看到太空探測船在火星起落的美麗雄壯的姿態。天空中，火星的大月亮福波斯看起來約有在地球看到的月亮三分之一大，小月亮迪摩斯只是顆小衛星而已，兩個月亮看起來在天空是以相反的方向在運行的，在那上面各安置著不同的觀察和測量設備，對著火星地面運作。

他放下望遠鏡，在他不經意的一瞥中，發現一個奇異的亮光從火星的大火山方向疾飛而來，然後在不遠處的平原落下，一陣陣明滅不已的閃光過後，就消失不見。

「大概是殞石吧！」他的機器人羅比使用它的紅外線電眼，往外面搜索眺望。

「要不要去看看呢！」歐平山有點不安起來。

外面的火星平原，是茶紅色的砂石和土地，只要火星沒有大暴風發生，仍是寧靜的，天空也受了紅色粉塵的影響顯出一片柔美的橙或是可愛的粉紅，自從人類在火星建立基地以來，殖民地的範圍也在一天天擴大，居住在這裡的人也不覺得外面有多麼可怕，因爲火星殖民地居民已受到足夠的保護。

就在歐平山遲疑間，基地的警鈴聲嗚嗚嗚──有如發生火災一般急急地響起來。

「意外情況！請注意！兩個勞動犯人逃走了……編號５０５和５２５的肉體機器人！他們還帶著引爆礦石用的炸藥……他們都是在地球上犯了謀殺罪的死刑犯，他們拔除了腦部的控制器，恢復了自我意識……」

歐平山不禁心驚肉跳，失聲喊著：

「這還得了？羅比，你先到外面去看看吧！」

「尊命！歐先生，您自己保重！」機器人羅比很快地走向閘門，開了車子消失在火星平原的蒼茫夜色裡。

由於火星的開發建設需要勞動人力，在這個時代人力費用高昂，死刑犯被利用來充當危險的苦力，是科學家與社會政治學者絕佳的設計。在死刑犯腦部放置了晶片控制器，有如

「行屍走肉」，變成一副肉體機器人。

歐平山就是當初極力倡議此種「替代死刑」的主要科學家，基於人道主義的理想，讓死刑犯擔任開發火星的工作，可說一舉兩得。

歐平山小心注視著排列在控制室內周圍每一個監視器，然而，每個螢幕都是靜悄悄的，沒有一絲動靜，看不出有何異樣。

他的緊張不安感逐漸加劇，冷汗從背脊順流而下，全身已經沒有一處肌肉是鬆弛的，他害怕發生無法彌補的災難。

這是基地建立以來從來沒有發生過的，而肉體機器人的逃亡顯示這項作業發生不可原諒的缺失。

所有的警戒系統全部發動了，許多的機器人警衛也從每一個圓頂透明殼子裡走出來，拿著武器使用高感度的電眼掃描搜索。

「警告！危險分子在第八區活動，機器人警衛趕快在附近集結包圍。」總部的聲音繼續傳來。

突然，在火星黑夜中的平原爆發出一陣衝天火光，在機器人羅比前面行進的一個機器人，被炸得肢體碎裂四散。

「不要再靠近，否則給你們好看！」兩名逃亡者中的一個，利用無線電叫喊著：「我是505，我完全是被冤枉的！還給我們自由！乖乖讓我們走就沒事，否則我們就同歸於盡！」

原來剛才的火光是太空船急速降落了，並對外攻擊機器人。兩名死刑犯操縱電腦劫持了太空船，試圖逃亡。這時，包圍他們的機器人，在總部的命令下逐漸散開，拉開包圍圈，不敢再往前走去。

「奇怪呀，這兩個傢伙原本應該只是肉體機器人呀！」歐平山的助手喃喃自語，聲音有些發抖：「不不不應該……這樣的，不應該……叛變的……」

面前的螢幕顯示的是機器人羅比的視界範圍，那裡除了一片難以辨識的暗影之外，已看不見什麼，警衛機器人爲了避免引起更大的危險，暫時放棄攻擊。歐平山的思維還處在亂七八糟混亂間，農場的閘門再度開啓，兩個看似警衛機器人從地下道走進來。其中一個對他急急嚷著：

「歐先生，是你闖的禍嗎？怎會這樣笨呢！」聲調很不禮貌，不像機器人應有的措詞。

「我怎麼會呢？你們是……」

歐平山還沒有來得及清楚答完話，已經被其中一個人迎面在胸前射了一槍，射出的是一種麻醉劑子彈。等他醒來時發現已經置身在他所不知道的地方，身子不斷地在搖晃，應該不像是在火星的地表。

「這是哪裡呀？」

「這是火星的小月亮迪摩斯。」編號５０５的犯人，額頭上的數字烙印清晰可見，他指一指窗外，示意歐平山看看外面的景色，果然在星光錯亂的太空，完全看不到任何綠意和土地。另外一名525的犯人，在一旁得意地笑著，傻裡傻氣的樣子儼然是缺少智慧的白痴，看來是聽命於505的指揮了。

「簡單地說，火星的迪摩斯衛星就是個小型的太空船。」505說：「我們把你找來，就是爲了保障我們的安全，保證你們的人不會再攻擊。」

「我的天！」歐平山眼前金星亂冒，感覺一下子天塌下來了，星星太陽和所有的空間都亂了套。

火衛二，迪摩斯月亮是個接近橢圓形的黑色星體，直徑只有十二・六公里，每三十小時對著火星自轉和公轉一次，它距離火星地面約兩萬公里。現在，歐平山再一次探首窗外，努力分辨自己的方位，正好瞥見克里斯平原上密密麻麻的光點，那是火星的都市區，而人類爲了紀念上一個世紀對火星的偉大探測行動，就在一九七六年七月二十日海盜一號降落的地點建立了紀念高塔，它的閃光依稀可辨，它也是火星都市的陸標和瞭望的塔台。

「你們想怎樣呢？」歐平山的心怦怦跳著，唯恐這兩個犯人做出失控的行爲。他看見太陽系裡最大的火山奧林帕斯山在火星的地面隆起，和其他兩座火山是個明顯的火星景觀。

「我們要離開這個鬼地方，請你陪我們走就是！」505冷靜地說。他把他的槍械拿給歐平山，說：「我是無辜的！如果你不相信，你可以開槍打我！是你安置控制器在我腦袋裡的……你應該知道我是善意的！」

歐平山打開了他手腕間的超小型個人手機，查詢有關的檔案，仔細閱讀死囚505和525的相關資料：

在二〇六一年，哈雷彗星來訪時，聯合國太空總署派出了巨型的探測太空船閃光八號，預計兩者在小行星一帶的太空中會合，閃光八號輕輕著陸於彗核中，這次的探測表面上是爲了採集彗核樣品以及微塵樣品，準備攜回地球檢驗是否存在有機物，實際上是爲了做一次祕密實驗，企圖使用反物質裝置的引擎改變哈雷彗星每隔七十五年或七十六年造訪太陽系的週期，以方便人類未來的採礦作業，505和525是其中的兩名工作幹部，他們在執行任務回來的中途，與太空船的指揮官發生衝突，最後引爆了太空船，兩人就坐了小型的救生艇回到火星基地來。這是一次震撼性的太空災難，他們也在自白中坦承了一切過失，所有的證據都對他們不利，他們也甘願成爲一個肉體機器人，在火星最荒僻的礦區工作，嚴格地說，他們已經沒有任何人類意識存在，他們活著只是一具生物性的肉體而已，只會吃喝拉撒和聽命工作的肉體機器罷了。

但是爲什麼又會發生這次的意外，他們又怎樣起而叛變呢？

歐平山正在思考中，瞥見窗外不遠處有人造衛星經過，從它的腹側部分發出閃光，那是摩斯電碼信號，意思是：

「盡量延緩迪摩斯月亮上面的狂人所要做的事，他們控制了迪摩斯月亮，想要把它像整個太空船般地駕駛離開。」

迪摩斯月亮只是火星在過去的億萬年歲月中，所捕捉而來的小星球，成爲火星的衛星之一，現在卻成爲一艘可以脫離火星引力的太空船，就因爲有兩個奇怪的傢伙在上面搞鬼。

歐平山把他的恐懼藏在心裡，裝作若無其事的樣子，照著對方所要求的，做一個聽話老實的觀察者，現在出現在前面的是立體投影的一群人形的毛毛臉外星生物，他們之中的一個外星人說：

「我們是一群從太陽系外移居到木星伊奧衛星的人，我們需要的是自然寧靜的生活，地球人擴張得太厲害了，我們必須加以阻止。」

那些毛毛臉的外星生物，兩眼凹陷如深洞，手腳修長如柳條，身體卻圓短而肥胖，手掌只有三指，有如三條粗繩索，不斷地在光影中穿梭舞動飛躍著，就像近在眼前，隨時可以使用繩般的手觸擊你的眼，網住你的頭，而木星的伊奧衛星的景觀也出現在眼前的三度空間投影，那是個表面幾乎全是平原的衛星，卻有著頻繁的火山活動，不斷地噴出二氧化硫所組成的煙，再凝結成了雪，降落到地面，整個地表成了大雪原，這些外星人就是特別能適應寒冷氣候的生物。

歐平山一肚子的不安與好奇，一切影像看來如眞似幻，他正在狐疑中，立體影像再度映出了二〇六一年所發生的彗星探測船爆炸事件的整個經過。外星人說：

「哈雷彗星是宇宙的流浪兒，不應該被地球人拿來破壞的！所以我們把它動了手腳！使用心靈操控方式，指使你們兩位太空人５０５和５２５，阻止你們地球人的魯莽行動……其實兩位工作人員是無辜的。」

「啊！這怎麼可能？」歐平山驚歎不已。

「他們在沒有出任務之前，已經是個聽命於外星人的肉體機器人了，」外星人說：「只是你們沒法發現罷了！他們只是照我們的命令行事，他們不應該為這事負責任的。」

「我不相信！這一定是個陷阱，是個假象。」歐平山大聲嚷著。

「不必多說了，你自己看就知道！我們要使火星的迪摩斯月亮脫離火星，前往木星，變成木星的新月亮。」

「這這……這不是違反自然嗎？」歐平山氣得結巴起來。

「錯啦，迪摩斯衛星本來就是我們放在火星上空作為監視用的。」

終於，火星的衛星迪摩斯啓程了，在火星當局的注視下，逐漸脫離了火星的引力，前往它的新行星。

歐平山在兩個肉體機器人的監視下，又坐了太空船回去火星，他心中無限惆悵。

〈火星未來紀〉完

星城夢魘

她們正在吃飯的時候，太空島的廣播系統宣布：「現在是中午十二點整，從現在開始下雨二十分鐘。」

梁愛麗好奇地望望林美娟，這座名爲「星城」的太空島，它的人工環境可眞周到。林美娟笑笑對她說：

「好好養病吧！妳會很快好起來的。看看外面的雨景！」

愛麗患的是腰痛的毛病，在地球上的各大醫院用了最好的設備，都檢查不出原因，醫生建議她到太空島高緯度地方療養，體重負擔減少，她可以舒舒服服地在這裡步行，全然沒有感覺到任何痛苦。

此刻，窗外的花花草草，在一陣突降的甘霖裡沐浴得更爲純淨鮮嫩，她們似乎就可以聞到陣陣清香，世界在潤飾中顯得更有朝氣。

愛麗的眼神有些迷惘與茫然，也許是她在地球上經過一番感情波折，一顆心已經破碎得不可收拾，她需要平復心境，她的父親特地介紹她到星城來找林美娟。這座太空島是一顆直徑五百公尺的球體，在球的內側建造房屋、森林、河川，布置花草樹木，宛若天然環境，以供人類居住。由於球體本身每分鐘自轉二週，形成了人造重力，赤道地區重力最大，隨著緯度的增高而減弱，在六十度地方引力只有地球的一半，七十五度地方則只有百分之二十五，此刻她們就在引力較弱的七十五度區。

「林阿姨。」愛麗說：「這地方簡直是世外桃源，能在這裡生活一輩子倒滿不錯的，眞希望能在這裡找到一個知心人──那是我最感需要的，可以解開我心境的愁苦鬱結。」

林美娟望著她說話的表情一本正經的，覺得滿好笑的，林美娟站起來，勸慰她幾句，拉著愛麗到芭蕾舞劇場去參觀。

「放寬心吧！」林美娟說：「妳不要忘了，妳父親在月球辛苦工作，就全爲了妳這個寶貝女兒，不要再使妳父親擔憂了。」

愛麗瞟了美娟一眼，她不作聲。視線被舞台上的美妙舞姿吸引住了。舞者輕盈婀娜，眞是飄飄如仙，向上跳躍，跳得有五、六公尺高，而後輕飄飄地落回舞台上，顯得那樣優美雅緻，是地球上所無法欣賞到的奇景。

「好妙呀！」愛麗說著拍起了手。就在這一瞬間她瞥見了一張俊秀的臉，心中的小鹿急跳了一陣，於是，目不轉睛地注視著那個跳舞的男士。

愛麗著迷了。她的思維隨著芭蕾舞步而旋轉，她回憶起那張難忘的臉，劉士良，好一個負心人，他是個人類遺傳基因檢查員。他說過，愛麗具有人類最美好的品質遺傳，不論外貌、品德、智慧與身體情況，都是最上好的，若是能夠使用她的卵子來受孕，必能生出美麗聰明而又健康正直的後代。劉士良卻在與她熱戀之後拋開了她，使她精神上遭受嚴重的打擊，幾乎要發瘋了。

從痛苦的回憶中回到現實。愛麗被林美娟帶到一個有著柔和燈光的房間裡，而後，一個人形的電腦人從自動門出來，雖然明知道那是一具機器，看起來與眞實的人卻是唯妙唯肖。

那模樣，就似剛才她在芭蕾舞廳所見的俊美舞男。

「你是——」愛麗睜大了眼睛，疑惑地問，心裡不免有幾分恐懼。

「我是妳的服務機，我要爲妳做任何事，包括聽妳傾訴妳心裡的話，解除妳的苦悶。」

「請問你，」愛麗始終不相信眼前這具善解人意的機器，她的目光充滿了訝異。「你是剛才那位跳芭蕾舞的人吧？」

「我怎麼會？」服務機說：「我只是借用某個人的長相而已，跳舞的不是我，我也不會跳舞。我最體貼人意，愛麗，妳說，妳有什麼委屈的事，請告訴我，我或許能爲妳指引迷津。」

「你是服務機？」愛麗痴痴地望著眼前的這個人形機器，深深地著迷。「能不能爲你取一個比較詩意的名字，叫你白思樂好了，因爲我一看見你就樂。」

「白思樂？」服務機說：「這算不錯的名字，愛麗，妳說吧，把妳要說的話說個清楚吧！」

愛麗牽著白思樂的手走向游泳池，她看著白思樂，心底的積鬱漸漸傾吐出來，細細地述說著淒苦悲痛的往事，劉士良的一舉一動，和他說過的甜言蜜語，頓時如浮光掠影在晦暗的心頭裡閃過。愛麗與白思樂肩並肩坐在泳池邊的長椅上。許多喜愛高空跳水的人，在跳躍翻滾，完全是地球上所看不見的花式，竟可以在高空中連續翻滾幾次，濺起的水花也顯得輕盈飄逸。

「白思樂，我眞恨不得下去游泳，」愛麗說，「你陪我去嗎？」

「不能，」白思樂急忙搖頭：「萬萬不可，我們機器做的，不適合游泳。」

「那麼，你陪我去玩人力飛機吧！」

愛麗聽說過在太空島的北極及南極分別設有人力飛機俱樂部，那兒是無重量地區，人力飛機可以自由自在地在空中飛行，由於人和機身幾乎沒有重量，只要輕輕踩著踏板，便可以悠哉悠哉地享受空中翱翔漫步的樂趣。

愛麗付了錢給管理員，與白思樂各跨上人力飛機的座墊，輕飄飄地飛上天空，整個太空島的景象全入眼簾，弧形的地平線一直伸展向天空，在頭頂上也有住屋與樹林，因爲整座城就在球體的內部，這是一種奇幻的、令人驚歎的經歷，愛麗的一顆心也飛著飛著，偶爾一瞥白思樂，他正和她比翼雙飛，愛麗有著說不出的幸福與滿足之感。所有過去與劉士良在一起的情景又隱然而現，失去他的痛苦已得到了補償。

人心總是善變的。她想。只有白思樂是這樣的體貼與無微不至，白思樂是個好傢伙，眞是討人喜歡。她願意與白思樂長期相處，從中得到生活的樂趣。比翼雙飛，多麼美好的生活。比翼雙飛，多麼富於詩意的名詞，如今可眞是名副其實了。在地球人力腳踏飛機可不那麼容易起飛呀！在這有似世外桃源的太空仙境，她享受到飄浮飛翔的快感。所有的煩憂苦悶逐漸化解消淡。她整個人在飛、飛、飛……

有幾天的時間，她與白思樂融洽相處，愛麗向他傾吐心事，宣洩胸中的激情，她的整顆心也在飛、飛、飛……

「白思樂是一個天使。」她在日記上寫著：

「他帶我進入一個全新而美麗的世界，使我了解人性的弱點，了解服務機比人類更完美，他具有人性中最高貴的品質，他是天使、是守護神，也能全然了解我的思想和心情，不像那死鬼劉士良，嘴巴說的是一套，做出來又是另一套，因此，我喜歡白思樂作爲我的伴侶。就像在地球上，我寧願選擇一條忠心的狗作爲我的伴侶，而不願與一個陰險狡詐的人爲友。」

從地球來的太空梭，載來一批旅客，也帶來一個令她驚懼的消息。劉士良得到一種精神妄想症，被送來此地治療。愛麗正在考慮要不要去看他，林阿姨卻阻止了她。

「妳千萬不可以再去看他，妳要保持妳理智的清醒，不要自尋煩惱，去看他，對妳絕對沒有好處的。」

「林阿姨，妳知道他爲什麼出毛病嗎？」

「據我所看到的資料是，他追求了一千個女孩子，縱慾過度，自己精神支撐不住了。」林美娟嘆息了一聲，感慨地說：「昨天我去看他，據他自己說他找不到他心中的理想女神，他要追求的是一個能夠令他百分之百稱心如意的女孩子，但在地球人間是找不到的。我聽到他在喃喃自語：『我進了天堂之門，在天堂裡一定找得到。』可憐的人，他被自己人性中的可怕的缺陷害慘了，他眞的需要好好加以治療。」

愛麗繼續與白思樂相處，暢遊太空島的每一個角落。她發現自己深深地對白思樂起了一種莫名的愛意，白思樂比人更好、更成熟、更容易相處。每天愛麗與白思樂分手以後，偶爾還會打個影像電話找白思樂聊聊天。有幾次她找不到白思樂，就感到心急如焚，情緒不寧。直到有一次她找到林阿姨，她才知道白思樂還擔任另一個人的治療工作。

「誰呢？」愛麗好奇地問：「白思樂到底在爲誰工作呢？」

「劉士良。」林美娟不得已據實以告。

「天呀！怎麼會這樣呢？」愛麗懊惱地叫起來。「我的白思樂怎麼可能爲劉士良服務呢？」

「劉士良看上了他，劉士良喜歡他這一型的服務機，我們研究的結果，認爲必須先滿足劉士良的妄想症，先教他發洩發洩心中的悶氣，慢慢地再引導他，使他步入正常。」

愛麗很想去探看劉士良，這個令她傷心憔悴的男人，現在自己也成了一隻病貓，再也狠不起來了。他到底爲什麼會這樣，實在使人想不透，是他在虛耗自己的青春、體力後，感到人生的空泛渺茫而讓精神瀕於崩潰嗎？是他長年在脂粉堆裡打滾過後，迷失了自己的人生方向嗎？

愛麗在太空農場裡擔任檢驗植物的工作，她的精神已逐漸舒暢，身體的毛病也逐漸恢復正常。在這個世外桃源裡，她天天感受到暖暖的春風與燦亮的陽光，有如慈母的呵護，雖然自己的父母親遠在月球那邊，從小對自己父母親的觀念非常淡薄，因爲她出生的時候，父母親並不在身邊，她是個試管人，在人造子宮裡被培育長大。她對於慈母的概念一半來自傳統的文學作品，一半來自電腦教育，還有些許微弱而不足道的印象，則來自幾次的太空飛行，從地球到月球去見她的父母。「愛麗，我的寶貝！」母親第一次看到她時，流露著驚喜與讚歎，彷彿在欣賞一件美麗的藝術傑作。母親說：「妳在地球比較適合，就在地球生活也好，等妳長大了，再來月球定居也好。」愛麗第二次去月球的時候，母親已不在那兒，她到火星去了。父親說：「妳的弟弟在火星出生了，妳媽去看他，他們要把妳弟弟訓練成一名優秀的火星科學家、太空人。」如今，她對於家人的觀念，竟似天上的星星，遙遠而朦朧。

愛麗再次見到白思樂的時候，本想發他一頓脾氣，白思樂卻慢條斯理地對她說：

「愛麗，請不要見怪，我是為人類服務的機器，讓我好好了解劉士良，開導劉士良，使他漸漸趨向正常，也許你們有一天彼此會發現自己真正是愛著對方的；也許我是你們的橋樑，你們心靈的橋樑。因為你們都對我印象不錯，你們都喜歡我，卻不知為什麼不能互相喜歡，這也許是人性的弱點在作怪。」

愛麗看著白思樂說話時的表情，充滿了和藹與安慰，但是她卻不能忍受自己心愛的白思樂被別人所分享，尤其是那個令她心碎的劉士良，白思樂是個善解人意的好傢伙，與他相處勝過與任何男人相處，她對白思樂的好感是難以言喻的。世界上再也找不到這樣的一個「人」，能夠這樣耐心地聽她的傾訴；白思樂是最好的聽者，在愛麗的心目中，白思樂比任何人還完美。

「劉士良怎麼樣了？」愛麗好奇地問。

「他每天在對我說話，傾吐他的心事，彷彿把我當作他最心愛的人一般，他把他的全副精神寄託在我身上。」

愛麗忍不住好奇心的驅使，在林美娟的安排下，偷偷地去看白思樂與劉士良。只見劉士良對著白思樂滔滔不絕地表明自己的心事：

「白思樂，你最了解我了，你是我唯一能夠信賴的人，請你一定要聽我說，我需要你了解我，因爲沒有人能了解我，你是我的希望，請你永遠與我在一起，我再也不能失去你。所有的人類都沒有你可愛，白思樂，請你答應我，天長地久永遠這樣陪伴著我，不要離開我，你是我的心肝寶貝，你是我的心肝寶貝……」

「天作孽！」愛麗叫了起來。「可憐的劉士良，他怎麼會變成這樣？」

「這是治療過程發生的副作用！」林美娟說：「我們已經發現服務機是最好的精神治療工具，他比任何人類更有耐心來傾聽人類的訴苦，但也往往成爲傾訴者愛慕的對象！目前我們還沒有辦法加以改善。」

愛麗倏然猛醒，她想到自己不正是有那種奇怪的念頭，想要白思樂成爲她的終生伴侶，她內心糾纏著大團的鬱結，一下子解開了。她突然知道自己也曾有過那種念頭。劉士良的案例就像一面鏡子使她看見了自己。

愛麗已結束在太空島的治療，她和林美娟在餐廳裡吃飯，廣播系統又宣布即將下雨二十分鐘。望著窗外一片綠油油的太空仙境，雨水淋浴著嬌嫩的植物，她的心猶如久旱中獲得甘霖。白思樂走過來，悄悄地在旁邊的位子坐下，他對著愛麗以極富感情的語調說：

「希望以後還可以再見到妳！愛麗，我知道妳要走了。」

「謝謝你，白思樂。」愛麗有些說不出的傷感。「你是我所看到的最可親的『人』，謝謝你的服務。」

台上的歌手，在唱著柔美悠揚的歌曲：

天堂之門已開，
啊！永生永世的美好家園，
遍地花香，滿天繁星，太空仙境樂陶陶，
歲歲年年皆是春，
流光似水，來年更逍遙。

愛麗想起自己過去的寂寞與憂悶，沒有一個人可以勸慰她，只有白思樂成爲她的閨中之友。如今她即將離去，她已全然清醒，往事已渺茫，不可回味，開往月球的太空梭正停靠在太空站，即將啓航。她看見白思樂偕同劉士良慢慢走來，並且向她揮手道別。劉士良木然地望著她，也許似曾相識，卻想不起他在哪兒見過她。

「請千萬保重。」白思樂說：「愛麗，這是劉士良，我的朋友。我帶他來看看妳。」

劉士良直盯著她，好像要在記憶中搜索有關愛麗的任何印象，對於劉士良，一千個女人的形形色色，可能早已經把他的腦袋擠得昏天暗地。他滿臉痴呆，無神的眼捕捉著愛麗無奈的臉，吶吶地說：

「妳……妳是白思樂經常提起的那位少女嗎？白思樂說要我認識妳……妳願意做我的朋友嗎？」

愛麗差點要叫出來了，面前這個神經兮兮的男人，曾經騙取了她的心，如今，卻要求與她為友，豈不荒謬。林美娟在一旁朝她擠擠眼，對她說：

「劉士良已經有進步了，愛麗，妳就考慮看看吧！妳回地球時若還經過此地，也許劉士良已經康復了，也許他已經變成另一個人，妳若還沒有適當的人選，不妨考慮考慮他吧！」

愛麗瞄了他一眼，她的心已冰冷，她在暗笑：多麼不可思議的話，她怎麼可能對他重燃舊情？讓劉士良去永遠與服務機為伴吧！那是色狼的最好歸宿。千層幽怨，萬種悲憤，頃刻間襲上心頭，她冷哼了一聲，轉身踏進出境室的門，身後卻響起林美娟的一聲尖叫：

「回來！我有要事告訴妳！」

她停住腳，不情願地轉身回去，林美娟湊在她耳邊說出一件駭人的祕密：

「告訴妳，要不是劉士良自己使用妳的卵子和他的精子培育了一個嬰兒，我們也不會安排他和妳見面。」

「我和劉士良的嬰兒？」愛麗大驚失色。她想起劉士良曾經有過一次邀約，在他的實驗室裡，對她做一次例行檢查，要她捐出一個卵子供作實驗，也許劉士良就利用這個機會達成他製造優秀嬰兒的目的。

「是的。」林美娟雙手搭在愛麗的肩膀，以安定她的情緒。林美娟說：「這是一個錯誤，這個嬰兒現在已經在火星出生了！」

「火星？我的天！」愛麗又是一怔。「怎麼會在火星？」

「劉士良把受孕的卵子裝到冷凍試管裡，偷偷地放進預定開往火星的太空船，那支試管就混在許多動物胚胎的試管裡。他自己向服務機招供的，我們向火星當局查證，確實發現了一支多出來的試管。看樣子妳還是快點到火星去看看妳的兒子吧！」

愛麗幾乎要哭出聲音來，淚水潸潸而下，她猛地伸出手在劉士良臉上狠狠摑了兩個耳光，而後轉身奔回出境室裡面去。開往月球的太空梭，準時起飛，愛麗望著點點發光的星群，一顆心沉入宇宙無垠無邊的荒謬迷離中，她怎能相信自己與劉士良會有一個兒子出生在另一顆星星上面？這是一個奇異恐怖的夢魘，不可思議的夢魘……

〈星城夢魘〉完

850就是愛

陽光無聲無息照進宋家二十樓的窗口，點燃了一天的生活火花。

從療養院搬到兒子家的宋爺爺，才剛睡醒，坐著輪椅在房間和客廳、餐廳打轉。一大早打開電視，整片牆上綠色大原野和藍天白雲圖景，立刻變成了電視新聞畫面，太空船和火星的場景出現了，女主播在報告：

火星最近一批除役的高智能機器人，前天抵達地球，將分派到各大機器人公司協助發展人工智慧，其中少數傑出的科技人才，是屬於機器與肉體合成的人機合體人，因為肉身衰老，基於人道考量被送回地球定居……

「機器人長得人模人樣，到處跑，」宋爺爺嘀咕著：「還到處搶人類飯碗。」

宋媽媽在廚房準備早餐，飛出一串喊叫：

「小英動作快點喔，我們準備搭飛機，趕時間喔。」

正在浴室蹲馬桶的小英，還一面刷牙漱口，突然覺得小腿癢癢的，低頭一看，一隻黑色大蟑螂爬上她的小腿。

「哎呀我的媽！救命呀！」尖叫聲以鋸齒狀的音波傳遍屋子。

小英急急起身用力跺腳，急速的旋轉動作，卻讓她拉了一半的屎條從半空斷落，掉在馬桶旁的地板，蟑螂快手快腳穿過一坨濕軟黃澄的屎，一下子閃到看不見的角落去了。

「蟑螂，蟑螂……我怕！我怕！」

宋爺爺坐在輪椅上看著客廳大牆上顯示的電視新聞，正在播報今天的天氣可能超熱破紀錄，然而家裡的冷氣機偏偏不聽指揮，電器連線系統出問題。

宋爺爺滿身大汗，正在更換衣服，聽見孫女的尖叫聲，忘了自己行動不便，轉動著輪椅從房間衝出來，跟家裡天使九號機器人撞上了。

碰的一聲，天使九號倒地不起，抽搐著手腳，就像一個人突然羊癲瘋發作一樣，嘴巴冒出一陣奇怪的嗶嗶聲，往常跌倒了都會自動爬起，這回不知怎麼地就是動也不動了。

宋爺爺受了驚嚇，老花眼鏡掉了，他急急彎下身子去撿拾……

「美蘭，美蘭！」宋爺爺沙啞著聲音叫著，「美蘭」是天使九號在宋家的暱稱，宋爺爺喉嚨卡了一口痰，一邊拚命咳嗽清喉嚨，一邊抬起一腳，一個踉蹌，輪椅的輪子不小心輾過美蘭耳朵，宋爺爺又轉了一圈回來探視，頭昏眼花的爺爺站起身又一個傾斜，竟然撲倒在她的胴體上，與美蘭抱在一起。

宋爺爺感覺到她矽質肌膚的溫度柔軟，就像接觸到真正女性胴體，有著某種無法形容的魅力，不由得臉紅心跳，這種好感是莫名其妙的。

機器人管家是個美麗女郎模樣，瓜子臉，皮膚白皙，頭髮隨著季節的需要隨時更換型式或顏色，身材玲瓏曼妙，嬌嫩的聲音，與真正的人類嗓音比起來，帶著機械式腔調，整個模樣兒與真人比起來，總有一、兩步之遙的差距，不是很自然。

宋爺爺常忘了自己的年紀，忘了美蘭只是個機器人，儘管她表情木訥，但他常常對這位美麗管家侃侃而談陳年往事，兒媳和孫女不在的時候，他有了可供聊天的親人陪伴他。

忽然覺得自己青春起來，每天有天使般的看護陪伴，如果可以的話，啓動程式開關，美蘭還會唱起動聽的歌，只要你喜歡，隨時點，馬上唱，明知是電腦系統傳出來的美音，卻讓他陶醉不已。

這回宋爺爺就利用美蘭倒地的機會趴在她身上，抱得緊緊的，好像找到了新伴侶，找到失去的愛。

美蘭無動於衷，只有不自然的反應、制式的笑容，畢竟美蘭只是機器人，只是天使九號。

「美蘭——啊，妳怎麼啦？」宋爺爺關心地嚷著。

「妳別撒嬌、耍賴啊！」宋爺爺的叫聲，還帶著幾分痴。

宋爺爺情不自禁親著美蘭的臉頰，好像對著知心伴侶一樣，他臉上的皺紋糾結幾十條，顯得無可奈何。天使九號照顧他，過去與他一起生活，讓他感覺沒有她就有生活上的不便和心靈空虛。

宋爺爺摸索一下機器人脖子的重設開關，按了按，竟然毫無反應，美蘭竟然像生了重病一般不動了。

宋媽媽跑過來，幫忙扶起爺爺和機器人，被嚇到的小英已經穿好褲子，處理好落地的糞便，只是嘴角的牙膏白沫還掛著，來不及擦乾淨。

宋爸爸的手指頭點入電腦通訊系統螢幕上的一格小方塊，上面顯示著：

850（保護您）機器人公司維修部　緊急通報系統

「我家的天使九號機器人出事了！」宋爸爸著急嚷著：「快派人來修理吧！我們馬上要搭飛機出國呢！」

牆壁大螢幕上一只虛擬的時鐘，一隻百靈鳥飛出來，報了時間：

「還有十分鐘的時間準備出門，得先拖行李下電梯喔！」

宋爸爸緊張倜促起來，狼吞虎嚥著煎蛋、烤麵包，並且猛灌牛奶。

「放心啦，一切都會沒事的！」宋爸爸說完，搶先提著行李衝出大門，嘴裡還叨唸著「好幫手兼好看護，機器人安您心」的廣告詞。

這是郭台明領導的機器人研發團隊帶來的成果，當機器人進入家庭和社會，代替眞人擔負起專業技術人員，並且照顧老人小孩和病人，逐漸變成地球的另一族。

宋媽媽和小英急得團團轉，出門的時間快到了，照顧爺爺的機器人卻像一個喝醉酒的人躺平地上。

□

保護您機器人公司的牆壁大螢幕地圖上，出現了一個亮紅圓點，在市區街道地圖某一位置上閃爍，嗶嗶聲也響不停。

「故障通報，故障通報！環河南路五區三三五九號天使九號出事了。」

一陣柔和的聲音廣播出來，值班監理員因爲整個晚上不睡覺，監看著機器人作業系統，到了大清早眼皮沉重，視線有點迷糊，眼前的燈號出現的地方是在公園旁邊的一處住宅。

「先做網路遙測檢查……」系統主機發出指令的聲音和閃爍的文字同時出現。

啓動保全連線監看系統之後，宋家屋內情況一覽無遺。

還好，宋家最需要照顧的老人好端端坐在輪椅上，正端詳倒地不起的天使九號，她的粉紅色洋裝上還有大灘水漬。

「又是落伍的家用機器人出了事。」監理員抱怨著。「天使九號早該更新啦！」

「但是宋太太一直不肯。」

「這是大老婆的老毛病啊！」

「如果更新了程式，新的天使十號百分之九十七．五像人，說不定宋先生會把她當小三。」

「嘿，社會上發生不少糾紛案例了。」

監理員利用保全監視系統，看到宋爺爺慌張地看著天使九號機器人，禁不住心裡好笑，擔心宋家爺爺有心血管毛病，走路又不穩，就藉著直通宋家的視訊電話跟宋家通話。

「我們的維修員，十五分鐘內趕到。」監理員說。

「知道了！」宋媽媽穿戴整齊，馬上要出發跟著先生帶女兒去旅行，一臉的焦躁，臨走前，湊到爺爺身邊安慰他幾句：

「很快就會有人來維修的，修好了，美蘭就會服侍你，跟你講故事、講笑話。你會感到很窩心的。」

「是不是上次來的那個維修員？」宋爺爺說不出心裡的想法，那個維修員看起來神情木訥，一點不像對待客戶的模樣，講話口齒不清，笨手笨腳的，也不知道他哪裡不對。

「是一個帥哥呢！等會兒就過去……」監理員在遠端接上話，關掉了通話器，檢視著工廠裡的存貨，又對著長官說：

「機會來了，這回我們派出新機種魯班七號，考評一下。」

「你是說，那個火星來的人機合體人，被改造成了魯班七號？」

「不錯，你看吧！火星上面的生活錄影……」

火星綠化的艱苦工作進行中，帥哥機器人配合科學家努力尋找水源，播種了最容易生長的青草、羊齒草之後用以滋生氧氣，開始有了農園果園，用以食用，廢物利用是絕對必需的，人的大便和廚餘是最珍貴的回收物，經過脫水乾燥之後，含有豐富的蛋白質，成了有機肥，把它加入水，並以火星土壤調合地球土壤，讓有益植物的活菌繁殖起來，成爲營養豐富的肥料，在馬鈴薯、豌豆和果園裡施肥，促成植物生長。這帥哥機器人的身影處處可見，甚至努力撿回人類的大便，當火星的大沙塵風暴來襲，一輛火星車被掩埋在沙裡，帥哥出動救援，拯救了關在裡面快要死亡的諾貝爾獎頂尖科學家。

「這個機器人的智能和身手都不錯啊！」

「不錯，是他沒錯。」

「他的肉身已六十歲，從火星回來之後，在這兒還沒出勤過，這回我們給他高級一點的工作吧。」

□

「007維修員來了！」音樂鈴聲之後，來人經過宋家的對講機通報。

宋爺爺看著進來的維修員，個子高而帥，穿著藍色工作服，胸前有一個長方形的螢幕顯示版，那是隨時準備配合聽力差的老年人以文字呈現，他手提著007型黑色箱子，打開來，裡面的儀器閃爍著點點光亮。看樣子跟上次來的那個笨笨呆呆的傢伙不一樣，他安心了。

「你眞的是007嗎？」宋爺爺瞇起眼盯著他：「哦，你就是那個上天入地下海，打擊魔鬼的英雄……」

「我還變形金剛呢！」魯班七號嚴峻的臉上擠出了笑容：「宋先生，你看電影看多啦！」

如果站在魯班七號面前的是女性，一定會被他的俊帥斯文迷倒了，他壯實的胸前儀表板上亮起了一個表示親善的娃娃笑臉和一行字：

８５０９４２：保護您　就是愛

他接著說：「我是保護您公司派來的維修員。」

「知道啦，你趕快工作吧！」宋爺爺放心了，心裡嘀咕著：「總算有人來維修，讓美蘭起死回生。」

魯班七號抱起了天使美蘭，把她放在沙發上，玉體橫陳的樣子，像一株嬌柔美艷的花，散發青春氣息，他脫下她整潔的粉紅洋裝，骨骼和軀體顯得僵硬，矽質的肌肉卻柔軟，臉上的嬌柔秀麗依舊，揚起的眉毛之下是呆定無神的眼，飄逸的秀髮略顯凌亂，整個人看起來柔弱而楚楚可憐，就像一條離水的魚。魯班七號脫下她的胸罩和衣裳，只剩下三角褲的身體，對於宋爺爺應該是非禮勿視了。

宋爺爺轉動著輪椅到客廳的另一角落去，一時之間陷入了非非之想：沒有想到美蘭這麼美！不知跟他會不會出什麼事？

「美蘭陪我二十天了！我感到她的溫柔是機械式的……」宋爺爺喃喃地說，想到形同癱瘓的美蘭，回憶的波流穿過腦海澎湃，心中的感觸像海浪一波波。該把她當作人呢，還是當作機器？

宋爺爺連拍了兩下手掌，對著屋內的聲控系統重複發口令：

「給我影片，給我影片；宋映仁二十八年前遊成都的影片，宋映仁二十八年前遊成都的影片……」

智慧屋透過雲端連線，牆上另一塊大螢幕很快顯示了一段影片，那是他年輕時候和太太牽手遊成都、老北川縣城和新北川縣城、峨眉山的風光影片剪接。那是他和太太最後一次出遊，一年後太太就遭遇交通意外而去世，讓他傷痛欲絕，過了些年，兒子長大娶了媳婦，家境好轉，使用天使九號擔任家庭照護。

宋爺爺偶爾命令智慧屋內的電腦將畫面停格，細瞇著眼，盯住影片上他和老婆的合照，看了又看。

「宋先生，你想念老婆嗎？」

「嗯，是啊……」其實宋爺爺比較想看的是年輕時自己的英俊樣子；他希望美蘭修復醒來之後，看到的不是一個蒼老的人。他忽然在意起自己的形象了，希望看到年輕時候的樣子可以添加外表的自信。

「宋先生可以考慮更新爲天使十號，她會變成活跳跳的人。」

「那要加很多費用吧？」宋爺爺眼睛發亮。

「可以先試用一個月啊！天使十號絕對更像人，不會常常出毛病。」００7指著他皮箱內的東西：「更換硬體零件，我帶來了，更新軟體隨後馬上做。」

「變成溫柔體貼的女人……」宋爺爺露出尷尬詭異的笑。

「哈，那還用說。」

「好吧！就這麼辦囉。」

宋爺爺瞇著老眼，看清楚她渾圓凸起的雙峰和粉嫩翹臀，完全展示在自己面前，如果他是年輕男人，此刻一定壓抑不住勃發的衝動。

然而，眼前這位高帥的工程人員，面對半裸的美女卻無動於衷，就像對著貨品檢查一樣，魯班七號繼續從美蘭的肚臍打開一個小圓洞，使用探測管伸入腹部裡面，這支探測管就與機器人總公司的雲端伺服器相通，可以分析診斷天使九號體內的系統錯誤，修復之後再進行內部硬體更換和軟體更新。

目睹天使美蘭白淨的身體，引發宋爺爺回到年輕歲月時面對異性吸引力燃起的喜悅想望，他看到的是一朵嬌艷盛開的玫瑰，００７正在翻轉她的腰，將上半身豎起在沙發上坐著。

宋爺爺瞪著她，不知是焦慮還是怎麼的，他只顧撚著鬍子，撚著鬍子……

「天氣太熱了！可能出了問題。」魯班七號說：「八小時之內，室溫保持不超過攝氏三十七度，相比人體正常溫度的極限，現在的溫度已在臨界點。」

魯班七號拉開自己膝蓋上方的一條特殊拉鍊，現出腿部長方形的螢幕控制面板，那是與雲端系統連線之後所顯示的虛擬檢測儀器，利用雲端連線檢視天使美蘭的內部。魯班七號作爲一個機器人維修專業人員表現從容，即使天氣酷熱，他額頭也不冒汗，舉手投足冷靜異常。

「也許你家物聯網系統失調而引起機器人故障。」魯班七號做了初步診斷。

宋爺爺感覺熱得受不了，冷氣無法連線啓動，家裡其他的電器也都指揮失靈。

「你為什麼不流汗呢？」宋爺爺好像發現了什麼，好奇地問，他自己則渾身火熱直冒汗。

魯班七號不回答，只是尷尬微笑著，他全神貫注在大腿上的虛擬儀器快速跑動的數據，在他小心翼翼啓動一個指令之後，沙發上的美蘭睫毛和眼皮動了動，眼珠子也轉動幾下，逐漸回了神。

美蘭仍面無表情，發白的嘴唇微啓，冒出奇怪的嗞嗞聲，手腳不自主抖動，像個癲癇發作的病人。魯班七號調整了虛擬檢測儀上的圖形和快速閃動的柱狀體，美蘭的四肢微微動了，兩眼眶內如被點亮的星光在閃爍，臉上也綻放了笑容。

「修復兼更新完成！」

「美蘭醒來了！」宋爺爺高興得像小孩子一般用力鼓掌。

美蘭睜開了亮麗的眼眸，一個活潑開朗的女郎出現眼前，她突然環抱著宋爺爺，在他的臉頰上親了親，讓他心慌意亂。

「上天賜福，８５０９４２……」美蘭開口了，話語嬌柔，眼眸也在放電。

宋家的物聯網系統，包括電動窗簾、電冰箱、電燈、電扇、電鍋、電視和空調系統可以連線接受指揮了，冷氣也來了，宋爺爺感到舒適和快意。

魯班七號整理收拾好自己的穿著儀容，牆上的大螢幕正在播放「歷史回顧」節目，這是一幕可怕的大火慘劇，逼眞的場景一部分是當年的監視器錄影所攫取，一部分是民眾自己拍製提供的。

「這是二〇一九年發生在洪荒世界KTV的慘劇，事隔二十年，令人不勝唏噓，今天回顧此事，是要紀念人道主義與廢死聯盟的努力，達成無死刑的願望……」

「有一個衝動的年輕人林起洋，爲了不堪被機器人工廠的同事恥笑曾經是個色鬼，藉著幾分酒意，抱著一桶使用紙盒包裝好的瓦斯，衝進KTV洪荒世界，此時，各個包廂裡傳出客人嬉鬧聲、唱歌聲、划拳聲，此起彼落，熱鬧非凡，林起洋拿起打火機引爆，一瞬間，洪荒世界成了大火球，每間包廂都被火舌吞沒，果眞成了洪荒世界；原本包廂裡的嬉鬧聲，轉眼間變成了呼天搶地的哀嚎聲。」

「這個災難事件死了五十九人……」

魯班七號看到了電視報導，竟然有如受了電擊一般，兩眼直盯著螢幕發抖不已。

「大個子，你怎麼啦？剛才熱昏了嗎？」

宋爺爺奇怪地望著魯班七號，再仔細看著電視上的新聞回顧報導：

「令人嘆息悲哀的是，林起洋要報復的對象，並沒有在洪荒世界裡面，劉郎、白鴨和黑狗三個人，當天臨時有事遲到了，逃過了一劫。」

「林起洋被判死刑，但在執行前被人道主義和廢死聯盟所拯救，最後天龍國的國會立法，通過替代死刑執行法——今後凡是被執行死刑的人，一律施予腦部改造手術，成爲人機合體人，終身服役到死，林起洋也被送往火星去當開發工人。」

「林起洋是天龍國第一個接受替代死刑人的人。」

「這時代，火星的開發建設如火如荼進行，天龍國太空開發中心，希望年輕人貢獻力量參與。」

新聞報導中不斷插播不同影片畫面，是火星基地的穹頂透明罩底下的科學站、麥田、蔬菜園、果園、花草和各式建築，人與機器人在地面與地下工作著，爲了加速火星的地球化而努力。

宋爺爺和美蘭都被電視報導吸引住了，偶爾彼此相視而笑。

「死刑的廢除在天龍國是一件歷史大事，從二〇三九年八月一日起，所有被判死刑的人，執行時一律改爲替代死刑——有如當兵的替代役，這樣等同廢除死刑。以他們原先個人專業技能和人格指數，作爲分配服役工作性質的選項。不過有人開玩笑說，希望有更多的人被判死刑，天龍國的火星基地才能趕快達到至善至美。」

宋爺爺看得津津有味，不知不覺新聞報導結束，他也才回神過來。

「喂，007！你中邪了嗎？」宋爺爺搖撼著歪頭閉眼的維修員，007動也不動斜坐在地板上，背靠著沙發椅腳，好像突然中風，起不來了。

007不回答，微微轉動了眼球，眼神茫然，嘴裡發出嗞嗞嗞的聲音，流著口水。他胸前的顯示板突然出現一行發光的文字，並且藉著007的嘴巴，以呆板的語音發聲：

「對不起！我是最新型的魯班七號機器人──簡稱007，故障原因不明，魯班八號機器人馬上會趕來，帶我回去850機器人公司。」

美蘭跟著用力搖撼著他，甚至趨前去用兩指撐開007的眼皮，親切地摟著他的腰，對他驚叫：

「帥哥007，你怎麼啦，醒來，看看我……」

007像一根死木頭，一句話也不吭不哼。

「嘿，怪不得你不流汗，只流口水，」宋爺爺揶揄著：「對美女沒反應啊！」

□

850機器人公司的第五號螢幕上，顯露出了一排文字：

原身是替代死刑的服役者林起洋，被改造成高智能機器人在火星服役完成後，來到本公司被改造成魯班七號，今天同時進行兩項心理測試──已通過美女接觸測試，但另一項測試顯示過去罪行的記憶仍有殘留。

□

半個月之後，宋家三口人出國回來，一進門，家裡靜悄悄的，房間的門關著。

客廳迴旋著優雅的音樂，牆上投射宋爺爺和美蘭的巨大結婚照，宋爺爺西裝筆挺，美蘭身披新娘服白紗，兩人手牽手，眼對眼，快樂幸福地笑著，新郎新娘一老一小，彼此眼裡閃著愛的火花。

〈850就是愛〉完

天堂晶片

望著芳芳和嬌嬌兩個女同學每天幸福快樂的樣子，我常常偷偷地掉淚……

芳芳長相甜蜜，眼神永遠那樣可愛亮麗，帶點神祕迷離，幼稚的臉頰常掛著甜甜的笑意，在老師和同學面前，她和坐在隔壁的嬌嬌兩人，有似姊妹般可愛，是一對迷人的珠玉，兩人一直很親暱，同學總是覺她倆高不可攀，沒人想靠近她倆，更何況是我，聽說她們是住在常人所無法想像的豪宅裡，好像她們是一對天堂姊妹；雖然她倆彼此屬於不同的家，環境優越是一樣的。

「我的腦袋跟你們不一樣！」芳芳常這樣對我們說，一手按著自己的頭頂，好像裡面藏著什麼天大的祕密，教誰也看不透。

我不知道她講這句話什麼用意，連老師都搞不清楚，爲什麼芳芳常說這話。

這班上，只有芳芳跟嬌嬌感情最好，本來幾乎沒有同學靠近嬌嬌，後來芳芳轉學來了，常常說笑「我換了腦袋」，她很快地做了嬌嬌的好朋友，兩人在學校裡變成一對天之嬌女。

自從爸爸媽媽在地震中意外去世，我跟著阿公阿嬤住在河邊的鐵皮屋裡，我不敢讓同學知道，這房子雨天常漏水，蒼蠅滿室飛，連廁所都沒有，怎能讓同學知道我住哪裡呢？我好自卑。

每天我要等阿嬤從打工的餐廳打包客人的剩菜剩飯，帶回家一起分享，才能塡飽肚子，阿嬤很辛苦，怪老天不公平吧！她常說：「如果我是你，只要有東西吃，每天能揹著書包上學去，老天不颳颱風下大雨，不淹水，就是恩待我了。」

一次校外出遊的日子，同學們手牽著手，唱歌、遊玩不亦樂乎，又到公園玩耍，盪鞦韆、爬梯子、溜滑梯、坐搖搖椅，芳芳從高高的方格架上不小心摔下來，當時我奮勇飛撲過去接她，我被撞倒在地，芳芳也腦震盪被送到醫院去。

老師帶同學來醫院探望芳芳，我阿嬤剛好有空，也跟著我來。

芳芳平時可愛的笑容不見了，有如一朵枯萎的花，衰敗癱瘓在床上，雙目無神，倒是芳芳阿嬤苦苦地守在旁邊，眼裡含著淚，啞巴一般一句話也不說。

芳芳的好朋友嬌嬌帶著媽媽來探望她，嬌嬌的媽媽說：

「我們對芳芳，好奇又關心呢！」

嬌嬌的媽媽說起：常聽到女兒談起的好朋友——芳芳家裡多麼豪華富有，芳芳的爸爸買過一顆千萬元的鑽戒送給媽媽作禮物，嬌嬌的爸爸就因爲聽到這個故事，買了一顆千萬元的鑽戒給嬌嬌的媽媽。

一千萬元的鑽戒，我聽起來好嚇人！

阿嬤說過，我們家一個月大概五、六千元就能活呢，要賺五、六千元可難呢！

這時我聽到芳芳喃喃說著話，有如進入夢境裡漫遊的人，臉上的倦意擠出了笑容，眼睛張開，卻顯得空洞迷離：

「我們家……院子好大哦！我們家在美麗的山腰上……很像卡通影片裡的小甜甜的安東尼之家……要到我們家去……有一百公尺的道路哦……路的兩旁種著高高大大的蒲葵……美

麗的蒲葵很値錢喔……在電子公司的爸爸說……一株蒲葵就要三萬元……門口有一對白色的石獅子，有噴水池、大花園……進到了家裡，就像入了皇宮……傭人會來開門……向你打招呼行禮……」

「咦！芳芳講的不是我們家的情況嗎？怎會跟我們這樣像呢？」嬌嬌的媽媽說，咬著嘴唇，默默望著床上的芳芳，再抬眼望著嬌嬌。

「芳芳又在說夢話了。」芳芳的阿嬤邊擦著眼淚邊說：「我只是清潔工呀，一個月收入頂多一萬元，要養三個孫女，地震以後，我們住在河邊的鐵皮屋裡……」

「嗯！芳芳一直以爲……吃的、穿的、用的，家裡的一切都跟嬌嬌一樣哦。」芳芳的阿嬤哭著說：「芳芳的爸爸曾是個電腦專家啦，他癌症去世前在芳芳腦袋裡裝了一個晶片，讓她將來不管過什麼樣的日子，都覺得好得不得了，好得像天堂一樣……」

我逐漸搞清楚怎麼回事，「好得像天堂」那些話，刺進我幼小的心靈，讓我很激動。我幾乎哭出來了，室內的空氣頓時凍結了。

我的阿嬤好像認出了芳芳的阿嬤，近前去拍拍芳芳阿嬤的肩膀：

「是添仔嫂，聽說里長幫忙妳，打掃公園有六千元領，眞好哩……」

（本文於二〇〇四年十月二十一日發表於《中國時報》人間副刊）

〈天堂晶片〉完

火星玫瑰

「玫瑰——玫瑰——我愛你！」火星殖民地墾拓區的圓頂大氣罩裡，擴音器傳來古典的中文流行歌曲，沉悶的異星荒地有了歡樂氣氛。

暮色璀燦絢麗，紅色的天空與大地充滿夢幻色澤，圓頂大氣罩之外的火星沙原，颳起可怕的強風，漫天遍地的迷濛詭異，對應著保護罩內安享寧靜，清一色男性健壯的體態配合著耕作機器人工作，寂寞無奈就隨之埋葬在墾拓區的荒地裡，爲了建設第二顆地球而努力，主要的工作是以遺傳工程培育耐寒的植物，並擴大繁衍，成爲火星農業的基礎。

阿興放下工作，暫時歇口氣，伸舉雙手挺一挺腰桿，陶醉在愉悅的歌聲裡，一時興起，拉著身旁的女性外表的機器人跳起舞來，情不自禁在她肥幫親了一下。嘿，好香甜柔軟的肌膚。阿興曾是十年前台灣和大陸的通緝犯，超大尾鱸鰻，經過腦部改造後，在此服刑勞改，此時機器人身上散發出的女性費洛蒙，產生吸引男性的魅力，加上阿興太久沒有跟女性接觸，此刻也就不把機器人當機器，甚且對她的嫵媚和撩人姿色目迷神搖。

「玫瑰，嫁給我吧！」阿興摟著機器人的腰，跪下來，高喊著：「妳是我的可愛玫瑰。」觸景生情，這個曾惡貫滿盈的狠角色，身上每一吋肌膚刺滿龍的圖案，過去的凶惡只有魔鬼堪與比擬，如今竟然在火星的勞改營裡向機器人求婚。玫瑰確實有著如假似眞的美色，難怪會吸引眞正的男人。

「你有資格嗎？你的成績夠好嗎？」被阿興稱爲「玫瑰」的可愛機器人嬌聲嗲氣回答，慢慢牽起阿興的手，扶他起來。

阿興激動得久久不能自己，腦際裡湧出連串的辛酸回憶……

那是地球的先遣移民火星計畫，派出的華人探險隊，由最聰明的機器人擔任大總管，其中一支全部是由死刑罪犯所組成，個個結實碩壯，就算少數瘦弱斯文者，他們也都犯下極惡不赦的殺人死罪，必須永遠與人類世界隔絕。

他們的一線生機就繫在腦部改造的科技實驗上。將邪惡本質改變爲良善，加上人類移民外星球的需要，將死囚腦矯治後再予人道發配，送到遙遠的荒涼星球去開墾，讓他們像機器人一般地活著，進行勞動改造，如果死囚眞能洗心革面，悔改向善，表現成績良好，他們餘生將有機器人配偶與之共同生活，在遙遠的異星世界得到人生的另類慰藉，免除寂寞之苦。他們成了被遺忘的一群，被放逐的地球外星人，他們以血肉之軀的人類，混入機器人的生活裡。

終於，阿興因爲表現良好獲得火星當局許可，如願娶得了玫瑰。

兩年後，阿興與玫瑰有了機器人嬰兒，那是由機器人工廠以來自台灣最新的電子科技模擬研發的新成品，嬰兒會隨著時間成長，增加智力，將來甚至結婚生子，繁衍機器子孫。

阿興已經加入了機器族類，成爲機器人的祖先，衷心感謝愛侶玫瑰。

（本文收錄於龍騰版高中國文教材）

〈火星玫瑰〉完

千年變

許多年前，當我還是一個一百二十歲的青年時，我已經是一個星際間有名的通靈者兼超心理學者，經常駕著「思想操控飛行系統」的圓盤形飛行器來往於地球、月球、火星，穿梭在星際間各大城市，或窮鄉僻壤，在鬼神世界的莫測高深領域裡，尋找稀奇古怪的存在，為那些宣稱被傳說中的所謂邪靈附身者解除綑綁，也為那些尋找愛情或財富的人，指引方向，當然囉，我也會有自己的迷惘和困惑，否則我是不會把這件傳奇記錄下來的。

在新宇宙時代，充滿青春活力的我，玩心一如逝去的童年，當我坐在駕駛座上，頭上綁著腦波偵測帶，我又可以像出生在地球的小小孩一樣玩著電動玩具一般，從事飛行，我不必動任何一根手指頭，只要靜靜地躺靠在座椅上，目視前方的景觀，飛行器就隨著目光的焦點，隨心所欲飛往要去的地方，真像我娃娃時代打電動玩具遊戲，這種所謂思想控制飛行系統，是在我出生前的一些年，根據二十世紀末的科學理論所發展出來的飛行器，當初是為了使駕駛人在高G力下不致失常，只利用目視和思想控制來駕駛，在我休息睡覺的時候，就交給AI電腦去執行。

我的隨身機器人阿蓮，是我的好嚮導、好顧問，也是善解人意的好情人，永遠那樣年輕美麗，她只需要不定時地更換身體零件，便可以保持永生不死。如果看膩了她的臉蛋和髮型，只要叫她另外更換一副新鮮的便可，她維持我喜歡的樣子，最近二十年沒有再更換過，她那一流的玲瓏浮凸的身材，就不必多說了，兩個人做愛的時候，撫摸起來的觸感和質感，光滑新鮮而可口。她也沒有生理期的不便，所以也沒有衛生的問題，而做愛時她身體動作的靈活度可是比貨眞價實的人類女人騷多了，就是在無重力的太空船裡，也能恰到好處，讓我隨心所欲，飄飄欲仙。

也就因爲這樣，男人寧可娶那做得唯妙唯肖的機器美人爲妻，女人嘛，總是比較死心眼，總是認爲與眞正的男人在一起，結婚養育兒女，傳宗接代，完成天賦的母親任務，才算完成做人的本分，才不會愧對上帝賜給她的子宮和卵子，才不會褻瀆上帝所造的女人胴體。那些循規蹈矩與肉體人類對象結婚的人，總是把那些與機器人爲伴侶的男人或女人，視爲墮落；能夠自命清高的女人，多半是本身條件夠好，性情也隨和，那些其貌不揚，或是個性乖謬的女人，難以和眞正的男人相處，選擇機器帥哥做伴侶，也就理所當然了。

這時，有一首《愛情像太陽》的歌在火星的唐人城流行著，還是仿照一百多年前地球上的歌手張惠妹的歌聲合成創造的，張惠妹虛擬的雷射影像投射在天空中，配合熱情昂揚而柔情的聲調，散播出來：

愛情像太陽，公平照射你我他，
醜小鴨與胖肥豬一樣找到他，
朝思暮想得意郎君終入懷，
良人天天伺候，體貼入微，
猜猜她倆的他是誰？

機器良人好伴侶，
千年萬年忠心跟定你……

有時我必須沉浸在深度冥想裡，讓自己保持敏銳的通靈能力，讓自己對人生和宇宙的奧祕有所領悟。我的好情人阿蓮以為我悶悶不樂，輕輕唱起張惠妹的歌，甜美的笑靨對著我，見我久久沒有動靜，打斷我的呆坐冥想，撒嬌地提醒我：「你已經好久沒有跟我說話了，別忘了，說話對身心機能有幫助！」她還不忘在我的腮幫上親了親，攀著我的肩膀，妖嬈嫵媚的笑容有著磁鐵一般的吸引力，摟著我，嘴唇壓上我的嘴唇，我聞到從她口腔裡散發出來有如清晨花開的新鮮香氣，那種卿卿我我的情境，在我與她結緣一百年的時光中，痴心陶醉和濃情密意好像已經逐漸淡化，這也是生為肉體人類的精神危機，人類不斷地在追尋快樂，當快樂已經可以隨心所欲藉著科技達到時，肉體人類還要再創造什麼新憧憬來填滿深如黑洞的慾望？人們一直以為與機器美人結合，不是時髦，而是實用，我也不例外。

那天，我在火星的唐人城處理一個殉情女人亡魂糾纏男人的案件，使得自己也毛骨悚然起來。那名被亡魂嚇壞的男人李得勝，是一個生化科技博士，他的「父親」靠著基因工程科技，創造出一個有著兩副陽具的男人——就是李得勝，理由是，有太多太多的女人找不到眞正的男人為伴侶，為了解除那些寂寞芳心，李得勝父親的研究發明自認為是一種造福女人的功德。李得勝這個新人類被稱為「齊人一號」，但他為了避開兩女的爭風吃醋，分別找了一個肉體美人和一個機器美人為伴，照理兩女之間不會有戰事發生，卻出了意外。

李得勝父親的生物科技發明是夠大膽前進的，不料，李得勝的女人把情敵銷毀之後，跳樓自殺了，女人的醋勁可以延續到死後陰魂不散，時常在夢裡或白天出現糾纏他，李得勝從地球逃到火星來，還是無法找到安寧。

每天，李得勝一雙呆滯沉暗無神的眼，死魚眼一般凝視著天空中地球的方向，喃喃自語，而地球看起來只不過是豆粒大小的星星。

「我跟雅雅結婚一百年了，她不甘心，以為我愛機器人比愛她還多，以為我變心……」李得勝的兩眼紅得像熟透的番茄，已經有好多年睡不安穩。

「你說，你死去的愛人常常會來找你？」我問。

「不錯，就活生生地出現在眼前，她在我前面走動的時候，絕對不像是透明的幽靈，待我要伸手擁抱她時，就是撲了空。確實是活見鬼，再這樣下去，我會瘋掉！」

我坐在他前面，牽起他兩手，以催眠之眼凝視著他，兩人的手心和手心接觸，心靈之間搭上橋，彷彿通了電流，恍惚中我感知他內心長期受到的折磨和痛苦。當他高喊著「雅雅又出現了」，我身邊的機器人阿蓮卻一直搖頭：「根本看不到什麼，什麼影子也沒有呀。」

以我具備強烈超感應能力，這次真是在「捕風捉影」，毫無所獲，通靈的神祕本來只可意會難以言傳，通靈是向人類的集體潛意識尋找過去或未來的檔案解答問題，如今我可以肯定的是，這個有著雙陽具的男人宣稱有鬼魂糾纏他，是有點言過其實，也許只是他的幻覺。

阿蓮幫忙我把科學儀器拿出來，對這個長期見鬼的人進行測試。依李得勝的感覺，好像有一個非透明的實體幽靈出現，還擋住了背後的景物，卻只有他一個人看得到，我測量他眼底視網膜感光部位的電反應，發現他的視網膜有正常的光反應，也就是在光源與視網膜間並沒有能遮住光線的「幽靈」實體，很明顯地，他所見到的鬼影，是由他的內在產生的，也就是從他的視網膜到視覺皮質間的視覺神經傳導路徑上產生的，並沒有眞正的可以測出的幽靈物體存在於身體之外的空間。有許多聲稱具有陰陽眼的人，他們所看到的鬼影，實際是從腦子裡的千百億神經元感應到的。

李得勝接受我的催眠之後，嚎啕大哭道出眞相，他的心理癥結才告解除。原來眞正施展暴力的是他的機器女人，眞正爲情自殺的是他的機器女伴，原因是李得勝進一步修改了機器女人的設計，讓機器女人更像女人，結果造成了悲劇。進一步思考，得到一個令人驚駭的結論：那個經常糾纏他的鬼魂，竟是個機器女人。

於是，機器人進步到具有精神實體，甚至產生靈異現象，成爲星際間的頭條新聞。

又過了許多年，我和我的機器伴侶也發生了問題，對於她不是眞正肉體人類，我心理有著無法排除掉的障礙，我開始懷念眞實的人類。

阿蓮早已讀出我內心的焦慮和不安。「我答應你，我會變得更像眞實的人，甚至變成你想像不到的……」她含情脈脈說，眼神充滿了哀怨；第二天便消失不見。我找到她，發現她跟一個機器人男伴同居，她怔望著我，期待我的獎賞或誇讚似地，我生氣地打她一巴掌，掉頭就走，發誓以後不再見到她。

過了幾百年，現在我是個近千歲的老年人了，傳說有一種新的宇宙宗教興起，是一個女機器人所創造，我在另一顆星球的唐人城上看到阿蓮，我從她出生時的註冊頻率，感應到確實是她，不管她改裝成什麼樣的面貌出現。我跟蹤她，走進一處幽暗奇怪的建築，氣氛詭異，原來是所有機器人聚會的教堂，我在裡面靜靜地觀看，她站在高高的檯子上，面對著排排跪著的機器人，接受肅穆莊嚴的祈禱：

「感謝我們的啓蒙者，教導我們愛，感謝帶領我們通往天國的路……」

（本文於二〇〇〇年七月十六日發表於《自由時報》副刊）

〈千年變〉完

月宮怪談

二〇九二年八月，人類登陸土星的泰坦衛星正在實況轉播。

我和大兒子建年、媳婦儀英，剛剛到月球都市觀光，我從腕間的錶形電視裡，聽見太空人楊家雲說：

「拓荒者號太空船，在環繞土星的泰坦衛星運行，預定在一小時二十分鐘後，在泰坦著陸。在地球上或月球上的人，用望遠鏡看，土星是太陽系中最美麗的星球，因爲土星有三條壯觀的環帶圍繞著，那泛白的土星表面，有著類似木星的巨大大氣漩渦及亂流，而現在我們已經非常清楚地看見了，土星環其實是由超過一萬條以上的細環匯集而成，環上有車輪輻條狀的構造及扭曲的現象，我們相信，泰坦衛星上的情形正與地球上三十幾億年前的原始景象相似，衛星上有豐富的甲烷氣體，甲烷可以利用太陽光能改變爲構成胺基酸的成分，而胺基酸是構成蛋白質的基本單位，將有可能組成生命……」

月球都市大部分是建造在地底下的，爲了保持溫度的調節和適度的防護環境，也爲了防止輻射線的侵襲，街道上設置有活動的運輸帶，它會自動地轉向前去，帶我們到想去的地方。月球的地面是用透明的圓頂罩子覆蓋住，使得整個都市都在保護狀態中。

「爸，今天的街道靜多了。」建年牽著我的手，東張西望說。人工造景的小橋流水附近，是一座青翠的假山，山上的巨大螢幕正映出了太空人在泰坦衛星活動的情景，有不少人聚集著觀看，我們也跟著走近前去，想要一睹有史以來人類登陸太陽系最遠星體的壯舉。

忽然一聲轟然巨響，我們驚呆了，大百貨公司前面，一個黑衣人揹著火箭帶正在奔跑著，後面跟著許多人，都以騰雲駕霧般的姿態在追逐著，在月球上跑起來就是這個怪樣，由於月球的地心引力比較弱，一躍而起，總是高高的，有如凌空而上，大群的人跟在後面追趕，就在即將抓到他的時候，黑衣人離地而起，背上的火箭帶冒出了火花，直衝人造的雲霄，也許是故障的火箭衝力過猛，黑衣人的腦袋重重地撞上頂端的建築板，很快地直墜而下，橫躺在街道邊的花圃上面，動也不動了。我的兒子和媳婦也跟著看熱鬧的人群衝向黑衣人墜地的所在。我正在遲疑間，迎面突然來了許多人，爲首的一個莫名其妙地掏出一把槍形的武器，不由分說，朝我身上胡亂射擊，我想我大概是死了……

感覺到自己的身子在飄飛旋轉，頭痛欲裂，恍惚間張開眼睛，發現自己躺在一個全然陌生的地方，我掙扎著爬起來，刺眼的光在黑黑的背景裡直照過來，難以正視。直到視覺恢復正常，回身四顧，我更加迷惑不解，這是月球墳場的入口處，巨大扇形的標示版上寫著：

所有月球上的死者，安息在此，
肉體來自地球，
靈魂在此回望故鄉，
接近永恆天國。

墳場裡不遠的那邊，有兩個人在墳前哭得好傷心，我一時無法將自己的混亂記憶打理清楚，我跌跌撞撞地走過去想探個究竟。

「爸爸呀！你不該死的，你死得好慘呀！」

聽到熟悉的聲音，我不禁快步上前細瞧那個哭泣的女人，天呀，那是我的媳婦儀英，還有建年也在這兒。我趨前去，向她招呼：

「儀英，是我呀，我是妳爸爸呀！妳在哭什麼嘛？」

我的兒子和媳婦同時一怔，好奇地打量著我，好像完全不認識我，突然，建年瞪大了眼睛，臉上青筋暴起，怒氣隨著他的拳頭飛過來，冷不防我的下頷挨了個正著，我朝後仰去，身子就像氣球一樣飄滾開去，雖然在月球的低引力環境，因爲是橫裡飛來的力，還是感到相當地痛，眼前金星亂冒，還隱隱約約地聽到他在咒罵：

「混帳東西！你害死我爸爸，還自稱是我爸爸？」

我還在地上翻滾，來不及弄清楚是怎麼回事，另外兩個拳頭繼續飛過來，使勁地朝我身上每一個地方擊打。我胡亂地破口大罵：「畜生，兒子揍老子……哪裡還有天理……建年，你瘋了？建年……」只覺得自己的聲音越來越微弱，離自己的意識越來越遠，又是陷入一陣迷離中，身子在飄，腳不著地似地，暈暈然不知身在何處。直到我恢復清醒時，發現自己就躺在一座橢圓形的墓碑下面，石板上就刻著逝世者的名字，我找到剛才發現建年和儀英的所在，墓碑前面還擺著鮮花，一眼看到墓碑上自己的照片和名字，我的心臟幾乎要從口裡跳出來了，全身在發抖，再仔細瞧瞧……

趙新理，一九九九年一月一日生於地球的台灣台中市，二〇五二年八月十七日死於月球嫦娥城的一次意外槍擊。他小時在台灣受小學教育，在中國大陸北京唸中學……

「這是怎麼回事？我死了？我不是活得好好的？怎麼會死的？」我發了瘋似地用拳頭捶打著墓碑，幾乎哭出來。

旁邊有一對母女經過，看來像是來觀光的，正朝著每一塊墓碑指指點點，看到我失魂落魄的樣子，做媽媽的憐憫地望著我說：「別傷心了，人死了就死了，再怎麼樣也叫不活死人的。」

「我沒死！誰說我死了？」

「你是誰？」做媽媽的好奇的端詳著我。

「我就是趙新理，大華電視台的記者，到底怎麼回事？誰為我立的墓碑？」

「趙新理？不像吧，趙新理長得滿好看的，我們常在螢光幕上看到他，你是他的崇拜者吧？要不然怎麼這樣迷著他？」

「嘿，丟丟臉！」小男孩朝我扮鬼臉，「瞧你那副樣子，怎麼會是他，噁心死了！」

他們加快腳步，飄逸自在地離開我的視線。我氣急敗壞地趕回街上，想著前前後後發生的每一件事。我到底是誰？我不是從前的趙新理嗎？我怎會死了？我穿的衣服、鞋子，戴的錶形電視，我都認得，它們都是我的東西，我怎麼會死了？怎麼沒有人認識我？再細看我的雙手，似乎有點不對勁，好像變粗變白了……我要證實自己是誰，我是怎麼會變成現在的自己，躺在墳墓裡的趙新理是誰。

我找到了月球都市的新世紀大飯店，電梯帶著我到了五百一十三號，我從身上摸出鑰匙來開門，赫然看見裡面住著我所不認識的一家人，大大小小的正在看彩色立體電視。

「你找誰？你太沒禮貌了！」裡面的男人吼起來。

「我，我是住這裡的……」

「你弄錯房間了，我們在這裡已經住好多個地球日了。」

我拿出鑰匙來給他看，卻被他一把搶過去，憤怒地一腳把我踢出去，我悻悻然到隔壁去敲門，以爲建年和儀英住這個房間，敲了許久沒有人來開門，這時有一個我所熟悉的服務生經過，他問我：

「你在這兒慌慌張張的幹什麼？」

「我找我的兒子跟媳婦，趙建年夫婦。」

「你有神經病嗎？他們剛剛搭太空船回地球了，趙新理被槍殺了，你到底是誰？」

「我正要問你，我到底是誰？難道你對我沒有一點印象？」

「我不認識你！」

無情的一句話，又似一個轟然震響的炸彈，我狼狽地奔向甬道盡頭的鏡子前面，看到鏡中人，不由得大吃一驚，我著了魔似地渾身顫抖，恐怖地大叫：

「我怎麼會變成另一個人……我到底是人是鬼？」

鏡中人的臉變成了藍眼、高鼻、薄嘴唇的白種人，這張臉根本不是我原來的臉，是我真的死了，靈魂附在另一個白人身上嗎？或是……我的腦際思緒飛轉如電，一下子想到一個比較合理的答案：一定是我中槍昏迷之後，被人做了外科整形手術變了樣子的，怪不得人家認不得我。

摸摸臉，再仔細想想，不對呀，外科整容手術也不可能把一張臉連同眼睛的顏色都改變了呀。我對於整容手術有一些了解，因爲我原來是個電視節目主人，對儀表格外注重，再怎麼改，也不可能變成現在這副怪模樣。轉轉身，發現自己的身體比以前矮了許多，我的手腕原來的疤痕不見了，手指變粗變短了，顯得又肥又白，再撩開衣服來看，胸腹部也是白嫩臃腫，右奶頭邊多了一片血色的紅斑。

「我是誰？」我對著鏡子尖叫起來：「總該有人告訴我，我是誰。趙新理的靈魂，活在別人的身體裡面，難道這是二十一世紀的附魔事件？」

我再回到五百一十三號房間門口，想去拿回自己的行李，和剛才一樣，我又被視爲精神病人，被推了出去。我想行李可能被建年和儀英帶走，他們把房間退了，回地球的太空船可能快起飛了，現在我唯一的希望是趕快找到他們，說明一切，證明我的存在——如果我的軀體死了，埋了，爛了，我的靈魂思想依舊在別人的軀體裡面活著，那麼我還是存在的。問題是：這副軀體到底是誰的？我怎會挑上這副軀體的？當初那個黑衣人拿槍射我又是怎麼回事？

走出新世紀大飯店，我才知道月球正在實施戒嚴，電視台正在廣播：

「報告最新消息，據世界安全警備總署指出，在月球基地工作的腦科醫學博士大衛．狄茲，在三個多小時以前被黑虎黨綁架，爲了清除恐怖分子，從現在開始實施全面警戒。警備總署呼籲月球居民，隨時注意可疑分子，如有發現，請趕快聯繫……」

服務生剛從大飯店衝出，指著我：

「抓住他，他就是黑虎黨！」

黑虎黨是二十一世紀威脅世界安全的組織，我怎會是黑虎黨人呢？莫非我的長相換了，變成了他們要抓的人。

許多人聚攏來，不由分說把我架走，三個穿著警察制服的人，坐在一輛碟形的電力車裡面，車子停住，兩個人衝出來看是怎麼回事。

「他是可疑分子！」許多人異口同聲指著我。

我被戴上手銬，押上警車，憤怒之火在我心間燃燒起來，我忍不住使勁掙扎，在車門口大聲嚷著：

「我是趙新理，我是來自地球台灣的電視節目主持人趙新理！」

許多人哈哈大笑。

「趙新理幾天前就躺進墳墓裡了，」一個警察說：「你有神經病不成？」

我把趙新理的證件從口袋裡掏出來，警察核對過照片後，指著我罵：

「瞧瞧你自己，你眞臭美！你到底哪一點像他？不論外貌、身高、體重、眼睛和頭髮顏色，你都跟照片不一樣，你自己憑良心說吧！你被捕了！」

我已百口莫辯，我被送到月球的警備總署偵訊，我的腦袋裡混混沌沌，驚慌得不知所措，警官一本正經對我說：

「你所回答的話，都會經過電腦詳細的分析，相信你不會說謊的，現在請你回答我，你爲什麼在月宮農場邊殺死一個叫趙新理的人……」

「太可笑了！哈哈哈……」我笑過一陣，忍不住絕望地抱著頭嚎啕大哭。耳邊又聽到警官繼續說：

「你是黑虎黨徒之一，你的名字叫羅勃・威爾森，你被控告企圖謀殺土星任務的原始策劃人高大達，結果你誤殺了叫趙新理的人，趙新理已經埋葬了……」

「但是我就是趙新理呀，我不知道這是怎麼回事，我爲什麼會變成另外一個人，你們聽我說，我不會騙你們的，我的手、腳、身體全不是原來的我，我可以說出趙新理一切的身世細節，你們一定要相信我，你們一定要相信……」我忍不住又哇哇大哭一陣。

「你是在說夢話吧，所有的犯人都有一套編故事的本領，現在你想編的是科幻鬼怪故事吧，你要我們相信死去的趙新理的靈魂就附在你身上，你就可以免除刑罰了嗎？你的詭計太幼稚了！」

審訊官把我訓過一頓後，用他彎曲的指頭敲打著我的前額，我定定地瞪著他，他咆哮起來：

「你就是威爾森，你就老老實實地招供吧，我們已經派人四處在搜捕你的同黨，你快說實話，免得你受苦。」

世界上再也沒有比這樣的事情更荒謬，更令人恐怖的了。我是趙新理，我並沒有死，我活在趙新理的世界，但是我的身體變了，有人說我的軀體已經葬在月球墳場了，似乎沒錯，我的靈魂竟然改變駐所，附在別人的身體裡，我要怎樣來證明自己的來源及存在呢？我再一次把自己生長的環境和經過說了一遍，甚至把台北家裡的保險箱號碼、我所有親戚朋友的電話號碼，以及我寫的日記本放置的地方都說出來，最後，他們答應我打電話去地球查證。

「不要浪費時間了，」監視螢幕上的一個長官，透過揚聲器傳來了他的指示，「丘大勇，把嫌犯帶到催眠室去，用催眠術問他吧！」

我被帶到另一個房間去，躺下來，面對著旋轉的漩渦形的發光圖案，我的眼皮沉重下來，照著一個輕柔的聲音的指示，我大概說了許多自己都記不得的事情。等我醒來的時候，身邊站著兩個警探，其中一個對我說：

「現在事情已經眞相大白，我們已經知道你是誰了。」

「我是誰？」我迫切地問。既然用催眠術可以解決我身分的疑問，爲什麼早不使用？也許這是他們做調查的慣例，先在清醒時以口頭審問，再催以催眠術查證。

「暫時不告訴你，等我們抓到首領再說。」

我被帶到一個舒適的房間休息。坐在餐桌邊用膳，望著鏡中人不由得生起一陣恐怖之感，如果眞是我的靈魂附著在他人身上，這不就跟中國古代流傳的許多可怕的鬼故事一樣？然而這是科學發達的二十一世紀，眞有這種可能嗎？

「你是誰？」我對著鏡子問，鏡中人已經不是昔日的我，從今以後我必須忍受照鏡子的恐怖，我必須忘記那個躺在墳墓裡的原來的身體，我必須以另一個人的身體來生活，這是不是魔鬼的惡作劇？

我開始思考從我抵達月球都市以後發生的事，在我沒有出事以前，我記得曾經以電視記者的身分訪問過一位住在火星的科學家王仲明，他是回地球家鄉去探親觀光，經過月球，在此停留，他告訴我一個無法公布的消息：有一種太空都市流行的奶製食品，是受了輻射污染的，他因爲和兩位科學家努力追查事情的眞相，發現了祕密，原來要公開給大眾知道，但在太空行政當局施壓之下，他們都噤了口，理由當然是爲了避免民眾恐慌，其實是爲了保住高級科學官的面子，三個人都沒聲張出去，可是有一位卻不小心被他的機器人僕人聽到了，被錄進記憶體裡，當機器人故障送去檢修時，洩漏了出來，這位科學家受到嚴重的警告，他只得承認是他自己寫科幻小說用的材料蒐集在裡面，並不是眞有其事，本來這次土星探險任務有他的一份，最後改由機器人擔任他的位子。當我正考慮把我知道的消息報導出去時，我出事了，我不得不懷疑自己是不是遭遇了暗算，還是我自己多疑？我現在能享有我原來趙新理的記憶，證明我就是趙新理沒錯。就像那句有名的話：「我思故我在。」

不知經過多少時候，房間的門開了，警探帶來了兩個我所熟悉的人，他們是我的兒子建年和媳婦儀英，他們直挺挺地站著，朝我打量一番，兩個人好像見了鬼一般嚇住了，建年瞪大了眼睛指著我大叫：

「就是他，他就是殺死我爸爸的凶手！」

我又糊塗又驚訝，我怎麼可能是殺死自己的凶手，天下再也沒有比這更荒謬的事了，我還能說我是他爸爸嗎？

「建年，在你沒有破口大罵以前，你願意聽聽我說說你的故事嗎？我知道你爸爸家裡有關的一切事情，上次你送你爸爸一瓶補藥酒，放在酒櫃裡，你不小心把它打破了，後來又偷偷地買了一瓶放回去，我還可以說出你小時候有關的趣事，你身上屁股的地方有一塊拇指大的紅斑，你從小到大的生活經歷，我都一清二楚。」

於是，我一五一十地把有關建年的身世和一切故事說出來，比如他六歲時，他的爸爸曾經在屋頂花園的一個角落找到一隻受傷的小鳥把牠養在房裡，後來給貓抓走了，建年哭死哭活的，直到外婆帶來另一隻小鳥，他才逐漸忘了那悲傷的事。他的盲腸是在他十歲時就割掉的，那天他和爸爸去吃舅舅的喜酒，回來夜裡就鬧腹痛，馬上送到醫院去，他還說自己大概是吞下了一顆龍眼籽的關係，跟爸爸打賭，看是不是在盲腸裡能找到龍眼籽，結果他輸了。

他的小學、中學、大學在哪一所學校唸書，有哪幾位老師是他和爸媽都印象深刻的，他在地球搭的是哪一班太空船來的。我還說起他和儀英認識的經過，以及有關他父親種種不為人知的事。

建年和儀英漸漸地由憤怒轉為驚駭恐怖，建年緊握著我的手，顫抖著聲音說：

「你是通靈人嗎？還是……難道我們看錯了嗎？你不是用槍殺死我爸爸的人嗎？你到底跟他有什麼仇？」

「我……有你爸爸的思想記憶，我應該算是你爸爸，不知道為什麼我會換了一副身體。」要說下去格外困難，我竟然不知道自己是誰，要怎樣把話說清楚呢？

建年揪著我的肩膀，眼裡含著淚水，正想說什麼時，一個穿著白色衣服的醫生走進來，以嚴厲的目光掃視過我們，正色說：

「讓我來解破這個謎吧，要是沒有在十分鐘以前找到被綁架的腦科醫學博士大衛・狄茲，說不定就永遠沒法弄清楚事情的眞相，現在請看——」

醫生朝我走來，用力抓住我的頭髮，使勁一扯，我的頭髮全部脫落，藉著鏡子，我看見自己亮光光的一個頭。他說：

「你們仔細看看他的頭，有並不明顯的手術痕跡，在這個時代，手術是非常進步的，不必用線縫補，但還是可以看到疤痕，剛才那位腦科醫生已經招供了，是他進行的手術，把原來的趙新理的腦換裝到美國人威爾森的腦殼裡，大衛・狄茲博士是黑虎黨的太空地區首腦，他原來計畫謀殺土星探險計畫的主持人之一的詹文朗，然後把黑虎黨人的腦移植到詹文朗的頭殼裡，那樣就可以順理成章地控制太空科學活動，更恐怖的是他還計畫推廣到各個層面，讓黑虎黨佔據所有的權力機構，取得所有的資源，他們誤殺了一個叫趙新理的人，他們就將錯就錯，把剛剛發展成功的換腦手術拿來實驗，就把趙新理的腦部做了移植，這個黑虎黨人威爾森是個叛徒，他們打的如意算盤是，必要時可以嫁禍給這個換腦的人，他們可以破壞他的腦部，讓他成了瘋子，再交給警方，那時候，就是威爾森定罪的時候了，那時候趙新理的記憶當然也被消滅了……」

「那我應該感謝你們，我趙新理還可以活到現在，唉，」我嘆息著，雖然有著恍然大悟後的輕鬆與高興，卻無法掩蓋住內心的悲哀和震驚，我問：「那麼我爲什麼會在墳場出現呢？」

警探解釋說：「是我們情報人員滲透到黑虎黨組織裡，救了你的，他後來不小心觸電死了，所以也就來不及把你的消息傳遞出來，你應該感謝他的。」

這是匪夷所思的科學怪談，倘若不是發生在自己身上，我死也不信的。今後的日子，我將要以趙新理的腦、威爾森的身體活下去，法律上將給我什麼樣的身分和地位？我回到地球後，我的太太、我的親戚朋友將會用什麼樣的態度和眼光看待我？

二十八個小時後，我們搭乘自由號太空船返回地球。

在太空中飛行，望著那顆藍色、帶著霧白朦朧色澤的地球，感到人類又何等的渺小，微不足道，地球已擁擠著一百億以上人口，長年有著不斷的紛擾，我真的不想回去，如今人類已在月球、火星建立了殖民地，正在努力朝太陽系的外圍行星探測發展，地球上的生存競爭難道也擴而大之，很快地蔓延到外太空去。

（本文於一九二九年十二月二日發表於《中國時報》人間副刊）

〈月宮怪談〉完

秦始皇到台灣

到海邊露營是一件新鮮有趣的事，當我們搭好帳篷後，爸爸便以海洋專家的身分，介紹有關潛水和魚類的知識，有好多都是早已耳熟能詳的。

我和哥哥到沙灘撿貝殼，爸爸說起沙灘邊的沙蟹、沙蠶、槍蝦、文蛤、寄居蟹等不同生活習慣。

我沒有心思聽爸爸的話，只顧躺下，在自己身上堆滿了沙，阿旺也幫忙把沙堆放在我身上，最後幾乎把我整個軀體都埋住了，只剩頭和腳落在外面。爸爸盯著我笑，雙手擺在背後，突然一出手，放出一隻螃蟹，螃蟹在我胸口上的沙塊中橫行，眼看就要衝向我的臉頰邊，爸爸卻又一手揮開了牠，我剛鬆了一口氣，解決一個小麻煩，忽又覺得自己雙腳腳掌奇癢無比，原來哥哥故意在搔我癢，我忍不住咯咯笑著……天空中的雲朵有如一個戴著皇帝冠冕、滿臉鬍鬚的人注視著我，我看得出神，它越來越像一個古代的皇帝影像，就像我在教科書或電視、電影上所看過的樣子。忽地，爸爸和哥哥不見了，大概是故意暫時躲起來，讓我找一找。

我用力撐起身體，讓堆疊在身上的沙土破裂分開來，正好看到一個滿臉鬍碴、肥胖臉、粗眉大眼的老者、愁眉苦臉地看我，我不禁嚇一跳，一骨碌站起來，愣望看他：「老先生，您是……」

「我也是來玩的呀！我姓秦，我在找我兒子扶蘇，你……長得好像他，你不是扶蘇吧？」

「秦伯伯，我不是！我不是！」我急搖著頭。他眼神透出的那股急迫樣子，讓我想起正在急切尋找失蹤孩子的父親。

秦伯拉著我的手，仔細看了看，粗大的眉毛擠成一團，幾乎要打了結，凸出的兩眼閃著淚，好像有點感傷。我的身上全是泥沙，臉上大概也污成一團，急急忙忙地用手拍打全身和臉部，忍不住問秦伯伯：

「扶蘇，他有多大了？長得跟我像嗎？」

「他呀……他……」秦伯伯搔搔腦袋，久久才說：「看起來比你大多了，他──我看錯了，他是大人了，你還是小孩嘛！只是長得高罷了！」

我挺著胸脯、踮高腳，雙手握拳，故意咧開嘴笑，撐大自己的臉部、胸部，做出一副大力士的樣子，說：

「我不小囉！滿十三歲，快十四歲囉！」

「小陽，看我的！」突如其來的一聲吆喝，我的臉和身子、被潑灑了水，我睜開眼睛時，看見我的哥哥提著水桶，仰天大笑。

「阿旺！」我跳上前去，揪著他光滑的雙肩，使勁推搡一陣：「起來，別欺負我嘛！」

「來，我們一起下海去！」阿旺嚷著：「爸爸等你呢！」他回頭瞄一瞄身後的奇怪老人，拉著我走。

我跟著哥哥在沙灘上奔跑、呼喊著，接著縱身投入海裡，游著游著，兩手猛划，兩腳拚命打水，直到頭碰到別人的救生圈，才站起來。秦伯伯拿了浴巾給我擦身體。爸爸也從海裡游回來，看到秦伯伯，跟他打招呼，卻被秦伯伯拉住了，用我所聽不到的聲音，附在爸爸耳邊說了一些話，爸爸起先漫應著，不當一回事，後來卻皺眉瞪眼，顯得很詫異，爸爸奇怪地打量著秦伯伯，最後與他微笑握手。秦伯伯滿意地微笑著，肥大粗壯的軀體在火熱的陽光下顫動著水珠的反光，他彎身撿起剛才掉落沙灘的遮陽帽，拍拍它，戴上頭頂，我突然想起剛才躺在地上時所看到的天上的雲影人像，似帶有威嚴的古代帝王，那不正是他嗎？我一轉身，秦伯伯微微傴僂的身影已消失在沙灘上的人潮裡。

「爸爸，剛才秦伯伯對你說什麼？」我好奇地問，爸爸卻是愁眉不展，他的右手撫著前幾天發生車禍時被撞擊的胸部，顧左右而言他：

「沒什麼啦！我們還要準備潛水吧！今晚先歇一歇，明天再玩個痛快。」顯然爸爸有意逃避我的問題。

哥哥抓著數隻寄居蟹和貝殼，放在臉盆裡，拿來給我看，他也在問剛才那個胖老頭子跟爸爸說什麼？是不是爸爸以前見過他？爸爸都一直沉默，好像不願多提。

晚上，我們在帳篷邊生火，三人圍坐著，討論潛水應該準備的事項。爸爸告訴我們這附近的海底地形，在人工魚礁過去有一條黑水溝，海流很急，以前從大陸到台灣移民的船隻翻覆的很多，會找到沉船，甚至也有荷蘭船，但是要到這麼深的地方探險打撈，不是簡單的潛水設備所能應付的。海底是個神祕莫測、危機四伏的所在。

我想到旅行車上還有我愛吃的魷魚絲、飲料……等等，趁著爸爸和哥哥在講如何認識天上的星座時，我回到旅行車上拿東西，我胡亂捧了一堆在懷裡，跳出車門，卻被什麼東西撞了一下肩膀，看見一個黑影從車廂邊閃過去，那像一頭笨重的怪獸，又像一個揹重物的人蹣跚走著，遺失在黑暗的樹林裡。

「站住！你是誰？」我大吼一聲，懷裡的飲料罐和塑膠紙包零食，在我驚惶激動中都掉落地下了。

哥哥和爸爸聞聲趕來，打開手電筒往樹林照去，只見一個穿著潛水衣，揹氧氣瓶的人正在樹林裡穿梭，一隻手拄著棍子，掛了一袋東西，那棍子可能是魚叉吧。

我跟在爸爸和哥哥身後，一路追過去，當爸爸和哥哥攔截到他時，那人站住了，放下棍子和袋子，把自己的手電筒打開來照到地面，另一隻手握著拳頭，伸到頭上，用手腕在空中畫圈圈，我看懂了，爸爸教過我潛水手語，這是表示「全體集合」的意思。我走近前去，看清楚他的長相，竟是似曾相識的一張面孔：粗眉大眼、頭髮稀落、目光炯炯有神，卻又顯出幾分迷惘。

「秦伯伯！」我不禁叫起來。「你也潛水嗎？晚上很危險的呀！」

「啊！秦伯伯的嘴角在流血呢！」哥哥的手電筒照向奇怪老人，對方嘴角邊掛著一串鮮紅的血液。

「沒什麼！剛才摔了跤……」秦伯伯把爸爸拉到一邊，又悄聲對他說了幾句話。

然後爸爸把哥哥拉過去，對他耳語幾句，像有什麼祕密怕我知道，我不禁跺著腳嚷著：

「到底是什麼『限制級』的話怕我知道呢？」

爸爸和哥哥都不約而同笑起來，隨後，默默跟著老人走了。不知過了多久，哥哥先回來陪我在帳篷睡覺，哥哥在我身邊開始打鼾，我卻忍不住好奇，搖醒了他，問他：秦伯伯到底跟他和爸爸說什麼話，哥哥還是不說，讓我好生納悶。直到爸爸回來，我聽見旅行車裡播出來的音樂，還有爸爸正用手機和媽媽講話的聲音，我忍不住從帳篷裡衝出來，問爸爸究竟是怎麼回事，爸爸搖著頭，支支吾吾半天才說。

「那個怪老人要帶我們去找龍王公主啦！」

「爸爸眞會開玩笑！」我捶著爸爸的背，撒嬌說：「爸爸找他幫哥哥作媒嗎？」

直到爸爸也躺下來睡在我身邊，才說明眞相：「秦伯伯帶爸爸和哥哥走，說是要去看一具漂來的屍體是不是他兒子，結果發現是溺水的遊客罷了，我們擔心小孩子看見屍體不好，所以不敢對你說，不希望你跟著去。」

「那麼中午他又對你說了什麼呢？」

「他說他認識我，知道我最近出過車禍，我起先嚇一跳，後來才知道他是從一份《海洋通訊》上看到的消息，裡面也有我的照片。所以，他就一直在注意我們。」爸爸臨睡前又補上一段：「最可笑的是，他自以爲是秦始皇，從兩千多年前一直活到現在，因爲秦始皇曾經祈求長生不老，他本來要把他的王位傳給兒子扶蘇，事情突然有變，他就和兒子被封閉在兩個銅製的圓球裡，沉到海裡去，等待著有一天被人發現救醒，現在他自己從海裡逃出來了，還在找他兒子扶蘇，因此，要是在海濱發現什麼人溺死，屍體浮上來了，他就格外留意，擔心是他兒子死了，從海底銅製的圓球裡飄上來。所以，他一定要去看看。他知道我是海洋學家，希望我也能幫忙他打撈那只藏著他兒子身體的圓球。這不是痴人說夢嗎？別當他一回事！睡吧！小陽，明天爸爸帶你到海裡潛水，才眞過癮呢！」

□

穿著潛水衣，加上全套配備確實相當笨重，要不是我身體還算魁梧壯實，否則瘦小的人可能都撐不住。爲了潛水到海底，必須安裝五公斤左右的配重腰帶，加上面罩、蛙鞋、潛水深度錶、潛水溫度計、氧氣瓶、潛水手電筒、潛水刀等不一而足。

由珊瑚所造成的海底世界，彷彿是美麗的公園，五顏六色的熱帶魚，忙忙碌碌游著，大洋的金焰笛鯛好像千百盞金光閃閃的電燈泡，哥哥正拿著攝影機對著牠們拍照，我緊跟在爸爸身後。人在水底下潛泳，飄飄然地好舒爽、自在，怪不得太空人模擬訓練要在水下進行。

我看到海葵了，牠是海底動物，卻長得像植物，有如一朵朵盛開的菊花，有翠綠色、紅色、紫色或藍色、美麗極了。哥哥用蛙鞋拂過，牠們立刻把身子縮成饅頭狀，原來那些花朵部分是觸手。一圈圈細長葉片，圍繞著圓筒形的身體。成群結隊的海豚游過我們身邊，牠們那寬長有力的尾巴，是游泳時的良好推進器。突然，我發現前面的岩洞裡有個我所不知道的潛水者，正在用手語向我們打招呼，他握著拳頭，在肩膀附近畫圈圈，意思是——在這裡，有其他的潛水者。

當我們游過去時，大群的石斑魚和細鱗石鱸、蝴蝶魚等從岩洞裡閃身而出，耀眼的色彩中，我發現那個陌生的潛水者竟是秦伯伯，他做了另一個手勢：左手在腹前握拳，右手掌張開，要我們跟著他前進。爸爸的手電筒引導著我和哥哥跟在後面往岩洞深處潛去，黑暗中，穿過如髮絲般的海藻，往更深處游去，我們看到秦伯伯趴地掏沙，一個馬頭的雕塑物橫在沙堆裡，他繼續挖，揮手要大家來幫忙，爸爸和哥哥趕來，哥哥忙著拍照，爸爸使用魚叉幫忙挖掘，我接過爸爸的手電筒爲他們打光。

不久，一隻躺臥地上的半截馬的身軀和頭部浮現，其他半截也許還埋在別的地方，也許已碎掉了。秦伯伯找到一個圓盤，我的手電筒照見上面凹凸不平的痕跡，和黏貼著的粒狀物。秦伯伯定神地視察著它好一會兒。

突然從石隙中鑽出一條海蛇，張著嘴巴衝了過來，我嚇了一跳，以手電筒抵擋牠。爸爸說過，海蛇的牙像針一樣尖銳，假如不幸被咬著，就不易擺脫，因爲海蛇的牙向內彎曲。也許在我掙扎擺動之際、頭部不小心撞到了岩石，驚惶中眼前一陣迷糊昏黑，金星亂冒，猛聽到悶悶的破碎聲和水泡聲，我的潛水面罩可能撞到岩石破裂了，在恐懼慌亂中，我茫然踢滾，不知經過多少混亂的掙扎，總算被哥哥和爸爸合力救上岸，我被禁止再下海潛水。

那天我就一個人在帳篷裡休息、遊玩，後來帶著攝影機走入林中，順著羊腸小徑走到一座海濱的破落小木屋前面，門口掛著一個「秦政」的牌子，門是虛掩著的，走進去，再仔細看，處處散發撲鼻霉味的房裡，堆滿了古書和古董，還有破花瓶、陶瓷片、石斧、銅鏡、玉器、土偶，以及一些潛水用具，凌凌亂亂地放置著；床鋪只是一塊木板墊在幾塊大石頭上面，棉被污穢得像黏了一層油垢在上面。我蹲下來，看見床角邊的一個鍋子裡，擺著吃剩的魚骨頭，一堆螞蟻聚集著，正在啃嚙著。

「小朋友！你幹什麼呀！」

身後傳來了粗啞嗓音，讓我嚇一跳，秦伯伯穿著潛水衣，攜帶了氧氣瓶和一袋東西站在門口。

「扶蘇？你不是扶蘇嗎？」秦伯伯放下東西，叫著：「你太像小時候的扶蘇了。」他搭住我的肩膀，再用雙手撫摸我的雙頰，我本能地感到排斥，也不喜歡那冰涼潮濕的手，我掙扎著想要擺脫他，卻被拉到床邊坐。

「坐下，小朋友，我告訴你一個祕密。」秦伯伯坐在一堆樹枝上，正色說：「你相信不相信，我是秦始皇。我來到台灣有好幾個月了，我上街去過，又回到這裡躲起來，我在找我兒子扶蘇，我的兒子還在海底沒出來。」

「我相信，我相信。」我姑且這麼說，希望引出他的話題，我的好奇心牽動我的舌頭，繼續說：「秦始皇，你覺得台灣怎麼樣？你怎麼會到這裡來的？你怎麼會活到現在？你應該是兩千年前的人呀！」

「既然只有你一個人相信我，現在就講給你聽我的故事，好多人都不相信，講了也是白講。」秦伯指著一個褐色的小陶偶說：「我就是從海底出來的，這些陶偶是我的同伴，現在讓我從頭告訴你吧……」

「這是秦始皇三十七年的事（我後來到了台灣，去查圖書館的資料，才知道，這是所謂西元前二一〇年的時候），我正在做一生中最後的出巡，先到湖北的雲夢，遙祭帝舜，又坐船到錢塘，也就是現在的浙江、杭州，再到會稽山，祭拜大禹，又從海上到了現在的山東福山縣東北，準備要回咸陽都城的時候，方士徐市（徐福）幾年來奉了我的命令，到處求取長生不老的藥，他對我說：『長生藥已經得到了，只夠兩人吃。』然後要我和他兩個人到海上，躲進密封的銅製圓球體裡面，叫我把王位傳給扶蘇，就可以跟他走了。他又說：『吃了這種藥，可以一睡兩千年，我們睡在裡面，兩千年後才醒來看看，那時候，大秦帝國不知已經把世界建設成多麼偉大的樣子，醒來看看才有趣哩！』」

「我照著方士徐市的話做，到了平原里，也就是現在的山東平原縣，我假裝病重，後來到了沙丘，又移入一具相貌跟我差不多的屍體，在裡面充數。我離開隊伍之前，曾命令宦官中車府令趙高代寫一封信給扶蘇，要扶蘇趕回咸陽參加葬禮，然後繼位。扶蘇是因為我的『坑儒』事件，認為我做得太過火，為儒生們說情，觸怒了我，被我調去監管蒙恬和他的軍隊。扶蘇是個寬厚開明的孩子，相信他有能力治理國家。但後來我才知道，趙高竟讓我另外一個兒子胡亥即位，趙高和丞相李斯合謀，假立我的遺詔，要賜死扶蘇，立胡亥爲太子，扶蘇覺得事有蹊蹺，他接到信很傷心……」

「扶蘇沒死吧！」我被秦伯伯引入歷史的時光隧道裡，幾乎聽得入了神，也相信他說的故事，我把自己知道的歷史知識用來作爲話題：「好像是胡亥當了皇帝後，也被趙高殺了，假意又立了扶蘇的兒子做皇帝。」

「扶蘇的兒子叫什麼名字？」秦伯伯問。

電視劇演過的情節，我拿來搪塞，說：「叫作子嬰，嬰是嬰兒的嬰，後來子嬰也親手殺了趙高，子嬰痛恨趙高，是可以相見得，子嬰還把趙高的三族都消滅了，趙高實在是活該。」

「這些事，我是後來才從圖書館查到的。」秦伯伯的目光深邃，卻有幾分空洞，他說的故事是驚人的傳奇。他沉吟了半晌，繼續說：「扶蘇後來沒死，他懷疑那封密詔是假的，在他接獲信和劍之際，有他的親信隨從自願代他自殺，死後扶蘇把那人面貌砍得模糊，教人難以辨認。然後扶蘇就馬不停蹄地找到我，我們父子決定吃下長生不老藥，躲進銅製的圓球裡，等待兩千年之後再醒來……」

「那個方士徐市呢？」

「他說，他另外想辦法再煉製長生藥，他讓給了扶蘇，他把兩個圓球用船隻載走，我們吃了藥睡在裡面，就被投進海裡，他說龍王將來會接待我們，在我們沉睡兩千多年的期間，龍王會派人來我們的夢裡相會，跟我們一起娛樂，過著神仙般的日子。果然不錯，我們在沉睡間，作了好多不可思議的夢，夢見人類已經上了太空，到了月球。有一天，我終於醒來，打開了那本回生手冊，穿著整齊，照著手冊上的指示啓動機關，身邊還帶著秦朝時的珠寶古物，用皮囊裝好，就這樣浮出了水面，我才知道，這裡是所謂的台灣，距離咸陽不知多少萬里了，而秦朝竟在胡亥即位後沒三年，子嬰即位才四十餘天便滅亡了，眞是可悲呀！」

「秦伯伯你怎麼上街去？又怎樣生活的？」

「我帶了眞古物換錢財維持生活，爲了找我的兒子扶蘇，我必須自己學習潛水。我去買了潛水衣和有關的配備，不斷地尋找，前幾天終於讓我找到一個陶俑，就是你在海底所看到的馬的上半身，相信那就是跟著船隻運來的東西。另一顆銅球一定在那附近，我的兒子扶蘇一定在那裡面，如果找到銅球的話……小朋友，你幫我找找嗎？」

「我爸爸不再讓我下水了，因爲潛水太危險了。」我站起來，以懷疑的眼光打量著這個神祕老人，心裡不斷地在反問：你是秦始皇嗎？你眞是他嗎？如果你是秦始皇，活在現在的台灣有什麼感想呢？我不自禁地把心裡的話拿來問他：「你上街觀光後，看到的世界不同了，有沒有嚇一跳？」

「豈止嚇一跳，我以爲我死了，到了天堂啦！因爲我發現這裡生活的每一個人、每一個家庭，都比我好太多了，差不多每個人都是帝王，吃的、穿的、用的、住的，哪裡比我秦始皇差。你看那些有聲音、有圖畫影像的盒子，家家戶戶都有；車子不用馬拉，比以前快了不知多少倍；天天吃的都是山珍海味，不必用柴火燒飯；到了晚上，滿街都是一個一個的小太陽，還有數不清的閃爍星星。好像這個時代的人住的都是皇宮，天上還有會飛的鐵鳥，聽說人可以坐在鐵鳥上面去旅行，我秦始皇在那時候哪裡享受得到？」

我辭別秦始皇，一路上腦海裡不斷盤旋著秦始皇回到現代人間的傳奇，儘管讓我迷糊莫名，半信半疑，但他送給我的一條銅製小魚，綠鏽斑斑可見，看起來是不起眼的小玩意，秦始皇卻說是古時候的錢幣，我隨意把它塞進口袋，差點把它忘了。

回到營地，爸爸的幾位同事也來加入潛水活動，正在圍著營火聊天，他們也在附近紮營，預備等天明後進行海底勘查。我蹲在一邊，聽著大人們聊起氮醉和二氧化碳中毒的可怕。在潛水中，當人體呼吸四個大氣壓力左右的高壓空氣時，就會發生氮醉狀態，會像喝醉酒般喪失行動能力，在補充氮筒的空氣時，如果在二氧化碳多的地方補充，它的含量太高，潛水時二氧化碳中毒甚至會喪失意識。大人們還興高采烈地談起獵魚的有趣經驗。

我去旅行車換了一套衣服，出來時又看到樹林裡有手電筒對著我照，手電筒再照回他自己，我發現秦始皇正在向我招手，我走近前去，秦始皇穿著全套潛水衣和裝備，要我跟他到海邊去。我轉身向爸爸說了聲「去抓螢火蟲」就走了。

「我大概發現扶蘇了，另一顆銅球找到了！」秦始皇興奮地說：「我們去把扶蘇找回來！我已經在我房子裡用瓦斯爐開小火，煮了一點菜，等扶蘇回來，為他慶祝一下，讓他睡了兩千年，一醒來就有東西吃。」

想不到曾經焚書坑儒，一向自私自大、殘暴無比的秦始皇也有他仁慈的一面。我在心裡嘀咕著。

我跟著秦始皇到海邊，他要我跳上機動艇，開到另一處山崖的海邊，要我在小艇上等他，然後揹起水肺，拿著潛水魚叉，還有手電筒等工具，反身躍入海中，在他的兩只蛙鞋沒入朦朧的浪花後，有一股涼冷的海風吹來，我打從心裡起了寒顫，開始後悔，不應該在深夜跟著秦始皇來到這裡。爸爸和哥哥找不到我一定急死了。

時間一分鐘又一分鐘地過去，我枯等著。海浪一波波衝向岸邊，然後又稍微緩和降低威力，有如抽打過後的喘息，暫停後又突然再來陣更大的波浪，十分鐘、二十分鐘……直到一個小時、兩個小時過去了，我知道秦始皇一定發生了事故，在茫茫海浪間，我驚惶地大叫：

「秦始皇——秦始皇——你快回來呀！」

有手電筒的光亮從山岸邊出現，看來有人來找我了，我鬆了口氣，仍繼續對著大海喊：

「秦始皇——秦始皇——你到哪裡去呀？」

爸爸、哥哥和一行人接我回去的時候，我的心裡一直幻想著秦始皇到底怎樣在海底遇難？或是他果眞遇到了他的兒子扶蘇的銅球？扶蘇已經死了？秦始皇在傷心和恐慌中不小心在黑暗的海底出了意外？遇到鯊魚？或是被洶湧的海流捲到外海去了？

「小陽，你碰到的人，只是個神經失常的人。」爸爸聽了我所說的事情發生的經過，對我說：「這一帶的人，有人認識秦伯伯，說是秦伯伯的兒子來潛水，死在海裡，秦伯伯找不到兒子的屍體，一直不相信兒子死了，就搭了房子住在海邊的山上，又產生了妄想症，以爲自己就是秦始皇，尤其他又是個古董專家，對歷史很了解，很容易入迷，他自己的名字又叫秦政，這是巧合。」

「但是爸爸——我寧願相信他是秦始皇。」我感傷地堅持。有一股酸澀從鼻間和眼眶湧出，我忍不住大聲說：「我希望秦始皇是眞的來過現代的台灣，他說：我們現在過的生活，差不多每個人都是帝王。」

第二天，我再去找秦始皇的住處，發現整座木屋已經燒成了灰燼，也許他開了小火煮東西，人沒回來，終於釀成火災。我在地上又撿到兩只魚形的錢幣，把它帶回家去，在爸爸的一本圖解，《中國歷史文物》中，發現了圖片和解說：「魚形銅錢，現藏於美國舊金山布倫達治收藏中心，戰國時期各種式樣的錢幣都有，直到秦國統一。」

（本文在一九九二年十月十八日於《台灣日報》副刊發表）

〈秦始皇到台灣〉完

六腳獸與綠髮三眼仙

傳說在一個神祕的農莊裡，有一個古怪的愛奇博士，人們稱他爲阿奇師，住在奇幻屋裡，那是一棟有著千奇百怪機器的實驗室，偶爾會從裡面傳出交響樂的宏大樂音、古怪的聲音，野獸飛鳥的叫聲、各種機器轉動的聲音，或是浪濤洶湧、狂風暴雨、飛沙走石的聲音，好不熱鬧。外邊的人以爲裡面一定發生了什麼奇怪的事情，總是猜不透怎麼一回事！

經過農莊的人總要東張西望一番，搞不清怎麼回事，甚至連飛鳥也驚呆了，停在半空中不知所措。有一天門口的電子螢幕顯出四行字，好像在對眾人宣告什麼：

綠髮三眼仙
博士在房間
若問何事忙
愛奇可登天

小東玩著他們的遙控飛機，飛機失事降落在農莊屋頂，機器人跑出來跟他們打招呼，看到小東、小西一個流眼淚，一個擦鼻涕的樣子，又好笑又逗趣，就教一隻貓兒幫他們把小飛機從屋頂咬下來。

「咦，貓兒會聽話，好奇怪喔！」小東挖挖鼻孔說。

「下次不要丟東西喔！」貓兒溫柔撲在小東的小腿說。

「這裡的動物……都會聽話說話……不奇怪。」機器人接著說起了阿奇師的故事。

原來阿奇師故意使自己腦袋長出綠色頭髮，後腦勺也有了第三隻眼睛，讓自己有更寬廣的視野，提防遇到壞人。很像植物又像動物，讓人搞不清他是什麼玩意兒，以便專心研究工作。阿奇師也成了怪怪的綠髮三眼仙，長年累月專注於科學研究。

「阿奇師發誓建立動物天堂。」機器人說。

「那他怎樣找到他老婆呢？」小東歪著嘴問。「成天躲在裡面，不跟外界聯繫。」

「我也不知道，反正阿奇師自有一套！」

機器人隨之說起了綠髮三眼仙的有趣故事。

□

阿奇師變成綠髮三眼仙，利用最新的遺傳工程科技，把每種動物都提高了智慧，並且改造了聲帶，使每種動物都有了說話能力，他和動物們每天快樂地交談、唱歌，他們的生活無憂無慮，愛奇農莊一片祥和——大家每天都是快快樂樂的，無憂無慮地唱歌和跳舞。

「大家小心，愛奇農莊外面是非常危險的，千萬不可以隨便跑出去，否則會有生命危險。」綠髮三眼仙一再地警告大家，並且命令他的機器人擔任守衛，不准外人闖入，也禁止裡面的動物跑出去。

綠髮三眼仙放出了全像影片，呈現人類在使用各種武器殘殺同類，包括刀槍炸彈，甚至核子武器的爆炸，而人類——這種兩隻腳的動物，常會虐待殘殺動物，把牛、羊、豬、雞、鴨、鵝等動物飼養著，再宰殺牠們，吃牠們的肉，有的還被剝了皮做各種人類的用品，如皮鞋和皮包等等。

在一個沒有月亮的晚上，綠髮三眼仙因爲身體不舒服，提早上床睡覺休息了。黃金獵犬和猴子哥哥在溪邊玩耍的時候，突然發現不遠處的樹林裡有兩個小小的光點出現，越來越大，靠近些，看清楚是個黑色的龐然大物，前面的兩柱光有如兩隻發光的眼睛，神祕可怖。

黃金獵犬趕緊躲在草叢裡，看看到底來的是什麼怪物？哇，那傢伙身軀又像大黑熊，又似大水牛，更像是沒有鼻子的黑色大象，那龐大動物在黑暗的樹影裡移動，看起來又不怎麼笨重，發光的兩只探照燈射在樹林的草地上。

黑色大怪獸不發一聲，六隻腳在龐大的軀體下靈活地移動著，怪獸黑乎乎的影子迅速穿過樹林，向山裡的愛奇農莊中心區移動。黃金獵犬和猴子哥哥不死心，悄悄跟著怪獸移動。

突然，黑色的天空中出現一道眩目的強光，當它經過他們頭頂上空時，可以看出有如一隻沒有翅膀的超級大鳥，它的頭部強光照射有如夜晚出現的小太陽，頭頂上有著巨大風扇轉動，發出震動的噪音，非常可怖，好在它很快地消失。到底它是什麼東西呢？

大怪獸侵入綠髮三眼仙住處，就在床邊站住，他猛然驚醒，怪叫一聲，巨大的黑影逐漸膨脹，擋住博士的身體，怪獸說：

「綠髮三眼仙，總算找到你了，原來你躲在這裡，快跟我們走吧，直升機就停在外面！」

綠髮三眼仙在掙扎中倒下，怪獸的巨大身子突然膨漲開來，把他包裹住，就像吞吃掉，綠髮三眼仙的身體捲入怪獸的巨大黑影裡，消失不見。怪獸慢慢移動身子走出去，不久，天空中出現了一個疑似黑色大鳥，發出強光和機器噪音的身影，在地面停下，怪獸走入超級大鳥的腹部後，大鳥發出噗噗噗的巨大響聲，飛走了，消失在茫茫夜色中。

□

綠髮三眼仙的失蹤，造成愛奇農莊很大的驚擾和震撼，農莊裡的動物失去了領導人，大家成天惶惶不安，不知道怎麼辦才好。

到底六隻腳的神祕怪獸是什麼東西？是哪裡來的？爲什麼擄走他們主人。

黃金獵犬和猴子哥哥商量，想到外面去尋找牠們的主人，但是綠髮三眼仙老早設計好一套防範系統，不准任何動物跑到農莊外面去，在愛奇農莊的邊界有機器人在擔任守衛，它們是絕對按照命令執行的，原來的機器人受傷了，很快就有別的機器人出廠補上位置，整個愛奇農莊區形成一道嚴密的保護網，外面進不來，裡面出不去，除非有特殊情況發生。

「哥哥，想想辦法吧，我們要到愛奇農莊外面闖一闖，把主人找回來！」黃金獵犬說。

「那就用調虎離山計吧！我去引開注意，讓你跑出去好了！」猴子哥哥出了主意。

他們選在一個有霧的日子行動，那天猴子哥哥故意假裝自己要衝出邊界，被機器人追著，隨後黃金獵犬也跟著衝出邊界，猴子哥哥躲過昏迷槍，故意倒在樹林裡。機器人發現黃金獵犬要逃走，也跟著追趕，還發射了昏迷槍，中了昏迷彈的黃金獵犬繼續往山下狂奔而去，跳進河裡，迷迷糊糊地隨著河水往下游漂浮，等他醒來的時候，發現自己在岸邊的草叢裡，喉嚨不知什麼時候被刺傷，滴著鮮血，暫時失去了大部分說話的能力。

黃金獵犬被登山郊遊的人發現，被車子載到城市裡去，半路上聽到有人在說：「我們有口福了，今天晚上有狗肉吃啦！」

黃金獵犬嚇壞了，趁著大家剛下車，打開門的時候，快步奔逃，往城市的方向奔去……

在人海茫茫、高樓大廈林立的都市裡，黃金獵犬只是一隻微不足道的狗狗而已，馬路上不少流浪狗，對著他行注目禮，他和狗朋友講話，牠們只是汪汪汪叫著，單調地回應。現在黃金獵犬以矯捷的身子躲過大大小小的車子，穿梭在男女老幼人類的腳旁邊，牠突然有了新發現。

「哇，大街上，差不多每個人腳上都穿著動物的屍皮，愛奇農莊外面竟是這樣可怖！」

黃金獵犬聞到的不只是人類腳丫的各種不同的氣味，也感受到被殺死的牛羊，剝皮後被製成皮鞋的恐怖。

「原來人類這樣殘忍，綠髮三眼仙才不要我們出來。」黃金獵犬開始領悟：「有的青少年和兒童穿的是橡膠鞋，他們比較可愛，沒有危險。」

黃金獵犬實在流浪得太累了，就躺在路邊的草地睡覺休息，就像慵懶而逍遙的流浪漢，和忙忙碌碌的人群成了強烈的對比。不久，他被一隻人類的手搖醒，他打了一個長長的呵欠，嗚嗚叫了兩聲，看到兩個打著黑傘的女生經過，黃金獵犬在後面緊緊跟著，兩個女生在議論：

「狗狗別在路邊睡喔，不小心會被抓去喔，說不定被送進動物焚化爐！」

「聽說我國每年送進焚化爐火化的狗兒，有二十萬隻，我叔叔在清潔隊做事，還為狗兒舉行超度活動呢！」

在一家理髮店門口，黃金獵犬停住了腳步，偷偷地走進去，有個頭頂中央有如開了一座光滑運動場的男人在調侃：

「喂，老闆，我的頭上沒有幾根頭髮，理髮應該打折吧？」

「你的頭要是整個禿了，增加了我們的店裡的光亮，打對折的！」

「廢話！我要是全都禿了，就不用來理髮啦。」

「我們這幾天在辦『愛心剪』，理髮的收入要全部捐給收養流浪狗的團體，請你也捧場吧！」

「好，理就理吧！」

黃金獵犬在理髮廳裡默默地觀察，也許在這裡可以找到綠髮三眼人的同類。理髮師拿著電動剪髮器在幫人理髮，那些來理髮的人卻沒有一個是理半邊頭髮的，這不奇怪嗎？綠髮三眼仙會到哪裡去？他說兩隻腳的動物是危險的動物，但是理髮師對狗兒卻出奇地友善。黃金獵犬看著理髮師怎樣操作手上的剪髮器，覺得很有趣，他發現椅子上也有一把。剛好一隻很髒的流浪狗也跑進來，黃金獵犬就用前腳抓著剪髮器想要幫同伴剪除髒毛。

□

黃金獵犬開始了解，他在人類社會裡說話是件不可思議的事，人類根本不希望動物會說話。他開始覺得要找到綠髮三眼仙必須運用點智慧才行，否則根本就像大海撈針一樣困難。

狗狗們在街上追逐嬉戲著，突然看見一個只有半邊臉完整的人在向牠們招手，他的另外半邊臉被火灼傷，模樣燒得猙獰，那半張臉像是剝了皮的水果，黃金獵犬一下子好奇又緊張起來，也許這個半邊臉的人知道綠髮三眼仙的下落。於是對著他汪汪叫起來，那個顏面傷殘的人卻微笑著蹲下來，把他正在吃的半個漢堡和另外一個完整的漢堡丟在地上，眾狗兒便圍過來，大家爭搶著吃。

「可憐的狗狗，餓壞了吧，來，我帶你們到流浪狗之家吧。」

被火灼傷的顏面看起來比較不像一般人類，對於狗狗來說，既然他釋出了愛心和友善，狗狗們就跟著他，到了郊外的山坡地，那兒有好多好多的狗狗在等著哩。

□

這天，老史推著收破爛的車子回來以後，發現他院子的門被打開了。他以爲有小偷闖入，正在疑神疑鬼的時候，數一數狗兒，才發現院子裡多了五條狗，三隻狗正在互相追逐，咬著不知哪兒來的剪髮器。

「嚇！你們那裡來的？叫我去哪裡找東西給你們吃？」

「我們……五條狗……請你幫忙收容……」黃金獵犬忍不住發聲說話。

老史一直以爲自己聽錯了什麼，有什麼人在身邊吧，四下望望，卻見不到一個人影。黃金獵犬感到一陣作弄人的喜悅。

「有鬼？不得了！是誰在講話？怎麼不回答！」

一時還以爲是房間裡的電視發出來的聲音，那台破電視的電源開關壞了，常會無緣無故接通電源，螢幕自己亮起。但是老史轉到房間裡探個頭，卻沒發現電視機有什麼異常，螢幕是黑的。

「老師，你好，你學問很好囉？」黃金獵犬說話了，故意拿話糗老史，他在狗群中仰著頭看對方。

老史吃了一驚，目光搜索著狗群，想要知道聲音的來源，他一時又以爲誰躲在暗地裡開玩笑。他不得已跟著應答：

「是誰在叫我？我是老史，不是老師！」

黃金獵犬不斷地搖尾巴、上下點頭，像是很有禮貌的紳士：

「老史，你好，你喜歡狗屎嗎？」黃金獵犬問他：「爲什麼你叫老屎？不叫老師？」

老史一下子笑得好開心，連假牙都掉出來了。黃金獵犬趕快把掉地上的假牙銜起來還給老史，老史蹲下身子，輕輕摸他的頭，說：

「我不是在作夢吧！你也會講話？」

「不是啦，你是好人，專門收容狗朋友，我們要好好報答你！」

「你是神仙狗？還是精靈狗？」

「我是愛奇農莊的黃金獵犬，我想請你幫忙找綠髮三眼仙，他是愛奇農莊的主人，也叫阿奇師。」

老史把他從各餐廳收來的剩飯剩菜拿出來，拿給大家吃，就在狗兒吃得不亦樂乎的時候，老史累了，不知不覺地打起瞌睡來。

黃金獵犬在老史半睡半醒之間，告訴老史很多有關愛奇農莊的故事。

老史覺得狗兒依偎著他，在他身上摩擦著，癢癢的，怪舒服的，他依稀記得綠髮三眼仙是愛奇農莊的主人，被一種巨大的黑色怪獸帶走，黃金獵犬要求自己幫忙尋找主人的下落。

老史在睡夢中時，頭髮已經被理成綠髮三眼仙的樣子，頭頂上左半邊的頭髮全部被剪不見。黃金獵犬從理髮店看到理髮器的使用方法，剛好老史這兒也有理髮器，那是老史平常自己理髮用的，黃金獵犬就把老史的頭「修理」了。

第二天早上醒來刷牙的時候，老史發現自己的左半邊的頭髮不見了，驚得牙膏水噴吐出來，白色的泡泡沾滿了鏡面。

「咦……鬼剃頭！誰剃了我的頭？怎麼回事？」

「老史，委屈點吧！」黃金獵犬說：「等會兒帶我們出去，就可以驚動街上的人，這樣就容易找到綠髮三眼仙了！」

附近傳來一陣一陣的鳥叫聲，吱吱喳喳，太陽剛剛上升，天際特別明亮美麗，層層的雲朵光影交錯，田野間的公路上已經有汽車疾駛。

一群頑皮的青少年從附近騎著摩托車經過，故意把排氣管的消音器拔掉，風馳電掣般地駛過去，引起狗兒狂叫，汪汪汪地展開了此起彼落的大合唱，也不知是在對他們表示歡迎還是抗議。當他們發現一群狗兒在違章建築裡面，飆車少年們就在附近繞了一圈，又回過頭來朝裡面的狗叫鬧。

□

猴子哥哥終於來了，小東也來了。難得的相聚，帶給了流浪狗之家歡天喜地的氣氛。

黃金獵犬和猴子哥哥在人類社會已經流浪了一些時候，了解到這的確不是一個友善的世界，它絕對和愛奇農莊不一樣。他們一心一意要找到愛奇農莊的主人，現在加上老史和小東的幫忙，他們顯得信心十足。那天晚上，他們坐在草地上吃晚餐，討論如何去把失蹤的愛奇農莊主人找回來。

「到底那隻黑色的大怪獸是什麼東西呢？他怎麼會帶走博士呢？」小東問。

「我們到動物園去看過，就是沒有六隻腳的動物。」猴子哥哥說：「會不會是台灣黑熊的變體？多了兩隻腳？是博士自己設計出來的怪獸？」

「農莊裡的動物有可能把主人抓走嗎？」黃金獵犬反問。

「如果是台灣黑熊的話，牠胸前有一片像弦月形的白毛。」老史把他的野生動物知識告訴大家：「台灣黑熊是亞洲黑熊中的一種，只要見過牠一次，就一輩子也忘不了的，因為牠們胸前的白毛，與牠全身的黑毛成了強烈對比。」

小東說：「就算是台灣黑熊的變種，牠的眼睛也不可能像探照燈一般發光。」

「照這樣說，這隻大怪獸是不尋常的囉！」老史說：「要不是畸形的動物，難道會是外星球來的嗎？」

「就說他是地獄來的吧！」黃金獵犬說。

深夜，流浪狗之家所有的狗兒都睡著了，老史和小東在破爛房間裡呼呼大睡，黃金獵犬和猴哥哥睡在車廂裡面，車子就停靠在竹籬笆圍牆邊。偶爾，天空有流星落下來，在黑幕中劃下一道白光，蟲的鳴叫在靜寂黑夜中有如溫柔的音樂，成爲流浪狗之家的夢幻搖籃曲。

突然，天空中有一隻機器大鳥飛過，發出嘈雜的噪音，它的頭部有如巨大風扇在轉動，燈光強烈，它在低空盤旋了一會兒，停在不遠的草地上，周遭的樹木都被颳起的陣風吹得搖擺顫抖不已，當它靜止時，燈光隨之熄滅。

不一會兒，從裡面走出一團巨大的黑影，有如一頭行進中的怪獸，他的頭部有兩道手電筒一般的光線，照在地面形成兩個光圈，他龐大的身軀底下，六隻腳悄悄移動著，逐漸向那輛車子靠近。

眾多的狗兒從睡夢中驚醒，汪汪汪大叫個不停，此起彼落，有如憤怒的大合唱，劃破了黑夜的寂靜，原來狗兒靈敏的聽覺和嗅覺，早已察覺到有陌生的怪物闖入。

黃金獵犬和猴子哥哥在迷迷糊糊間被吵醒，然而那頭黑色的六腳怪獸已經走到他們車子旁邊，看起來跟車子都差不多大的怪獸呢。

黃金獵犬和猴子覺得不對勁，剛跳出車子外，正想了解發生什麼事，那頭六隻腳的發光怪獸突然張開口，發射出兩顆無聲的子彈，分別擊中黃金獵犬和猴子的身體，他們很快地癱倒了下去，接著怪獸身體一下子變形，吞噬了他們，他們的身體隱沒在怪獸的黑影裡……

停在附近的機器大鳥——直升機，就載著那頭六腳大怪獸離開了。

這一切都只發生在短短的幾分鐘時間內，像一陣怪風般地捲過，以致老史和小東趕出來時，只見到有團黑影匆匆地進入直升機的機艙，黑影的下方像有好多隻腳在移動，接著直升機就像一隻超級巨鳥升空，發出噗噗噗的巨大引擎聲，消失在夜空。

「喂，老史，你是不是看到六隻腳的怪獸了！」小東喊著。

「我……我……好像是吧！」

老史嚇呆了，他不斷地揉眼睛，以爲自己老眼昏花，看走了眼，瞇著眼望向閃爍著繁星的夜空。

□

尋找愛奇農莊的主人、黃金獵犬與猴子哥哥，成了小東每天揮之不去的夢。有時在大白天也會出現黃金獵犬和猴子的幻影，畢竟那些奇妙的動物朋友是值得讓人懷念的。

愛奇農莊好神祕！來自愛奇農莊的黃金獵犬和猴子，他們神奇地出現又消失，到底發生了什麼事？他們是眞的被六腳怪獸所抓走的嗎？難道世界上眞有六腳獸？不會是所謂外星球來的怪物吧？這些奇怪的想法和疑問，每天都在小東的心中起伏著。

小東到科學博物館去訪問專家，他們的說法是：「如果眞的發現六隻腳的哺乳類動物，老早就轟動全世界，不需要你去追蹤了。」

「那，你的意思是根本沒有六隻腳的動物？」

「我不敢說有，也不敢說沒有。」

看來六隻腳的動物擄走愛奇農莊的主人的故事很不可思議，不容易被相信，只有小東和老史知道他是眞的。小東隱隱約約領悟到動物有牠可貴與可愛的一面，人類總是忽視了對動物應有的愛，所以才有愛奇農莊的設立，綠髮三眼仙隱居在山中與動物爲伍不是沒理由的。

流浪狗之家的主人老史，因著自己的腦袋被理成了綠髮三眼仙的模樣，一時尷尬卻又自豪。他自言自語：「綠髮三眼仙一定像我一樣對動物充滿了愛心，但是他對自己的頭頂可是夠酷的。」

傳說的怪事，引起社會騷動。陸續有很多好奇的年輕人來到流浪狗之家，表示對流浪狗的關懷和重視。

小東一天又一天地等待著，也不斷地去尋找問題的答案，希望能夠再見到那些可愛的動物，也希望有一天能夠到愛奇農莊參觀。

那是外國狂狼病在電視新聞報導的時候，小東正覺得納悶，突然接到一隻鴿子銜過來一張簡單的字條，上面寫著：

小東：

不用爲黃金獵犬和猴子哥哥擔心啦，

他們正和阿奇師在研究狂狼病！

等他們解決問題之後，便可以回到愛奇農莊了。

目前暫時不要打擾他們吧！

□

這是一幢五十層大樓的頂樓，屋頂就是個巨大的直升機機場，經常有直升機在這兒起飛降落，不用說，從大樓頂樓的窗口所見到的景觀相當遼闊，只要天氣晴朗，就可以把整座城市都收入眼底。

這座大樓作爲機密研究之用，綠髮三眼仙被抓到這兒的那天晚上，他在愛奇農莊遭闖入者的昏迷槍射中，被強行用直升機帶到這兒來。那時，他睜開眼睛發現自己躺在大沙發椅上，牆壁間的巨大螢幕出現了「愛奇農莊」的景象。

他一時還迷迷糊糊不知自己身在何處，螢幕上很快地出現一張扁鼻子的人臉，是一個戴眼鏡的中年人，對他說：

「博士，你好嗎？歡迎來到驚奇科學研究中心，我是保密部的主任孫大光。」

「我怎麼會在這裡？」

「委屈你了，綠髮三眼仙，我們知道你對動物的研究很先進，你已經可以提高動物的智慧，改變動物的聲帶，使動物會講話，我們非常欽佩你，硬把你請來，是需要你的幫忙。」

綠髮三眼仙從安樂椅上坐起來回應著，猛搔著自己半邊的禿頭：

「你們眞好意思！把我綁架過來的？」

「以前請不動你，我們只好派出三人把你請來，請原諒！也爲了保密，讓你委屈了！」

螢幕上出現了三個人，對他有禮貌地一鞠躬，消失不見，扁鼻子的保密主任又說：

「我們希望你幫忙解決狂狼病的問題。」

「狂狼病？前所未聞，別嚇人！」綠髮三眼仙問。

「人類對它一籌莫展，無能爲力，除了只會到處殺動物、吃動物以外！」保密主任的扁鼻子無奈地朝向天，他嘆了口氣繼續說：「我們所得到的資料是，狂狼病的病原從很多年前便已經散布到全世界，只是各個國家的政府都禁止洩漏機密，全世界好多地方不斷地發生戰爭，至於沒有戰爭的地方，有的在議會打架（尤其是台灣），有的搶劫、放火、到處殺人砍頭、虐待兒童、虐待動物（如中東），有的在校園拿槍瘋狂掃射人、還有把整棟大樓炸毀的（如美國），在地下鐵裡放毒氣的（如日本），沉迷於賭博、吸毒的（差不多每個國家都有）……這些病態的情況，都可能是狂狼病的病原在作怪，但是各國政府都祕而不宣，以免民眾驚惶……」

綠髮三眼仙沒有心情再聽下去，大喝一聲：

「別說了！我也無能爲力！你也是得到狂狼病的人嗎？」

「呵，你好幽默！也許我是吧，就算我得了狂狼病，也得想辦法救自己、救別人呀！」

螢幕上出現了許多世界各地的暴亂和戰爭情形，使得綠髮三眼仙看了非常難過。這簡直是「地獄」的景象嘛！果然跟愛奇農莊不能相比。

不管人家怎麼說，綠髮三眼仙還是不願拿出本事來幫忙解決所謂的狂狼病問題，他一直以爲除了他所建立的愛奇農莊以外，都是地獄——而地獄原來就該是亂七八糟的，誰管得著呢？誰有辦法把地獄改造得跟愛奇農莊一樣美好呢？

綠髮三眼仙對他們嚷著要回去愛奇農莊，卻一直沒有得到答覆，就這樣僵持著，反正這個二十一世紀科學中心有許多好玩的東西，也夠他玩的。

有一天晚上，他坐在安樂椅上，透過玻璃窗數天上的星星，他看到直升機的強光從遠方的雲層裡出現，不久屋頂上也傳來直升機的引擎聲，他一時以爲只是例行的活動，等他快進入夢鄉，腦海裡湧現愛奇農莊的風光，他覺得好快樂，突然間，兩道熟悉的聲音把他叫醒：

「主人，我們來了！我是黃金獵犬！」黃金獵犬在他面前猛搖著尾巴。

「主人，我是猴子哥哥！找你找得好苦。」猴子對他舉手敬禮。

綠髮三眼仙揉揉眼睛，一時還不相信眼前所見，還以爲是在夢裡，不知自己置身何處，等他的魂兒回過來，就張開雙手迎接，熱情擁抱著他們。

「你們怎樣找到我的呢？你們又何苦逃出愛奇農莊？」綠髮三眼仙問。

「嘿！眞巧呀！是他們把我們綁架到這兒來的。」黃金獵犬說。

「他們是誰？」綠髮三眼仙詫異地問。

「我也不知道，大概不會是外星人吧！我好像看到是一隻六腳怪獸向我們靠近，很快地我就失去了知覺……醒來，就已經在這棟大樓裡了。」猴子哥哥說。

「六腳大怪獸？」綠髮三眼仙回憶那晚的情形，確實看到一團像黑影的怪獸向他靠近，他很快地失去知覺被帶到這裡。

他們正在討論時，保密主任孫大光已經微笑著走進來，他的扁鼻子在燈光下發亮。說：「現在你們在這兒團聚了，應該很高興吧！」

原來是科學中心的人，爲了取得綠髮三眼仙的信任，希望他大力協助解決狂狼病的問題，刻意把黃金獵犬和猴子哥哥帶到這兒來，要讓他高興。

終於，綠髮三眼仙答應了他們的請求，共同爲尋找對抗狂狼病的方案而努力。黃金獵犬和猴子哥哥也就住在這兒，每天除了玩樂以外，就是教導動物說話。但他們總是忘不了那隻六腳大怪獸到底是什麼東西，一直想知道他的祕密。

「難道是這個科學中心製造出來的？」黃金獵犬問。

「誰知道呢？我們都沒有看清楚那隻大怪獸的樣子。」猴子哥哥正頑皮地把他的手指頭插在頭頂上，像一隻豎起的天線，說：「如果有外星人也不見得會是六隻腳的。」

「別管這些啦，」綠髮三眼仙很有把握地說：「等我們完成工作後，就離開這裡，回到我們老家。」

□

半年後一個狂風暴雨的日子，在都市的一個角落裡……

一輛載滿豬隻的大卡車，把十幾頭豬運送到電化屠宰場後，屠宰場負責的工人操作著屠宰機器，正準備做例行的宰殺工作，那些平常本來只會發出無意義嚎叫的豬，突然一起瘋狂地以人話喊叫著：

「不要殺我們！好心人到愛奇農莊！」

「殺我們，就跟殺人一樣！地獄等著你們呀！」

屠宰場的人嚇壞了，鐵青著臉，趕緊把這些要宰殺的豬放了，這些被釋放的豬在雨中唱起了歌：

「我——們——要——回——愛奇農莊——」

會唱歌的豬在街道遊行，阻塞了交通，更引起了人們注意，連保護動物的團體也出面了，要求把豬列入保護的項目之內。

「我們太對不起你們了，會說話的豬，為什麼你們不早點說話呢？我們人類吃掉多少豬進肚子裡了呢？」理事長率領大家跪在豬面前燒香懺悔，他是為了所有人類過去的錯誤而道歉。

「那很簡單，我們以後也吃點人肉如何？」那隻看來很有威嚴的大哥豬說完，哈哈哈狂笑起來：「開玩笑的啦！我們怎麼敢吃人肉？你們以後保留幾個豬立法委員位置給我們做不就得了？我們才能爲豬、爲動物在人類社會爭取平等。」

同樣的情況在各地的屠宰場不斷地發生，也有人在家裡宰殺家禽、牲畜的時候，發生同樣的事。

好多人被嚇壞了！也有不明就裡的鄉下人，把動物會講話當作奇蹟，而把動物當作神來膜拜。

於是，人們開始思考一個嚴肅的問題：當動物可以說話時，人類如果再把動物當作食物是非常殘忍的。人們的主要肉食來源，除了海中的魚類以外，大約是牛、羊、豬、鴨、鵝等等，現在除了豬會講話，爲自己的生命哀求人類外，陸陸續續有其他的動物覺醒，對人類講話，使得肉食的人類開始覺得自己可鄙。

素食店的生意開始好了起來，凡是沾了動物油脂的餐點，人們聞到了都會想要嘔吐，因爲會很快地聯想到動物被屠殺的痛苦，大部分人開始厭惡肉食，有人就以海中的魚類來代替以前的陸地動物肉食，因爲魚類還是比較低等的動物。

□

在科學中心的綠髮三眼仙，看到了電視報導非常得意，因爲這一切都是他的傑作。利用特殊的遺傳工程改造技術，使動物智慧大開，讓牠們也有表達自己意見的權利，這樣可以使得人們以另一種全新的道德觀念來與動物相處，不會常常虐待動物，更不認爲屠殺動物來吃以滿足口慾是理所當然的事。這樣做還達成了另一個目的……

「大家應該吃素了吧？」綠髮三眼仙終於在電視上公開亮相向大眾說明：「狂狼病是不治之症，有的染上要幾十年才發作，都是吃肉惹的禍，有的人或動物感染了還不知道，就繼續傳染給別的動物或人，如果人們以後不再宰殺動物來吃，便不會擔心被狂狼病感染，因爲狂狼病可能會傳染給不同的家畜和家禽。」

綠髮三眼仙禿了左半邊的腦袋很特別，使人聯想到寺廟裡修行的和尚和尼姑。不同的是，和尚、尼姑腦袋上的頭髮是全部剃光光的，而綠髮三眼仙卻只長了半邊的頭髮，左半邊的腦袋是光禿禿的，他本來的意思是要躲在深山裡研究科學，不想見人，現在被逼得在電視上現身。

現在，綠髮三眼仙被批評是「修一半」的「半仙」，而他卻說「人間有愛奇農莊，人間也有地獄，一半一半，要看你怎麼生活，怎樣看待自己。」這是他留半邊頭髮的深刻意義。

有人開始擔心以後沒有牛肉、豬肉或羊肉吃，對人體的蛋白質的供應發生問題，也有激烈的肉食主義者，開始展開獵殺行動，要把那些會說話的豬消滅掉才甘心。

「多嘴的豬！惹禍精！使得我們沒有肉吃。」有人刻薄地叫罵。

「什麼狂狼病？狂狼病跟吃豬肉、牛肉有什麼關係？」

「別那麼容易就被騙了！」

這些偏激分子的言行很快地遭到反擊，支持保護動物的人罵道：

「你看，你們這些得了狂狼病的人才會這樣！」

「沒有肉吃，改吃魚，改吃豆類也一樣呀！」

「狂狼病說不定要三十年才發作死亡，天曉得，你們是在潛伏期吧！」善心人的反擊義正詞嚴。

一場為豬引起的戰爭就這樣默默展開了，那些偏激分子發誓要消滅會說話的豬，許多不會說話的豬也就提前被宰殺販賣，那些會說話的豬都躲起來了，他們被祕密安排到了愛奇農莊。是由鴿子在空中引路，帶他們去的。

最後，會講話的豬再也不出現在任何地方，人們以為豬再也不敢講話了，或是躲在某個不為人知的角落裡，不再出現，許多歧視豬的人，仍然對於豬會講話恨之入骨，非要消滅他們才滿意。

那些慈悲為懷者，尤其是一向講究不殺生的佛教徒，仍然熱心推廣素食，他們期望有一天能親自看到豬在大庭廣眾下說話，這樣會帶給人心更大的改變。

人們曾經目睹一隻黃金獵犬在電視上講話、表演節目，當初的印象只以為電視節目在耍噱頭，現在漸漸開始想到，可能有一個愛奇農莊存在於不為人知的地方。

於是愛奇農莊成爲人們印象中的神祕所在、一個童話的國度。

各種類似傳說不斷地宣揚，當初以爲所謂的綠髮三眼仙只是童話中的「半仙」人物，如今這個「半仙」漸漸成爲人們談話的題目，傳說他是被一隻六腳大怪獸從愛奇農莊帶走，後來他出現在電視上，而人們對於六腳大怪獸的好奇也有增無減。

還有更聳人聽聞的傳說，有人宣稱夜晚在八號公園裡，看到六腳大怪獸在樹林裡出現，怪獸發出可怕難聽的聲音，嚎叫著：

「會說話的豬，有膽子就滾出來！」

又有人加油添醋，說是看到有不明飛行物體出現後，才出現了六腳大怪獸。

林小東每天都在留意看報紙、看電視新聞，希望能找到黃金獵犬、猴子哥哥的下落，與他們重聚。

那一天，林小東去參加動物保護協會辦的大遊行，正好遇到流浪狗之家的老史，他也來參加活動，他們跟著遊行隊伍到了紀念堂廣場上，許多舞龍舞獅的隊伍，正在賣力表演，有隻獅子是由三個人躲在裡面撐起來的，在連串鞭炮聲中，獅子舞得非常起勁，獅頭和獅身前後左右靈活地扭轉搖擺，變化不同的姿態，讓小東覺得很有意思，也讓他閃起了靈思火花。

那天晚上，傳說中的六腳怪獸出現在八號公園的樹林裡，他的眼睛像探照燈一般射出光線，很多人看到了，還聽到六腳大怪獸發出嚎叫：

「我們要找綠髮三眼仙！請他帶我們到愛奇農莊！」

好多人被嚇得拔腿就跑。有兩隻會講話的豬，一隻是男豬，一隻是女豬，剛好在樹底下談戀愛，也嚇得發出原始的豬叫聲。

□

被關在科學中心的綠髮三眼仙和黃金獵犬、猴子哥哥，他們從新聞報導得知消息，開始不安起來，傳說當初他們都是被六腳大怪獸帶到這兒來的，而科學中心又沒有這樣的東西，到底六腳大怪獸是什麼東西，一直困惑著他們。

綠髮三眼仙專心研究人類迫切需要解決的問題，幾乎是日以繼夜地工作。

終於，有一天晚上，實驗室裡爆出了連串的笑聲和呼喊：

「哇！成功了！成功了！」

「以後吃肉可以不殺生了！」

「綠髮三眼仙眞偉大！不愧是半仙！」

原來在綠髮三眼仙的主導之下，完成了一種先進的肉類培養技術，以後想吃肉的，就由單純培養出來的肉供應，不必再宰殺整隻動物，當然就不會犧牲動物的生命，也不會有狂狼病的問題。不管是牛肉、豬肉、羊肉、狗肉，都可以靠著生物科學培養技術來解決。每一種肉類可以設定爲四四方方的形狀，要烹調，就從那四四方方的肉類切割處理，人類吃肉再也不必有屠宰的過程。

「就稱它爲『不殺生肉』吧！」綠髮三眼仙說。

「稱它是『半仙肉』也可以，爲了紀念綠髮三眼仙。」保密主任的的提議，獲得科學中心的認同。

當「不殺生肉」成功的消息公布大眾的前一天，林小東家的電話半夜響起來，是黃金獵犬打來的。

「黃金獵犬，你在哪裡呀？我和老史找你找得好苦。」

「別說啦，我們明天就要回去愛奇農莊啦，以後有機會再見面就是了。」

「不過我和老史很想見你們呀！」

「那麼今天晚上就到八號公園去吧！主人要帶我們去玩哩！」

那晚直升機把他們帶到河濱的公園草坪後，就放他們下來享受大自然的清新和美妙，自從他們離開愛奇農莊以後，又一次難得的美好相聚。

螢火蟲在河濱公園像亮晶晶的星星在閃耀著，許多人在小湖邊靜坐乘涼，也有在唱歌、跳土風舞的。

一座剛剛建好的銅像，選擇在今天晚上揭幕，銅像雕刻的是綠髮三眼仙，他左手牽黃金獵犬，右手牽猴子，一副安詳快樂的樣子。

綠髮三眼仙本人就像銅像所描繪的一般，手牽手抵達的時候，銅像廣場周圍的幾百盞燈光突然大亮，燈光中顯現出幾百人從樹底下鑽出，也有幾十頭豬穿著衣服混在人群裡面，隨著猛烈的音樂熱烈起舞，唱著：

豬哥豬姊一起來！
好歌大家唱，
跳舞最盡興！
兩隻腳和四隻腳的，
都是好動物！
愛奇農莊快樂幸福
人類也嚮往！
呵呵呵……

這時，黃金獵犬注意到遠遠的樹林裡出現兩個光點，逐漸向這兒靠近，他汪汪汪叫起來，大家不由得把視線投注到樹林的方向，唱歌和跳舞都停止了，原來幾乎是沸騰的人聲變得靜悄悄的，人們屏息觀看、等待著。那是一個黑色的龐然大物，像牛又像熊，正在緩慢地移動身體，往人多的這邊來，再仔細看，他黑色龐大的身體下面有六隻腳在移動。

「哇！六隻腳的怪獸！來搗亂的嗎？」有人喊叫著。

「又是來抓我們的嗎？」黃金獵犬問。

「我們快跑呀！」猴子哥哥吱吱叫著，拉住綠髮三眼仙的手。

「別慌。」綠髮三眼仙大喝一聲，說：「昨天晚上我已經想出答案來了。關於六隻腳的怪獸……」

「是外星來的怪物嗎？」黃金獵犬問。

「是來抓我們回去愛奇農莊？」猴子哥哥驚喜地拍掌。

「是三個人在搞怪……」綠髮三眼仙還沒有說完，那隻怪獸已經衝到廣場的燈光下。

群眾散開來，大怪獸在燈光下現出了原形，大家看清楚了，原來他只是用黑色的動物皮和布料掌起來的龐大形體，底下有六隻腳在移動，一望而知是六隻移動的人腿，還穿著鞋子呢！整個怪獸的活動就像舞龍或舞獅的情形，而怪獸頭部射出探照燈似的光線，必定是有人用手電筒從它兩個眼洞射出了光。

最後，大怪獸的在廣場停住了，身體像軟軟的空殼子般縮扁在地上，三個人從大殼子裡面出來，其中一個人拿著兩隻手電筒，他就是林小東，還有一個是剃了半邊頭髮的老史。另外一個是科學中心的扁鼻子保密主任孫大光，他拿著麥克風對大家說：

「各位朋友大家好，歡迎來捧場，我們一起來感謝綠髮三眼仙！沒有他的幫助，不能克服狂狼病，甚至狂牛症、狂羊病、狂豬病、狂羊病，或是狂人病……狂狼病是一種可怕的狼性，今在人和動物間傳染。」

「現在我們來烤肉、飆舞慶祝吧！」孫大光大聲宣布。

直升機從空中降落，機門打開，有人把一箱箱的東西搬出來，原是經過培養出來的「不殺生」的各式肉類，這是由綠髮三眼仙研究發展出來，第一次公開上市的產品。

有一隻穿著紅色的衣服的豬，在麥克風前面廣播：

「我是豬哥哥，歡迎大家吃豬肉！可別宰殺我們豬兄弟、豬姊妹！」

別開生面的烤肉晚會和舞會，就這樣達到高潮。小東和老史找到了黃金獵犬和猴子哥哥，興奮得擁抱在一起，旁邊的綠髮三眼仙卻揪住扁鼻子保密主任的衣領，朝他臉上揍了一拳，怒吼著：

「爲什麼故意裝扮成怪獸唬人？我老早就猜到了，是你們三個人在作怪！扮演六腳獸！」

「是是……這樣的，對不起，」保密主任呑呑吐吐地說：「我們只是爲了保密！把你抓來科學中心……後來，後來……沒想到有人故意惡作劇，到處在黑暗的角落裡裝成六腳怪獸的樣子，所以今天就利用這個機會把謎底揭開，希望以後不會有人害怕六腳怪獸。」

黃金獵犬趴在小東耳邊，靠近小東的耳朵，輕輕咬了一口，問他：

「奇怪，你和老史怎麼也參加在內呢？」

「是鴿子送來的消息，讓我們知道你們的所在，所以我們就與保密主任聯繫上了，是他安排我們來的。」

「嘿！很有意思，很有意思！以後大家要努力做有愛心的兩隻腳的動物！」老史還是保持左半邊的光頭，和站在他旁邊的綠髮三眼仙「互別苗頭」。

整個會場立刻掀起一陣暴笑聲，有如打雷一般。

晚會結束，一架直升機就載著綠髮三眼仙、黃金獵犬和猴子哥哥回去愛奇農莊。小東和老史，還有眾多的人，依依不捨目送著直升機消失在夜空。

〈六腳獸與綠髮三眼仙〉完

黃海文學足跡

獲獎紀錄與亮點

一九六九　全國社會優秀青年獎。

一九八二　中國文藝獎章小說創作獎。

一九八四　《奇異的航行》獲洪建全兒童文學創作獎（第十屆少年小說組首獎）；
　　　　　《奇異的航行》獲中小學優良讀物推薦。

一九八五　《嫦娥城》獲中小學優良讀物推薦。

一九八六　以《嫦娥城》獲得中山文藝獎。

一九八七　《機器人風波》獲中小學優良讀物推薦。

一九八八　《地球逃亡》獲中小學優良讀物推薦；
　　　　　以《地球逃亡》獲得東方少年小說獎。

一九八九　以《大鼻國歷險記》獲得第十四屆國家文藝獎（舊制）；
　　　　　以〈第三只腳的味道〉獲得第一屆海峽兩岸中華兒童文學獎；
　　　　　以《航向未來》獲得第二屆中華兒童文學獎；
　　　　　《大鼻國歷險記》獲中小學優良讀物推薦。

一九九一　《時間的魔術師》獲中小學優良讀物推薦。

一九九四　《秦始皇到台灣神祕事件》獲中小學優良讀物推薦。

一九九五　以《尋找陽光的旅程》獲得中山文藝獎。

一九九六　《誰是機器人》獲中小學優良讀物推薦。

二〇〇四　《千年烽火奇幻遊》獲中小學優良讀物推薦。

二〇〇五　以〈父親的神祕文物〉獲得大墩文學獎散文獎二獎。

二〇一〇　以〈尋找幻氏家族的榮耀〉獲第一屆全球華語科幻星雲獎最佳評論獎。

二〇一二　以〈時間畫廊〉獲得第四屆全球華語科幻星雲獎最佳科幻短篇小說獎。

二〇一四　以《科幻文學解構》獲第五屆全球華語科幻星雲獎最佳科幻評論獎。

二〇一五　以《奈米魔幻兵團》獲得第六屆全球華語科幻星雲獎最佳少兒圖書獎。

二〇一七　以《躁鬱宇宙》獲得第八屆全球華語科幻星雲獎最佳短篇小說獎。

二〇一八　以〈冰凍地球〉獲第九屆全球華語科幻星雲獎最佳少兒中長篇小說獎。

二〇一九　以《宇宙密碼——25篇星球科幻童話》獲中小學優良讀物推薦。

特殊創作和表現

一九九四　創作長篇小說〈百年虎〉，透視了台灣百年歷史和社會變遷。

二〇〇二　國家文化藝術基金會補助創作長篇奇幻政治小說《永康街共和國》，後由九歌出版社出版。寫出哈哈鏡裡的「統獨狂想曲」，有趣的政治寓言。

二〇〇四　黃瑞田碩士論文《科學詮釋與幻想——黃海科幻小說研究》結語：「黃海是台灣科幻小說史的主幹」；林文寶、王洛夫論文中評價：「黃海是台灣少兒科幻的開山祖、開拓者」。

二〇〇七　《台灣科幻文學薪火錄》、《科幻文學解構》兩部著作，建構評析台灣科幻文學史和相關科幻理論闡述，著力至深且鉅。

二〇一六～二〇一七　國家文化藝術基金會補助創作《宇宙童話詩》，六十篇完成創作，陸續發表在《國語日報》、《中華副刊》、《鹽分地帶文學》雙月刊、《文訊》月刊及兒童文學會刊《火金姑》。之後由字畝文化出版《宇宙密碼——25篇星球科幻童話》。

近年重要創作發表與出版

二〇〇九年一月　論述〈《衛斯理回憶錄》的後設建構〉，發表於《中央大學人文學報》。

二〇〇九年七月　於靜宜大學第十三屆兒童文學與兒童語言全國學術研討會，發表論述〈尋找幻氏家族的榮耀〉。

二〇一二年十月　北京電子工業社《名家經典科幻文學精粹》收錄〈不可名狀〉。

二〇一四年二月　〈台灣科幻文學的回顧與前瞻〉發表於《鹽分地帶文學》。

二〇一四年五月　國家文化藝術基金會補助出版《科幻文學解構》。

二〇一四年十二月　〈科幻的千年之旅〉發表於《明道文藝》；
〈紐約召喚〉發表於《鹽分地帶文學》。

二〇一五年一月　《二〇一四中國年度科幻小說》選入〈出賣牛車輪的人〉。

二〇一五年八月　於亞洲兒童文學大會發表論文〈永結童心的科幻奇幻文學〉；
於中國大陸出版少兒科幻中篇《奈米魔幻兵團》；
〈鳳凰涅槃〉發表於《幼獅文藝》，入選類型文學徵文。

二〇一五年九月　〈河圖公主〉發表於《幼獅文藝》，入選類型文學徵文。

二〇一六年一月　《二〇一五中國年度科幻小說》選入〈鳳凰涅槃〉。

二〇一六年二月　〈貓頭鷹醫生的眼淚〉發表於《鹽分地帶文學》。

二〇一六年六月　〈鴨母王的奇幻之旅〉發表於《鹽分地帶文學》。

二〇一六年八月　《科幻立方》雜誌收錄科幻短篇〈躁鬱宇宙〉；
〈烏托邦五百年與香格里拉〉發表於《鹽分地帶文學》。

二〇一七年一月　《二〇一六中國年度科幻小說》選入〈躁鬱宇宙〉。

二〇一七年三月　與林茵、邱傑、山鷹合寫〈鑽石星〉，此文收錄於《九歌一〇六年童話選》。

二〇一七年五月　北京科學普及出版社《百年中國科幻小說精品賞析》，收錄〈銀河迷航記〉。

二〇一七年八月　少兒科幻中篇《冰凍地球》出版。

二〇一七年十一月　《科幻立方》雜誌收錄科幻短篇〈哭泣的心臟〉。

二〇一八年一月　《二〇一七中國年度科幻小說》選入〈地月臍帶〉。

二〇一八年五月　於中國出版長篇科幻小說《歌麗美雅》。

二〇一八年九月　〈哭泣的心臟〉發表於《鹽分地帶文學》。

二〇一九年一月　《二〇一八中國年度科幻小說》選入科幻短篇〈哭泣的心臟〉

二〇一九年三月　〈台灣科幻文學回眸與再生——兼談許順鏜兩部新作及其科技人風範〉發表於《鹽分地帶文學》；北京《科普創作》於同年第二期同發表。

二〇二〇年七月　〈躁鬱宇宙〉由日本女作家立原透耶翻譯爲日文，並被選入《現代中華ＳＦ傑作選》。

二〇一五　張之傑《白話科學》序〈科學如佳餚，科幻如美酒〉。

二〇一六　林茵《旭星燦爛》序〈科幻小百科，旭星大史詩〉。

二〇一七　詹姆斯・希爾頓《失落的地平線》導讀〈烏托邦五百年與科幻〉。

二〇一八　管家琪《小雨的選擇》序〈「選擇」的背後，涉及平行世界〉；林秀兒《無歧行》三部曲序〈時空行者　優雅玄祕的冒險史詩〉。

二〇一九　跳舞鯨魚《吳郭魚婆婆》導讀〈妖怪可以很奇幻，溪流不能不美麗〉。

二〇二〇　邱傑《ＡＩ登陸：決戰魔羯星》推薦序〈邱傑的才華與亮點〉。

二〇二一　跳舞鯨魚《痲躐之洋：馬塔巴》推薦序〈痲辣的科技海洋裡，烏托邦何處尋？〉。

教科書／教材／影音廣播

一九八六　中國廣播公司改編〈銀河迷航記〉爲廣播劇。

一九九九　公共電視播出由張文珊改編的電視劇《機器人掉眼淚》。

二〇〇一　台中縣文化局編製的《台灣文學讀本》收錄〈機器人掉眼淚〉、〈第三只腳的味道〉。

二〇一〇　中國北方聯合出版傳媒《最佳原創少年文學讀本・科幻卷》收錄〈月宮

怪談〉。

二〇一七　南一版《閱讀小行家（國小中年級）》收錄〈穿越時空的奧祕〉。

二〇一八　南一版國小三年級下學期國語習作收錄科幻小小說〈機器人掉眼淚〉；九歌《兒童文學讀本》收錄〈玻璃獅子〉。

二〇二〇　南一版與翰林版國中二年級下學期國文教科書同時收錄科幻極短篇〈深藍的憂鬱〉、〈機器人代死刑〉；龍騰版《技術高中國文》收錄〈兩岸科幻的本質與差異：《流浪的地球》vs.《地球逃亡》〉。

有關黃海作品之論述及碩博士專論

一九八五　《海洋兒童文學研究》第八期，以科幻小說和黃海得獎作品《奇異的航行》爲討論爲重點，收錄林文寶〈試談科幻小說〉、黃海筆談科幻小說、各方評介黃海文章。

一九八七　簡宗梧、周鳳五編著《現代文學欣賞與創作》，空中大學用書，第八章第八節〈科幻小說〉，引用黃海諸多論點。

一九八九　蔡尚志《兒童故事原理》，五南出版社大學用書，專章論述介紹黃海的兒童科幻小小說寫作技巧及兩篇作品。

一九九〇　傅林統《兒童文學的思想與技巧》，富春出版學術論叢，專章介紹黃海科幻小說《奇異的航行》等書。

一九九四　中國學者黃重添、莊明萱、闕豐齡、徐學、朱雙一合著《台灣新文學概觀》，第十章第二節「科幻小說」，詳述黃海科幻作品。

一九九八　陳愫儀〈少年科幻版圖初探——一九四八年以來台灣地區出之中、長篇少年科幻小說研究〉，東海大學中文所士論文。

一九九九　趙天儀〈宇宙意識與科幻世界——試論黃海的科幻小說〉，靜宜大學兒童文學與兒童語言學術研討會，科幻小說列爲重要主題，文學院長趙天儀特別撰文。

二〇〇一　劉秀美〈台灣通俗小說研究（一九四九～一九九九）〉，中國文化大學中文所博士論文，專章介紹論列張系國、黃海、倪匡作品。

二〇〇二　林建光〈大敘述的危機與歷史經驗再現的轉折：試論八〇年代台灣的科幻小說〉，單篇論文，中興大學外文系副教授，分論張系國、黃海、黃凡、張大春、平路作品。第二十六屆全國比較文學會議發表。

二〇〇三　賴玉敏〈乘著想像的翅膀　少年科幻小說的開路先鋒——黃海專訪〉，台東大學兒童文學研究所研究生，賴玉敏專訪。二〇〇三年五月《兒童文學學刊》；

傅吉毅〈台灣科幻小說的文化考察1968-2001〉，中央大學中文所碩論，指導教授康來新，學位考試委員召集人鄭明娳、委員林文淇、康來新，本論文文末附有二〇〇一年一月二十日傅吉毅專訪黃海的錄音紀錄整理。二〇〇八年修訂，秀威出版；

王洛夫〈論黃海及其科學幻想作品〉，台東大學兒童文學研究所碩士論文，指導教授杜明城，口試委員：張子璋、許建昆、杜明城；

林建光〈政治、反政治、後現代：論八零年代台灣科幻小說》，單篇論文，中興大學外文系副教授，分論張系國、葉言都、黃海、黃凡、張大春、平路等人作品。發表於《中外文學》。

二〇〇四 黃瑞田〈科學詮釋與幻想——黃海科幻小說研究〉，中山大學中文所士論文，指導教授龔顯宗，口試委員林文寶等。

二〇〇五 陳鵬文：〈八〇年代台灣科幻小說研究〉，中國文化大學中文所碩論。

二〇〇六 黃子珊〈黃海兒童科幻小說敘述技巧研究〉，台北教育大學碩論。

二〇〇七 林奕妗〈黃海科幻作品初探〉，中山大學中文系在職專班碩士論文。

二〇〇八 張孟楨〈基因複製科技發展下的未來世界——黃海科技小說中的基因科學與省思〉，靜宜大學中文所碩論。

國家圖書館出版品預行編目資料

哭泣的心臟——黃海科幻小說精選／ 黃海 著.
——初版.——台北市：蓋亞文化，2023.12
面；公分.

ISBN 978-986-319-631-0（平裝）

863.57 110021843

故事集 033

哭泣的心臟——黃海科幻小說精選

作　　者　黃海
裝幀設計　莊謹銘
責任編輯　盧韻亘
總 編 輯　沈育如
發 行 人　陳常智
出 版 社　蓋亞文化有限公司
地址：台北市103承德路二段75巷35號1樓
電話：02-2558-5438　傳真：02-2558-5439
電子信箱：gaea@gaeabooks.com.tw
投稿信箱：editor@gaeabooks.com.tw
郵撥帳號 19769541　戶名：蓋亞文化有限公司
法律顧問　宇達經貿法律事務所
總 經 銷　聯合發行股份有限公司
地址：新北市新店區寶橋路二三五巷六弄六號二樓
電話：02-2917-8022　傳真：02-2915-6275
港澳地區　一代匯集
地址：九龍旺角塘尾道64號龍駒企業大廈10樓B&D室
電話：+852-2783-8102　傳真：+852-2396-0050
初版一刷　2023年12月
定　　價　新台幣400元
Published and printed in Taiwan

ISBN 978-986-319-631-0

ST033
GAEA

哭泣的心臟
——黃海科幻小說精選

蓋亞文化　讀者迴響

感謝您在茫茫書海中選擇了蓋亞，您的支持是我們最大的動力。
不要缺席喔，讓我們一起乘著夢想的羽翼，穿越時空遨遊天地！

姓名：　　性別：□男□女　出生日期：　年　月　日
聯絡電話：　　手機：
學歷：□小學□國中□高中□大學□研究所　職業：
E-mail：　　（請正確填寫）
通訊地址：□□□
本書購自：　縣市　書店
何處得知本書消息：□逛書店□親友推薦□DM廣告□網路□雜誌報導
是否購買過蓋亞其他書籍：□是，書名：　□否，首次購買
購買本書的動機是：□封面很吸引人□書名取得很讚□喜歡作者□價格便宜 □其他
是否參加過蓋亞所舉辦的活動： □有，參加過　場　□無，因為
喜歡出版社製作什麼樣的贈品： □書卡□文具用品□衣服□作者簽名□海報□無所謂□其他：
您對本書的意見： ◎內容／□滿意□尚可□待改進　◎編輯／□滿意□尚可□待改進 ◎封面設計／□滿意□尚可□待改進　◎定價／□滿意□尚可□待改進
推薦好友，讓他們一起分享出版訊息，享有購書優惠 1.姓名：　e-mail： 2.姓名：　e-mail：
其他建議：

◎請沿虛線剪開、對摺、裝訂後寄出

◎請沿虛線剪開、對摺、裝訂後寄出

廣告回信　郵資免付
台北郵局登記證
台北廣字第00675號

TO：蓋亞文化有限公司　收

103 台北市承德路二段75巷35號1樓

Gaea

GAEA

GAEA

GAEA